中公文庫

恋しくて

TEN SELECTED LOVE STORIES

村上春樹編訳

中央公論新社

目次

恋しくて
Ten Selected Love Stories

愛し合う二人に代わって

マイリー・メロイ

"The Proxy Marriage"
by
Maile Meloy

マイリー・メロイ

モンタナ州に育ち、現在はロサンゼルス在住。「ニューヨーカー」「パリス・レビュー」などに作品を発表、2007年には文芸誌「グランタ」が選ぶ若手アメリカ人作家21傑に選ばれ、短編集 *Both Ways Is The Only Way I Want It* は「ニューヨーク・タイムズ・ブックレビュー」の2009年ベストブックス10作に選出された。

ウィリアムは学生時代、背が高く、痩せて内気で不格好だった。人に抜きんでたところといえば、ピアノが弾けるくらいだった。そのおかげで学校主催のミュージカルにも抜擢され、リハーサルやキャスト・パーティーに参加し、普段はまず口をきいてもらえないような子供たちと混じり合うこともできた。ゆくゆくはピアニストか物理学者になりたいと思っていたが、モンタナ州でそのどちらかを職業としている人間は、彼のまわりには一人もいなかった。彼のピアノの先生は銀行家の未亡人で、レースのカーテンのかかった家でレッスンをつけてくれた。物理の先生はレスリングのコーチが本業だった。しかしウィリアムが思い描いていたのは、そういう種類の人生ではなかった。

ミュージカルを通して、彼はブライディー・テイラーと友だちになった。ブライディーの髪はボッティチェッリの天使のような金髪の巻き毛だったが、顔立ちはそれにふさわしいものとは言えなかった。鼻は長くまっすぐで、瞳は黒かった。声は澄んだ明るいメゾ・ソプラノで、ゆくゆくは女優になりたいと思っていた。母親はブライディーが九つの時に家を出て行って、彼女は弁護士の父親に育てられた。父親は娘を目に入れても痛くないほど可愛がった。ブライディーは自分に自信を持っていたが、いささか自惚《うぬぼ》れが強すぎるきらいもあった。学業成績は総じて良かったが、数学だけは不得意で、どうしてもこの科目に興味を持つことができなかった。ウィリアムは彼女に三角法の解き方を説明した。どうせ長くは覚えていられないだろうから、テストの直前の昼食時間にその原理を彼女の頭に教え込んだ。

高校時代のウィリアムにはガールフレンドがいなかった。あるとき母親はしみひとつない台所のテーブルに彼を座らせ、おまえはひょっとしてゲイなの、と尋ねた。もしそうだとしてもちっともかまわないのよ、と母親は言った。おまえのことは何があろうと愛しているし、お父さんにどう言えばいいかは、二人で考えればいいから。しかしウィリアムはゲイではなかった。彼はただ愚かしく、そして痛々しく、ブライディー・テイラーに恋しているだけだった。彼女は彼の伴奏に合わせ、ピアノにもたれかかって歌った。でも彼女に自分の想いを打ち明けたりはできない。そして、あまりにも内気だったので、他の女の子たちを追いかけることもできなかった。それがうまくいきそうに見える場合でも、あるいは痛みのリスクを引き受けるだけの価値があると思える場合でも。しかし母親にはそんなことは言わなかった。恥ずかしくてとても口にはできない。彼はただ口ごもり、弱々しく否定しただけだった。

他の男の子たちは彼女をデートに誘ったし、そのことはウィリアムの心を苦しめた。彼女は彼らのことを半ば見下していたが、それでもほとんどの場合、誘いは断らなかった。そのことに励まされて、高校二年生のときに彼はブライディーを冬の正装舞踏会《ウィンター・フォーマル》に誘おうと決心した。期待に胸を震わせながら、さあ切り出そうとしたときに、彼女は言った。私、モンティーという三年生のテニス選手に誘われているのよ、と。

「で、どう返事したの？」と彼は尋ねた。

「いいわって言ったけど」

ウィリアムはちょっと失礼と言って教室を出て、消毒液の匂いのするタイル張りの洗面所に行った。そしてまわりに誰もいないことを確かめてから、落書きされた緑色の個室の中で吐いた。この前嘔吐したのは六歳のときだが、そのときはインフルエンザにかかっていた。ひどい気分だった。身体が異物に力尽くで乗っ取られてしまったみたいだ。

しかしモンティーはひとつ間違いを犯した。彼はダンスの二日後に、両親の家の居間にブライディーを座らせ、自分の望みは高校時代に三つのことを成し遂げておくことだと言った。テニス部のキャプテンになることと、バークレーに入学することと、シリアスなガールフレンドを作ることだ。最初の二つは既に達成されていた。そしてブライディーは三つ目としてぴったりだった。彼女は笑いながらそのときの会話をウィリアムに報告した。「彼ったらとにかく熱意まんまんなのよ」と彼女は言った。「自分のゴールに関してはね」

ウィリアムはそのとき心にしっかりと書き留めた。ブライディーを相手に熱意まんまんになってはいけないのだと。

二人が三年生になった九月に、世界貿易センターとペンタゴンが攻撃され、二つの高層ビルが崩壊した。ウィリアムの両親は旅行中で留守にしていて、彼はその朝寝過ごしていたのだが、ブライディーからの電話で起こされた。

「起きなさいよ！」と彼女は言った。「テロリストたちがアメリカを攻撃しているのよ」

「どこで？」と彼は言った。眠くて頭がまだぼんやりしていた。

「どこもかもよ」と彼女は言った。

学校では教師たちがＡＶカートにテレビを載せて教室に運び込み、生徒たちはみんなでニュースを見た。黙り込み、衝撃に打たれて。十一月には部隊がアフガニスタンに送られた。十二月にはブライディーの父親が、彼女とウィリアムに頼みごとがあると言った。カンダハルにいる海兵隊の伍長と、ノース・カロライナにいる彼の妊娠したフィアンセとのあいだの、代理人結婚をアレンジしてほしいと依頼されたのだ。二人は生まれてくる子供が伍長の姓を名乗り、彼にもしものことがあったときに給付金の受取人になることを望んでいた。ほとんどの州は代理人を立てた結婚を認めておらず、モンタナは二重代理人結婚を認めている唯一の州だった。つまり花嫁も花婿も出席しなくていいということだ。この制度はモンタナが正式な州になる前にできたもので、第二次世界大戦中に兵士たちのために大いに活用された。しかしそもそもどうしてこんな制度が生まれたのか、確かなところは誰にもわからない。おそらく他州にいる恋人と結婚するために、裁判所まではるばる旅をすることが、当時は難儀なことだったのだろう。テイラー氏はブライディーとウィリアムに、代理人になってくれないかと頼んだ。最初に秘書と補助員に持ちかけてみたのだが、彼らはやりたがらなかった。

ウィリアムの母親はそれは良いことだと言った。今この国の人々はみんな絶望に沈んでいる。たとえささやかなことでも、社会の役に立てれば何よりではないか。母親はおそらく、自分は異性愛者だという息子の言い分を真に受けていないのだろうとウィリアムは思った。だから形式だけにせよ、彼が女の子と結婚することに幸福を感じているのだ。ブライディーの父親も僕のことをゲイだと思っているのだろうかと彼はいぶかった。それとも害のない安全牌と見なしているだけなのか。

しかしウィリアムはそのことを真剣に受け止めた。真剣に受け止めないわけにはいかなかった。たとえそれが形だけの結婚であるとしても、ブライディー・テイラーを相手に式を挙げることは、彼の心を説明のつかない喜びで満たした。学校が引けたあと家に帰り、リサイタル用のダークグレーのスーツを着て、ネクタイを締めた。彼とブライディーはそれぞれ五十ドルずつを報酬として受け取ることになっていたし、それなりに正しい服装をするべきだと考えたのだ。

郡裁判所で目にしたブライディーは、スニーカーを履いた両足をがっしりした木製のテーブルに載せていた。髪はごわごわとカールしたポニーテールにまとめられていた。ジーンズにスエットシャツ、その日学校に着ていったのとまったく同じ格好だ。彼女はウィリアムの顔を見て、それから彼のスーツにちらりと視線を移した。

「あら、よく似合ってるじゃない」と彼女は言った。その声には鬱陶しそうな響きがあった。

「ありがとう」と彼は沈んだ声で言った。

ふくれっ面をしたブライディーは、そのへんのただの女の子にしか見えなかった。人生をかけて愛するに足る女性には見えない。彼は微《かす》かな希望を感じた。彼女がいつか自分を好きになってくれるだろうという希望ではない。いつか自分が彼女の虜であることをやめ、自由の身になれるかもしれないという希望だ。彼女はチューインガムをくちゃくちゃ嚙んでいた。

「私たちにはシャンパンが必要よ」と彼女は上着を脱いでシャツだけになっている父親に言った。「だって結婚式ですもの」

「まだ未成年だぞ」と父親は言った。彼は大男で熊のような見かけだったが、親切な人だった。ウィリアムは最初彼の前でびくついていたが、やがてそんなこともなくなった。

「もう結婚できる年齢になっている」とブライディーは言った。

「それはどうかな」と父親は言った。

結婚することになっているカップルは写真を送ってきていた。ブライディーは両足を床に下ろし、その写真をテーブルの上の二本のミネラル・ウォーターのボトルに立てかけた。花嫁は淡い茶色の髪で、幅広で開けっぴろげの白い顔にはそばかすがあった。花婿は軍服を着ていた。「この二人は長くは続かないよ」と彼女は言った。「見ればわかるもの」

「ブライディー」と父親は眼鏡ごしにじろりと彼女を見て言った。「この人はいつ命を落とすかもしれない身なんだぞ。少しは敬意を払いなさい。ガムを嚙むのはよすんだ」

ブライディーはやれやれという目をして、ガムを紙片でくるみ、ドアの横にあるゴミ箱にそれを放った。父親の秘書であるパムが立会人を務めるためにやってきた。彼女は白髪の髪を短くきれいに整え、きちんとしたドレスを着ていた。ウィリアムはそれを見て少しほっとした。

テイラー氏は紙に書かれた文句を読み上げた。「私たちは今日、このカップルの婚姻を結ぶために、ここに集いました。二人は結婚許可証を州に申請し、認可されました。ブライディー、あなたは代理人として、この男性を神の法と州の法のもとに、正式な夫とすることに異存はありませんね？」

沈黙があった。それからブライディーは言った。「ああ、ごめんなさい。異存はありません」

「健やかなるときも病めるときも、富めるときも貧しきときも、生きている限り彼を愛し、共にいることを誓いますか？」

「誓います」とブライディーは言った。ウィリアムの心臓は素早く続けて、ずしんずしんと二度鈍い音を立てた。彼女のシャツの袖は両肘《ひじ》のところまでまくりあげられ、彼は自分がその細い手首を、そして両腕にはえたふわふわとしたうぶ毛をじっと見ていることに気がついた。彼は欲望に刺し貫かれた。自由の身になるなんて夢の夢だ。

彼女の父親は言った。「ウィリアム、あなたは代理人として、この女性を神の法と州の法のもとに、正式な妻とすることに異存はありませんね？」

「異存はありません」

「健やかなるときも病めるときも、富めるときも貧しきときも、生きている限り彼女を愛し、共にいることを誓いますか？」

ウィリアムの声は喉につっかえた。「誓います」

「それではシェリー・ジーン・ジャクソンとアンソニー・ジェームズ・ティボドーが夫婦であることをここに宣します」、テイラー氏はその紙を下ろした。

「これでおしまい？」とブライディーは尋ねた。

「これでおしまいだよ」と彼女の父親は言った。「あとは書類に署名してもらうだけだ」

自分の名前をそこに署名するとき、彼の手はほんの少し震えた。ブライディーも署名した。立会人としてパムも署名した。ブライディーの父親は丸めた札の束を取り出し、そこから五十ドル札を取って、一枚をブライディーに、一枚をウィリアムに渡した。

「これで私たちはお金持ちよ！」とブライディーは言った。「何か食べに行こうよ」

二人はダウンタウンの食堂の緑色のブース席に、チリのボウルをはさんで座った。ウィリアムは自分のスーツ姿が気になった。「どうしてそんなに虫の居所が悪いんだい？」と彼は尋ねた。

「演劇学校に願書を出したことをお母さんに知らせたの」とブライディーは言った。「ミュージカルを勉強したいって。そうしたら、そういうのはあまりにも月並みで、無考えだと言われた。だいいち私はそこまで美人じゃないって。良い線までは行ってるけれど十分じゃない。そういうことを口にしたくはないけど、あとになって悔んでほしくないからあえて言うんだって」

「親切心というやつか」と彼は言った。「君はお母さんとずっと音信不通だったんじゃないの？」

「い、い、「ほとんどね」とブライディーは言った。「前は一年に一度くらい会っていたの。でも私が今ではもう小さな女の子じゃなくなったことに、彼女はついてこられないの。だから会いにいかなくなった。母親っぽい脅しの力ももう通用しないと私は思ってた。『なに、本気でそんな服を着るわけ？』みたいなこと言われるとか、その手のこと。でもまだそういう力は失われていなかったみたい。どうして彼女が家を出ていったか知ってる？」

ウィリアムは首を振った。ブライディーはそれまでその話をしたことがなかった。彼は噂を聞いているだけだった。

「彼女はあるサイキック・チャネラーに会ったの。彼は母に前世の自分とコンタクトさせた。彼女はとにかくいつも前世にのめりこんでいて、それで私にブライディーという名前がつけられたわけ。ずっと昔どこかの女性が催眠術をかけられて、自分はかつてブライディー・マーフィーというアイルランド人の娘だったと言った。その娘はもう死んじゃったんだけど、彼女はその娘についての細かい事実を見てきたように語ることができた。それについて本も書かれた。でも新聞記者たちが調べてみると、そんな娘は実在しなかったことがわかった。うちの母親だけがそういうことはあるって未だに信じているの。そして彼女はその心霊術師のそばにいるために、オークランドに越していった。母は前世では開拓時代の女性だったこともあって、自分の手でジャガイモを掘っていたんだって。それから革命前のフランスの愛妾だったこともある。だから自分はフランス語がすごく得意なんだって、母は本気で思っているの。私はよくこう思ったものだわ。お母さんが現在の人生に興味を持ってくれたらどんなにいいだろうって。この世界には室内配管もあるし、娘だって一人手にしているのよ。でも母は別の人生の方が好きなのよ」、ブライディーは鼻をすった。「できればそんなことは気にしないで生きていたいんだけど」

「気にしないわけにはいかないだろう」とウィリアムは言った。「だって彼女は君の実のお母さんなんだから」

「母親らしいことは何ひとつしてもらってないけれど」

「それでもお母さんだよ」

ブライディーは片肘をテーブルに付き、手のひらでこめかみを押さえ、カールした髪の中に指を入れた。「あのカップルはずっと夫婦でいられると思う？」と彼女は尋ねた。「今日の二人よ」

「そう願っているよ」

「あなたは真実の愛とか、そういうものを信じる？」

ウィリアムは咳払いをした。「信じていると思う」

ブライディーはチリの中にスプーンを埋め、それから手を離した。スプーンは白いボウルの縁に当たって、かちんという乾いた音を立てた。「でもさ、私にはわかんないな。そういう確率ってどれくらいかしら？　正しい相手に人がうまく巡り会える確率って？」

「死んだ開拓時代の女性とコンタクトできる確率よりは高いと思うよ」

彼女は微笑んだが、その目は涙に濡れて光った。「まあそうよね」

「それに彼女は君の新しい仕事に実に相応しい名前をくれたじゃないか」と彼は言った。「代理花嫁《プロクシー・ブライディー》って」

ブライディーは笑って、涙を拭った。「母にも感謝しなくちゃいけないのかもね」

「いや」とウィリアムは言った。「そこまですることはない」

その冬、ブライディーの父親はあと一件の代理人結婚を二人に依頼した。裁判所で二人が会ったとき、彼女はシカゴの演劇学校の入学許可の通知を持参し、それをウィリアムに見せた。彼女はとても上機嫌で、やってきた父親をハグした。そして式の間ずっとウィリアム相手にいちゃついていた。しかしウィリアムは彼女が実際に自分に気があるわけではないことがわかっていた。幸福な気持ちが自然に溢れ出ているだけなのだ。

他の兵士たちも代理人結婚の制度を耳にするようになり、ウィリアムとブライディーはその春、更に三組の結婚式を一日のうちにあげた。夏には、卒業式が済んだあと、三組をこなした。ウィリアムにとっては、数をこなせばこなすほど作業は楽になっていった。「誓います」と口にするたびに心臓がでんぐり返るようなこともなくなってきた。

それから彼はピアノを勉強するためにオーバリン大学に進み、ブライディーはシカゴに行った。大学での生活は忙しく、二人が連絡を取り合うことはたまにしかなかった。しかしクリスマスに二人は、やはり結婚式を挙げるために裁判所で顔を合わせた。ブライディーの父親はまだ来ていなかったので、ウィリアムとブライディーはがっしりとした木のテーブルの前に座っていた。彼女はげっそり痩せていて、それを見てウィリアムはショックを受けた。彼女は太っていたことは一度もなかったが、どちらかといえばぽっちゃりとした顔立ちだった。しかし彼女の顔からは丸みというものが見事に消えていた。

「もうくたくたよ」と彼女は言った。「学校の女の子たちはみんななにしろダンスがうまいの。ついていくだけで、もう死んじゃいそう。そしてみんなは――なんて言えばいいのかしら――無慈悲なの。みんな演劇活動にすごく真剣なところからやってきた子たちで、地元では三百人くらいを押しのけないと役が取れないんだって。ここでは私はせいぜい三人くらい押しのければよかったんだけど。それで他の女の子たちはみんなほっそりとして、何でも来いっていう、熱々の野心のかたまりになっているのに、この私といえば、なんて言うのかしら、踊って歌えればいいという、ただの田舎ものの女の子に過ぎない」

「それはかえって良いことかもしれないよ」とウィリアムは言った。大学で彼は小遣い稼ぎのために、バレエのクラスでピアノを弾いていた。だから彼女が言いたいことはよくわかった。ダンスの世界はおそろしく厳しい。「君は逆に新鮮で、素敵に見えるかもしれない」

「そうは思えないな」とブライディーは言った。

「友だちはいる？」

「ええ。でも彼らは――ほら、このあたりじゃ不良っていっても、たかがしれているじゃない。樽から生ビールを飲んで、殴り合いをして、酔っぱらって橇《そり》滑りをする、それくらいのものよ」

ウィリアムは微笑んだ。そんな土地から逃げ出せたことは、彼にとって何より嬉しいことのひとつだった。

「あちらではね」とブライディーは言った。「みんなエクスタシーをやって、レナード・コーエンの『エヴリバディー・ノウズ』にあわせてストリップをやるの。まあ曲はなんだってかまわないんだけど。そしてそのへんにいる誰彼かまわずベッドに行くの。みんなすごく立派な身体をしているから、それを無駄にしたくない、みたいな感じなのよ。『何も身にまとわないで会わなくちゃならない人たちがたくさんいた』というのがみんなのお気に入りの台詞」

「君も――」と言いかけたが、その光景を想像して言葉がつっかえてしまった。「ストリップをするわけ？」

「まさか、やらないわよ」と彼女は言った。そして昔と同じように声を上げて笑った。彼の愛するその顔のまわりで天使のようにカールした髪が躍った。「私は慎み深い女だもの。素面《しらふ》で、服は着たまま。でもいつもおびやかされている」

二人はお馴染みの儀式を繰り返した。しかしブライディーは昔と同じブライディーではなかった。彼女の目には今では、傷つきやすく不確かなものがあり、それは彼の胸を鋭く刺し貫いた。

二日後、彼女はウィリアムの両親が開いたクリスマスのパーティーに、タイトな赤いドレスを着てやってきた。彼女はうまくかつての自信を取り戻せたらしく、笑いながらツリーの脇に立ち、手にシャンパンのグラスを持ち、黄金色の髪をクリスマスの照明に輝かせていた。ウィリアムの父親は彼に向けて、「なかなかいい子じゃないか」という風に眉を持ち上げて見せた。そこには質問も含まれているようだった。

ウィリアムはただ首を振った。ブライディーに向かって正面から真剣な話は持ち出せなかった。そんなことをしたら、彼女は怯えてどこかに逃げ去り、すべては台無しになってしまう。あっさりと袖にされた気の毒なモンティーのことを彼は考えた。彼は今ウィリアムの父が見ているのと同じものを見たのだ。モンティーはそれを手に摑もうとした。不器用に。そして「ゴール」についての垢抜けない話を持ち出した。ブライディーは笑って、彼の手からするりと逃げ出した。

一月にウィリアムは大学に戻り、練習と実作に精を出した。彼はおずおずとではあるけれど、作曲に手を染めるようになった。バレエのクラスで伴奏をつけるアルバイトをやめて、ピアノ五重奏曲をひとつ書いた。とてもむずかしい作業で、かつての物理学への愛着がよみがえってきた。入り組んだ難題に取り組み、複数の観念を同時に頭の中で進行させる喜び。その作品が他の学生たちによって演奏された夜、彼は演奏から作曲に進路を変更することを決意した。

イラク侵攻が始まったせいで、結婚を望む兵士たちの数はますます増えていった。ブラィディーの父親は戦争については心を痛めたが、それでも結婚の依頼は引き受け続けた。戦争が間違っているのは兵士たちのせいじゃないと彼は言った。しかし翌年の春、アブグレイブ刑務所における捕虜虐待の写真が流出したとき、テイラー氏は結婚式代理の仕事からきっぱりと手を引いた。「これまでだ」と彼は言った。「私はもうやめる」

ドイツ語にならきっと、世界的な大事件が個人の私生活に波及することを意味する長い複合語があるに違いないとウィリアムは思った。そのスケールはほんの些細なところまで縮小されるが、日常レベルでの影響力は逆に増大する。代理人結婚をやめるということは、同じ学校に通っていない今となっては、ブライディーと顔を合わせる機会がほとんどなくなることを意味した。学校の休みに彼がいつ帰郷するか、その正確な日程はさほど彼女の関心を引かないようだった。

彼は創作に励んだ。長時間ピアノの前に座っていると、背中が痛んだ。それで背中を鍛えるためにジムに通って、おかげで体つきが違ってきた。胸板が厚くなり、腕も太くなった。とうとうガールフレンドまでできた。ジリアンという黒髪のオーボエ奏者だ。彼女はウィリアムに、管楽器にはどんなことができて、どんなことができないかを説明してくれた。彼が彼女に見せた自作の曲は、超人的な肺を要求するものだったからだ。

ジリアンは自分が大学を卒業して、交響楽団に仕事の口を求めても、オーボエ奏者のポジションは見つからないかもしれないことを知っていた。もし幸運に恵まれれば、ひとつくらい空きはあるかもしれないが、多くの人がそのポジションめがけて殺到することだろう。彼女はただテーブルにかがみ込んで、何百時間も無為にリードの調整に励んできたわけではなかった。彼女は主要オーケストラの首席オーボエ奏者の年齢をすべて知っていたし、彼らの結婚相手がどんな仕事に就いていて、その仕事が引っ越しを必要とするものであるかどうかも頭に入れていた。また彼らの結婚生活が順調であるかどうかも知っていた。彼女は空席さえあれば、どんなところでも引き受ける決意を固めていたし、その野心の一部をウィリアムのためにも分け与えてくれた。両親も、昔のピアノ教師も、彼にそういう望みを託したことはなかった。彼らが望んだのは、ウィリアムに幸福になってほしいということだった。しかしジリアンは彼に傑出した人物になってもらいたがっていた。

「タンパに空席があるかもしれない」と彼女は寮の彼のベッドに横になりながら言った。「あなたはタンパに来るつもりはある？　あなたの仕事ならどこでだってできるでしょう」

隣にいる彼女にウィリアムは目をやった。その細い黒髪は彼の枕の上に、扇のように広がり、マスカラが片方の目の下で痛ましく滲《にじ》んでいた。もしタンパでオーボエ奏者が頓死《とんし》して、ジリアンがその職を得たとしても、自分がタンパに行くことはあるまいとウィリアムは思った。人はこのようにして、自らの心の奥に秘めたものを見通すことになるのだろうか、と彼は思った。「あなたはタンパに来るつもりはある?」というような台詞がそのテストになるのだ。

「大学院に行こうと思うんだ」と彼は言った。

ジリアンの額の皺《しわ》が深まった。「どこの?」と彼女は質問した。

彼女がオーボエ奏者のリストを頭の中にさっと広げていることがわかった。彼らの余命、彼らの結婚生活の状況。

「どこにするかまだ決めていない」と彼は言った。「オハイオにはもう飽きた、というくらいのことしか頭にないんだ」。それは本当だった。場所はどこだってかまわない。彼はジリアンに感謝していた。その冷ややかな野心と温かな思いやりに、そしてふんだんなセックスに。でも一緒にタンパに行くかもしれないと思わせてしまったのは良くないことだった。彼女がブライディー・テイラーではないことは、彼女のせいではないのだ。

代理人結婚を希望する人々は、ブライディーの父親のもとに、懇願の手紙を書いてくるようになった。そして最後には彼も折れた。ウィリアムとブライディーはクリスマスに、一挙に五組を結婚させた。二人が卒業したあとには、七組が控えていた。秘書のパムによれば、最初のカップルは結婚の誓いを自作し、それを代理人に読み上げてもらいたいと希望していた。彼女はタイプした紙を二人に渡した。

「君たちがそうしてもいいというなら、私はべつにかまわない」とブライディーの父親は言った。

ブライディーは原稿を手に取り、ウィリアムの方を向いた。「私はあなたのために雨の中を駆け抜けます」と彼女は読み上げた。笑いをこらえながら、なんとかそのまま読み続けた。「私はあなたの足を賞賛します。たとえあなたの足指が、爪も生えていない曲がった赤ん坊みたいな指であるとしても。私はあなたが幸福になれるように全力を尽くします。たとえあなたのやることがいつも私を幸福にするとは限らないとしても。そして世界中のどのような代理人も、本当の意味ではあなたの代理をつとめることはできないのだということを、私は心にとどめます。なぜならあなたは私にとって替わりのきかない人だからです。あなたは私が生涯を共にすべく定められた人であり、だからこそ私は、あなたの手にこの心を委《ゆだ》ねるのです」。彼女は原稿を下ろした。「あら」と彼女は放心したように言った。「これはほんとに――笑っちゃってごめんなさい」

ウィリアムは部屋の向こうから秘書が二人の姿を見ているのに気づいた。彼女はブライディーを子供の頃から知っている。彼は彼女の目をよけた。

七月にブライディーはオーディションを受けるためにニューヨークに行った。ウィリアムは、行こうと思えば自分もニューヨークに行けるんだと思った。しかしブライディーは彼に来てくれとは言わなかった。来てくれと申し入れてきたのはいくつかの大学院だった。その中ではインディアナ大学がいちばん多額の奨学金をつけてくれた。

「オハイオにはもう飽きたと言って、それでインディアナに行くわけ?」とジリアンは電話で言った。「いったいどれだけ違いがあるのよ?」。彼が自分の元を去っていったことで、ジリアンはまだ腹を立てていた。そう思われるのは彼にとっては栄誉なことだった。他のオーボエ奏者がそれほどの惨事にみまわれることなく、彼女が職を得られることをウィリアムは祈った。彼らがリンパ腫にかかったり、つらい離婚をしたりせずにすめばいい。しかしいずれの場合であれ、ジリアンが幸福な気持ちになるであろうことは、彼にもわかっていた。

ウィリアムはブルーミントンが気に入った。瑞々しく繁った高くそびえる樹木、夕暮れの蛍、大学の陰鬱で灰色の建物。彼はすぐに作曲の作業に取りかかった。それと同時に、才能ある韓国人のヴァイオリン奏者たちの指導担当の役も引き受けた。彼らは英語がまだ不得意で、音楽理論のペーパーを書くのを手伝う必要があった。ある朝カフェで、コーヒーを待ちながら新聞を手に取ったとき、彼とブライディーが代理人になって結婚をさせた軍曹の名前をそこに見つけた。道路に仕掛けられた爆弾で彼は殺されていた。間違いなく同じ名前だった。それ以来、彼は新聞を避けるようになった。学校ではそれはむずかしいことではなかった。

ブライディーは時々ニューヨークから電話をかけてきた。学校にいたときよりその回数は増えていた。彼女は夜はヴィレッジのレストランで働き、それからブルックリンの家に帰り、まだ暗いうちに起きてしっかりと化粧をし、マンハッタンに戻って、コーラスの募集の列に朝早く並んだ。でもなかなか役は得られず、それですっかり気落ちしていた。ウィリアムは死んだ軍曹のことは彼女には言わなかった。

「このあいだ会ったキャスティング・ディレクターによれば、私は清純な娘役には向いていないって」と彼女は言った。「その女性が言うには、私の髪はたしかに娘役に向いているけど、髪なんてかつらで間に合う。でも私の顔は娘役に向いていない。あなたはどちらかといえばキャラクター女優のタイプよ、と彼女は言うの。でもそういう役を取るには、私はまだ若すぎる。要するに、私は自分の顔に相応しいだけの年齢をまだ重ねていないっていうわけ。まったくもう、いったいどうすればいいの？　役がほしければ三十年待ちなさいっていうこと？」

「そのうちに何か役が出てくるよ」とウィリアムは言った。「君のような見かけの役者を探している人たちが、きっとどこかにいるさ」

「どうかしら」とブライディーは言った。「私は天性のダンサーってわけじゃないし」

「それは何よりだ」

「そして私はずいぶん疲れている」

「君は眠りを必要としている」と彼は言った。「そうしないと老け込んで、すぐにキャラクター役が回ってくるようになるぞ」

ブライディーは笑った。やがてそれはすすり泣きのような声に変わった。「お母さんの言ったことが正しかったのかもね」と彼女は言った。「私は十分にはきれいじゃないのかもしれない」

「ブライディー」と彼は言った。「君はニューヨークに出てまだ八か月にしかならないんだぞ」

しかし二年経っても、三年経っても、彼らはまだ同じような会話を繰り返していた。時には仕事が見つかって幸福な気分でかかってくる電話もあった。キャットフードの広告の仕事が入って、それで請求書が払えた。インディアナまでは辿り着けなかった旅回りの劇団の仕事があった。しかし仕事にありつけないことで、彼女はだんだん消耗していった。時々彼はブライディーのことを一度も考えずに数週間を送ることもあった。かと思えば、彼女に対する想いが心を去らないこともあった。それから電話もかかってこないし、電子メールも来ないし、まったく音信のない一年間があった。

最初に彼がニュースを耳にしたのは、母親からの電話だった。彼女はブライディーの祖母にたまたま食料品店で会ったのだ。その老婦人は自慢げに言った。「ブライディーの女優を目指す努力がどれくらい報われているのか、それはよく知らないけど、でもこのあいだ素敵な若者と結婚したのよ。まあ、若者とは言えないかもしれないけど、素敵な人だって聞いているわ」

ウィリアムはみぞおちに一撃を食らった気分だった。息が詰まって、まともに会話を続けることができなかった。母親もその気配を察したようだった。

「残念だったわね、ウィリアム」と彼女は言った。

「知らせてくれてありがとう」と彼はなんとか声に出した。

彼はブライディーが電話をかけてくるのを待った。しかし電話はなかった。とうとう彼はメールを送った。「どうしてる？」と書いた。やはり返事はなかった。

彼は依頼を受けて作曲していた。しかし楽譜に目をやるたびに、頭の中で音符がふわふわと舞った。アパートメントのピアノの前に座っても、自分はもっと違う行動を取るべきだったんじゃないかという思いが、頭の中に渦巻いた。ブライディーに何人かのボーイフレンドがいたことは知っていた。しかし、彼女がほかの誰かと結婚するかもしれないという思いは、なぜか一度も頭に浮かばなかった。彼女は故郷に戻るたびに常に彼、即ちウィリアムと結婚式をあげていたのだ。あるいはそのせいで彼女は、本物の結婚を気楽なことと考えてしまったのだろうか？　それほど頻繁に結婚しても、とくに個人的な影響がなかったことで、彼女はよく考えもせず誤った結婚に足を踏み入れていくことになったのかもしれない。それはどう考えても誤った結婚だった。彼にはそういう確信があった。それ以外の何であり得ようか？

それでもまたなんとか仕事ができるようになってきた。ブライディーと一緒になる希望をなくしたことで、彼は時間のない宇宙に生きているような気持ちになった。それは不思議に解き放たれた状態だった。自分の書いている音楽が良い音楽なのか悪い音楽なのか、それすら気にならなかった。ブライディーの母親が信服している、前世を召還する心霊術師のことを彼は考えた。その音楽はどこか別の場所から来ているのではないかと思った。自分の意思で作曲をおこなっているのだと思えることもあった。バスーンに何ができるかを考え、ひとつの音がどれくらい長く引っ張れるかを考え、不協和音をどれくらい長く持続させ、しかる後にもっと甘い何かに転ずればいいかを考える。しかしたとえそういうときでも、自分が批評的な感覚から解き放たれていることが、彼にはわかった。自分は何かを創り出しているのだ。そしてそれは彼の心に喜びを与えた。たとえその作品が彼のアパートメントを出ることがなかったとしても、それでもよかった。あるいは彼自身がアパートメントを出ることがなかったとしても。自分が外に出ない限り、自意識が壊されることもないし、外の世界に脅かされることもない。

そうこうするうちに時が経ち、クリスマスがやってきた。彼は実家に電話をして、休暇をとっている余裕がないから今年は家に戻れない、インディアナにいる、と言った。既に結婚しているブライディーと、また代理人結婚式をあげるなんて、とても耐え難いことだった。更に耐え難いのは、彼女の実際の夫が代理人の役を彼から引き継ぐのを、傍観することだった。

一月に母から電話があり、ブライディーもクリスマスに帰郷しなかったことを知った。二月にまた母が電話をかけてきて、ブライディーが離婚し、故郷に戻ってくるというニュースを伝えた。電話回線の沈黙に耳を澄ませながら、これはひょっとして自分の心の求めがもたらした夢か幻想ではないか、とウィリアムは思った。

「彼女に電話した方がいいわよ」と母は少ししてから言った。

「それで、何て言えばいいんだい？」

「あの子は知らないのよ。おまえが彼女に恋しているってことを」

「恋してなんかいない」

「ねえウィリアム、私はおまえの母親なのよ」と彼女は言った。「それくらいのことはわかるわ」

「電話なんてできない」

「時々、あなたたち二人はわざわざ不幸せになろうと決心しているように見えることがある」

「彼女は不幸せじゃないよ」と彼は言った。

「それは私が耳にした話とは違うわ」

「じゃあ話を聞くのはやめればいい！」

また沈黙が続いた。「今年の夏はこちらに戻っていらっしゃい」と彼の母親は言った。

「切符は買ってあげるから」

ウィリアムはさっきまでの至福に満ちた、忘我的仕事モードに戻ろうとした。しかしそれはもう簡単なことではなくなっていた。彼の心は乱され、魔術は解かれてしまっていた。

小さな町からの煙信号はインディアナにまで届き、ブライディーの消息をウィリアムは逐一知ることになった。彼女は父親の事務所で働き、書類整理の仕事をし、ダウンタウンのレストランでウェイトレスとして働いていた。ブライディーもやはり同じように彼の消息をつかんでいるのだろうか、とウィリアムは思った。煙信号はそれを読み取ってくれる母親がいなくてもちゃんと機能するものなのだろうか？

六月に彼は帰郷し、その答えを知った。両親の家に戻って一日と経たないうちにブライディーから電話がかかってきた。ブライディーの名前がスクリーンに表示された。受話器を取って、彼女の声の響きを耳にしたとき、彼の意に反して、身体の奥に何かときめくものがあった。

「あなたにまた結婚式をあげるつもりがあるかどうか、父が知りたがっているの」と彼女は言った。「あとひとつだけなんだけど」

彼は何も言わなかった。

「ウィリアム？」

「僕らがいなくなってから、誰が僕らの代わりを務めていたんだろう？」と彼は尋ねた。

「誰も。父はもうずっと代理人結婚から手を引いてた」

「君は本当に結婚したという話を耳にしたけれど」

「したわ」と彼女は言った。声をできるだけ明るいものにしようと彼女が努めていることが、ウィリアムにはわかった。「私は本物の結婚にはあまり向いていないってことがわかっただけ」

「相手は誰なんだ？」

「私が働いていたレストランのオーナーだった」と彼女は言った。「『ジャングル・ブック』を覚えている？　大蛇がモウグルを催眠術にかけたとき、モウグルの目は真っ白にくらんでしまって、そのまま相手のあとについていって、ぐるぐるまきにされてしまうの。それが私だった。私はそのモウグルだった。でも私はなんとかその縛りから逃れ出ることができた」

「なぜ？」

「つまりね」と彼女は疲れた声で言った。「彼は私の他にも二人のウェイトレスと寝ていたのよ。それでもういい？　父には、あなたにはもうやる気はないって言っておくわ」

「やってもいい」と彼は言った。

裁判所の駐車場に母親の車を駐めたとき、彼の横の赤いピックアップ・トラックの中で、一人の女性が泣いていた。空気はきりきりとして、高い石造りの建物は、隣に近接して建てられた新しい刑務所のせいで、威圧的に見えた。

裁判所の中の、彼らがいつも使う部屋には鍵がかけられていた。だからウィリアムは職員のいるデスクに引き返した。列の彼の前に並んでいた娘は、十七歳くらいにしか見えなかったが、差し止め命令書を取りに来ていた。デスクに座っている胸の大きな女性は、受話器を肩で支えながら質問していた。「ねえ、夫がアフガニスタンにいる場合、どうやって離婚手続きをすればいいの？」

ウィリアムは反射的にこう考えた。その離婚する夫婦は、僕とブライディーが結婚させた夫婦じゃないだろうかと。他人の痛み。裁判所の中はそういうもので満ちていた。

職員が部屋の鍵を開けて、中に入れてくれた。バックパックをがっしりした木のテーブルの上に置き、長身を折り畳むように椅子に腰を下ろした。予定の時刻にはまだ間がある。顔の前を両手で塞いだ。それはブライディーを見ないで済ませるための楯《たて》のようだった。「もし互いに注ぐ愛情が等量でありえないのなら、愛する量が多い方に私はなりたい」。オーデンの詩の一節だ。ウィリアムは学校で鼻持ちならないテナー歌手のために、その詩に曲をつけたことがあった。しかしオーデンにいったい何がわかっていただろう？　汚い室内履きでどたどたと歩き回り、ティーカップを吸い殻で一杯にしていたような男に。オーデンは生まれつき、誰かに愛されるよりは、誰かをより多く愛するようにできていた。なればこそ、相手を熱望することを立派な気高いことに見せかけようとしたのだ。ウィリアムは長年の経験から、それがこじつけであることを知っていた。人間の頭脳の役割は、苦しみを合理化することなのだ。

ブライディーが部屋に入ってきた。ジーンズにボタンダウン・シャツという格好で、シャツの片方の裾はたくし込まれている。この前会ってから二年が経っていた。彼女の顔にきつい険《けん》が生まれているのを目にして、彼は驚いた。疲れて、打ちのめされているみたいに見えた。両目の下には黒い隈《くま》ができていたが、それでも彼女は、耳に前と同じ小さなリングをつけてちゃらちゃらさせ、やはり釣り合いのとれないスイートな顔をしていた。ウィリアムがどれだけ顔を両手で覆っても、彼女から身を護ることはできなかった。その姿を見ると、彼の心臓はきりきり痛んだ。彼女は腰を下ろし、片方の膝を抱き、スニーカーを履いた片足を椅子に載せた。

「作曲の調子はどう?」と彼女は尋ねた。

「順調だよ」。やはり来なければ良かったと改めて思った。彼女の姿を見ただけで、その声を聞いただけで、それまで決意を固め、力を尽くして、しっかり縫いつけてきた傷口がまたぱっくり開いてしまった。「故郷に戻ってきて、どんな具合?」

　ブライディーは微笑んだ。「あんまり面白いとは言えないわね」と彼女は言った。「私がウェイトレスをしているのを見て、嬉しくて仕方ない女の人たちが何人かいるのよ。彼女たちはサラダを注文してこう言うの。『まあ、あなたは大スターになるつもりでここを出ていって、それでまた戻ってきたのね』って。この街を出ていったってろくなことにはならないという、その人たちの持論を私がしっかり裏付けているわけ。そうやって私は人々を幸福な気持ちにする。それは大事なことよ」

　彼女の父親が入ってきて、ウィリアムの肩をとんとんと叩いた。「よく帰ってきたね」と彼は言った。「今度のカップルはビデオ・カンファレンスを望んでいる。たぶん君は気にしないだろうって言っておいたんだが」

「ビデオですって！」とブライディーは言って、髪に手をやった。「そんなこと、前に言ってくれればいいのに」

「私もさっき聞かされたばかりなんだ」と父親は言った。彼はバッグからラップトップを取り出し、それをブライディーに渡した。二つのユーザー・ネームが書かれたポストイットがそこに貼り付けられていた。「彼らはスカイプすることを望んでいる。何のことだか私にはよくわからんが」

「そうとわかってたら、髪をちゃんと洗ってきたのに」とブライディーは言った。「彼らはお父さんを見たがっているの？　それとも私たちだけ？」

「君たち二人だけだ」と父親は言った。「私は後ろの方に控えている」

ブライディーが父親の代わりにスカイプのアカウントをセットアップしている間、ウィリアムは自分の椅子を彼女の椅子の隣に並べ、二人の顔がラップトップのスクリーンに映るようにした。ブライディーは椅子を滑らせて、もっと近くに寄せた。ウィリアムは彼女の膝が自分の膝と触れ合うのを感じた。彼はキーボードを見下ろした。自分の顔を見たくはなかった。自分がブライディーの顔をまっすぐ見られるとは思えない。

彼女はカールをふわっとさせた。「えーと、あなたはスカイプされてもかまわなかった？　もっと前に尋ねるべきだったわね」

「かまわないよ」と彼は言った。自分の声の中に含まれたとげとげしさを憎みながら。「でも今日で最後にしてほしい。これからは誰か別の相手を見つけてくれ」

ブライディーは驚いたように彼の顔を見た。「本気で？」

「僕にはきつすぎるんだ。もうこれ以上はできない」

「どうして？」

「回線をつないだらどう」と彼は言った。「とにかくこいつを済ましちゃおう」

ブライディーはそうした。ウィリアムは気を高ぶらせ、気まずい思いを抱きながら待った。彼は自分が未だにひょろっとしたのっぽの少年であるような気がした。そしてブライディーの目には彼はずっと、まさにそのように映ってきたのだ。もう二度とこの仕事を受けないということは、今回の件が終わるまで口にするべきではなかったのだ。彼はこれから結婚するカップルの顔を見たくなかった。そして自分とブライディーにとって、この儀式がとるに足らない意味しか持たないことを思い出させてほしくなかった。

しかしそのとき新郎新婦の顔がスクリーン上方の別々の枠の中に浮かんだ。若い黒人のカップルだ。新婦はまっすぐなボブヘアで、目が大きかった。彼女の背後にはヴァージニア州の自宅の居間が見えた。新郎はイラクにいて、砂漠用のカモフラージュ戦闘服を着ていた。名前はナタリーとダーレン。

「ハイ」とブライディーは言った。「私はブライディーで、彼はウィリアム。私たちがあなたたちの代理人を務めます」

新婦は眉をひそめた。「黒人の代理人を希望したんだけど、弁護士によればあなたたちはモンタナにいて、そこには黒人があまりいない」

「そうなの」とブライディーは申し訳なさそうに言った。「私は彼の娘なの。つまり弁護士の娘ということ。私たちはいつも代理人を務めています」

「オーケー」とナタリーは言った。

ダーレンは言った。「君たちの成功率はどれくらいなんだ?」

「ええと、全員無事に結婚しているわ」とブライディーは言った。「ああ、あなたの尋ねているのは、どれくらいの確率で結婚が続いているかということ?」

「そうだよ」

「それは知らない」とブライディーは言った。

ウィリアムは新聞に載っていた死んだ軍曹の名前を思い出した。そして結婚解消の手続きについての質問のことを。しかしそんな考えはどこかに押しやった。

「おれはこれが適切な手順を踏んでいることを望んでいる」とダーレンは言った。「故郷でやるのと同じように」

「これは法律どおりに行われています」とブライディーは言った。「あなたたちは正式に結婚できるわ」

「ほらね」とナタリーは言った。「問題ないって」

「おれはもうひとつしっくりこないだけさ」と彼は言った。

「ごめんなさいね」とブライディーは言った。「おつとめに感謝します」

兵士は肯《うなず》いた。ウィリアムはびっくりしてあやうく彼女の顔をまじまじとのぞき込みそうになった。おつとめに感謝します？　いったいどこでそんな台詞を覚えてきたんだ？

テイラー氏が、花柄のドレスを着たパムと一緒に部屋に戻ってきた。二人は腰を下ろした。「用意はいいかね？」と彼は尋ねた。

ウィリアムとブライディーは肯いた。そして父親は手慣れた儀式に取りかかった。

「ブライディー、あなたは代理人として、この男性を神の法と州の法のもとに、正式な夫とすることに異議はありませんね？」

「異議ありません」とブライディーは言った。

スクリーンでナタリーが泣き出した。

次にウィリアムが「異議ありません」と言った。ダーレンは声には出さず、そのとおりに唇を動かした。彼は痛切なまでに生真面目だった。ブライディーの父親が二人を夫婦であると宣言すると、ナタリーは両手を口にあて、涙がこぼれるのを抑えようとした。

署名をし、日付を書き込みながら、このカップルが幸福になってくれるといいのだがとウィリアムは思った。ダーレンが無事に故郷に帰還できることを彼は祈った。ブライディーの父親とパムがテーブルに来て、カメラに向けて手を振り、おめでとうと言った。そして書類を手にそこを離れた。あとはウィリアムとブライディーと、スクリーン上のカップルだけになった。

「これでもうあなたたちは夫婦なのよ」とブライディーは言った。「『新婦に口づけしてよろしい』と言いたいところだけど」

ナタリーは涙で乱れたメイキャップをなんとか救おうとしていた。「なんですって？あなたたちはそんなサービスもしてくれないわけ？」

「いや、僕たちはそこまではしていない」とウィリアムはきっぱりと言った。

「ねえ、お願いよ」とナタリーは言った。「結婚式だもの、やっぱりキスで締めくくらなくちゃ。私はげんを担ぐタイプなの。箒《ほうき》を飛びこえてと頼まないだけ、まだありがたく思ってほしいわ」

ウィリアムは困惑した顔でブライディーを見た。「僕らは箒を飛びこえろといわれれば——」、彼はそう言いかけた。

それは唐突でありながら、あくまで自然な成り行きだった。磁力に引き寄せられると言えばいいのか、だいたいそこまで接近した二つの唇が合わさらないでいることこそ不自然ではないか。ウィリアムは目を閉じ、ブライディー・テイラーに口づけをしていた。実に信じられないことだ。彼女の唇は柔らかく、温かく、何か甘いものの匂いがした。微かにぴりっとした匂いも混じっていた。たぶんジンジャーだ。その髪の中にある匂いだった。

そして口づけは終わり、ブライディーはわけがわからないという表情を顔に浮かべて、彼を見上げた。彼女は顔を赤らめていた。頬がうっすらとピンク色に染まるのが見えた。彼の耳は痛みを感じるほど熱くなっていた。きっと両方の耳は真っ赤になっているに違いない。

囃《はや》し声が上がり、拍手が聞こえた。そちらを見るとナタリーが二人に向かって拍手喝采をしていた。ダーレンは初めて笑顔を見せていた。ブライディーはカメラに向かって小さくお辞儀をした。

彼女の父親が部屋に入ってきて、二人は本能的に立ち上がった。何か悪いことをしている現場を先生に見つけられたみたいに。二人の座っていたベンチは木の床の上を後ろに押されて、きいっという耳障りな音を立てた。彼らはカップルにさよならを言った。ありがとう、お幸せに、という挨拶が交わされた。ブライディーはコンピュータを片付け始めた。テイラー氏はウィリアムに向けて顔をしかめた。「君の耳はいったいどうなったんだね?」

ウィリアムは両耳を手でぱしぱしと叩いた。「ときどきかっと熱くなっちゃうことがあるんです」

テイラー氏の顔は疑念を浮かべた。しかし何も言わずコンピュータをバッグに仕舞い、去っていった。

「あなたの耳は本当に真っ赤よ」、二人きりになったときにブライディーが言った。

「たまにそうなるんだ」

「覚えてるわ」と彼女は言った。

「覚えている?」

彼女は肯いて、両手を彼の耳に伸ばした。冷ややかな指先が、彼の熱くなった耳の軟骨の端に触れた。

「そんなことはよしてくれよ、ブライディー」と彼は言った。「からかわないでほしい」

「からかってなんかいないわ」

「からかってるよ」

「ねえ、ああいうのって、前に感じたことある?」と彼女は尋ねた。「私たちがキスを——つまり彼らが私たちにキスしてくれって頼んだとき」

「感じるって、何を?」

「何かが急にぱっと転換したっていうか」と彼女は言った。「そこで焦点がくっきり結ばれた、みたいな気持ち」

「僕は違う」。彼の声はしゃがれていた。

「違ったか」と彼女はがっかりしたように言った。

ウィリアムは首を振った。「昔からずっと変わらずそういう気持ちだった、ということだよ」。彼の両脚はがたがた震えていた。

本当かしら、というように彼女は眉を寄せた。彼は思い出した。母親が「あの子は知らないのよ。おまえが自分に恋しているってことを」と言っていたことを。そして時々ブライディーのものわかりがひどく悪くなることに対して、自分がよく腹を立てていたことを。

「嘘じゃない」と彼は言った。

彼女の両目はあらゆる感情をひととおり通過していった。驚きがあり、それから同情と悲しみがあり、次に喜びのように見える何かがあった。やがてその顔は再びピンク色に輝いた。かつて彼が恋に落ちたブライディー・テイラーの顔が戻ってきた。

「どうして君は他の男と結婚なんかできたんだ?」と彼は尋ねた。

「だから言ったじゃない」と彼女は言った。「蛇に魅入られていたんだって」

「そんなの言い訳にならないぜ」

「じゃあ、なんて言えばいいのかしら」と彼女は言った。「私はただ――わけがわからなくなっていたのよ」

「でも今はわけがわかっているんだね?」

「わかっている」

「間違いなく?」

返事をする代わりに、ブライディーは彼を抱き寄せた。新婦に口づけをさせるために。ウィリアムは両手を彼女の首の付け根の、巻き毛の中に埋めた。そして長いあいだ求め続けていた彼女の肉体が、自分に押しつけられるのを感じた。彼女の柔らかな唇が彼の唇に重なっていた。あのジンジャーのような匂いがした。安堵のために今にもすすり泣いてしまいそうだった。待ち続けた長い歳月の重みから、ようやく解放されたのだ。悲しみを心の奥にしまい込んだ時節が何度もあった。等量の愛情。これがそういうものなのか? いや、ぴったり等量である必要なんてない。等量に近ければそれでいいじゃないか。

「愛し合う二人に代わって」

原題はごくあっさりと「The Proxy Marriage（代理人結婚）」。「ニューヨーカー」誌でこの短編を読んだとき、「ふうん、今どきこんなにストレートな短編小説があるんだ」と、とても新鮮な驚きを感じた。昔の「ニューヨーカー」にはよくこういうタイプの話が載っていたような気がする。このまっすぐなところが、僕はけっこう好きです。

あまりぱっとしない外見の、インテリジェントな男の子と、美人で派手っぽい（ところのある）女の子。高校時代に仲良くなり、気は合うんだけど、それより先にはなかなか進めない。彼は内気すぎるし、彼女は自分の夢にしっかり目がいっている。よくあるパターンだ。そのパターンに「ナイン・イレブン」からイラク戦争に至るアメリカの世相が重ねられている。

ちなみにウィリアムの通ったオーバリン大学は、オハイオ州の地方都市にあるリベラルアーツ・カレッジで、音楽科が有名。全学で二九〇〇人の学生に対して二三〇〇台のスタインウェイ・グランドピアノが用意されている。すごいですね。インディアナ大学本部キャンパスのあるブルーミントンも小さな町だ。彼はきっとそういう静かな環境に惹かれる人なのだろう。

【恋愛甘苦度……甘味★★★★／苦味★】

テレサ

デヴィッド・クレーンズ

“*Theresa*”
by
David Kranes

デヴィッド・クレーンズ

イェール大学で演劇を学び、1967年よりユタ州在住。40年にわたり、州内で最も影響力のある作家として活躍する一方、米国とヨーロッパ各地のライターズ・ワークショップで作家の育成にも貢献してきた。多作で知られ、7作の長編小説、50本の戯曲、更には映像脚本も手がける。近著は *The Legend's Daughter*。

アンジェロはこの二か月というもの、サイクス先生の四時限目の歴史の授業のあいだじゅう、ずっとテレサを見つめていた。そういうのはまともじゃないと思うのだが、どうしてもやめることができない。彼女は二列前の、彼のすぐ前に座っているので、見つめるのはむずかしいことではない。ときどき彼女は自分が彼に見られていることを感じて、後ろを振り向くので、そのたびに視線をそらさなくてはならない。そういうときには、首の後ろに血が上ってくるのが感じられる。そのたびに「こんな風に見つめるのをやめなくちゃな」と彼は思う。視線が合ったりしたら困ったことになる。でもやめることができない。またつい彼女の方をじっと見てしまう。テレサの何かが――その外見にある何かが、彼女がそこに座っているたたずまいの何かが――彼にそうさせるのだ。

サイクス先生はそんなことにはまったく気づかない。彼は典型的な教師だ。何も見ていない。地図をぴしっと指し、黒板に人名を書き連ねる。名前と名前のあいだにチョークで線を引く。そして生徒を指名する。テレサが指名されたとき、彼女はいつも一分くらい黙っている。今にも泣き出しそうに見える。しかし彼女はやがて答えを口にし、その答えはいつも正しい。サイクス先生は「よろしい。そのとおりだ。テレサ」と言って、授業を続ける。アンジェロは自分が指名されるたびに、先生を殴りつけたくなる。でもそうするかわりにアンジェロは「教科書をロッカーに置きっぱなしにしてきました」と言う。それに対してサイクス先生はいつもこんな風に言う。「アンジェロ、聞いていなかったね。私は君に、君の名前を尋ねていただけだよ」。そしてクラスはどっと笑う。普段のサイクス先生は無害な人間だ。しかし彼がそういうこざかしい冗談を口にするたびに、「この野郎」とアンジェロは思う。

アンジェロはときどき自分が二人の人間であるような気がする。それというのも、彼は大きいからだ。十四歳で、身長が百九十センチ、体重が百二十七キロある。だから自分が一人の十四歳の少年ではなく、二人ぶんだと考えた方がいいみたいに思える。学校にいるあいだ、そのほとんどの時間、彼は自分をもてあましている。どうやってじっと座っていればいいのか、これが自分だと自分で考える人間をどうやって自分の身体に収めておけばいいのか。みんなは彼のことで冗談を言う。コーチは彼にフットボールの選手になってくれと頼み込む。彼はどこかに隠れてしまいたいと思う。よその場所に逃げて行って、本来別々であるべき（と彼が思う）二人の自分を分割してしまいたいと思う。そしてとんまな方を捨て去り、利発な方だけを持ち帰って、みんなをびっくりさせたいと思う。

それでもやはり、彼はテレサを見つめることをやめられない。いや、むしろますますひどくなっていく。

テレサには友だちが一人もいないみたいだ。彼女に敵がいるというのではない。でもとにかく、彼女が誰かと一緒にいるところを、アンジェロは一度として目にしたことがない。誰かと喧嘩をしているところも、誰かと親しくしているところも見かけたことがない。朝の一時限が始まるときには既にそこにいて、最終授業の終了ベルが鳴ると、すぐに帰ってしまう。誰かと一緒にいたことがない。そういうのも、アンジェロが彼女をつい見つめてしまう理由のひとつになっているような気がする。彼は何度か彼女に向かって、「ハイ」と声をかけたことがあった。「ハイ」とか「ヘイ」とか。そのたびにテレサは下を向いて「ヘロー」と言う。

テレサはメキシコ系だ。アンジェロはそう思っている。彼自身はイタリア系だ。父親は彼のことを「アンジェロ・マンジェロ（大食い）」と呼ぶ。というのは彼はなにしろいっぱい食べるし、ビールをがぶ飲みするからだ。「育ち盛りなのさ」と父親は言う。そして笑う。テレサの髪はとても黒く、とても艶《つや》やかで、とても長い。ときどき彼女はそこに花を挿した。ときどきそこに櫛《くし》を挿した。でもおおかたの場合、そこにはただ髪があるだけだ。飾りはなし。彼女の髪を手の中に持つことができたら、どんな気持ちがするんだろうとアンジェロは思う。でもすぐに、そんなことを考えるのは変なことだと思う。そして恥ずかしくなる。彼女を見ていると、自分がほんのちょっとしたことで簡単に彼女を傷つけてしまったりしそうに見える。でもそれと同時に彼女は強そうに見える。だからわけがわからなくなる。彼女にも自分と同じように、兄さんたちがいるんだろうかとアンジェロは思う。

木曜日、学校がひけたあと、彼はテレサのあとをついていくことにする。彼女がどこに住んでいるかを彼は知りたい。十一月の初めのことだ。太陽はずいぶん眩《まぶ》しいが、空気は涼しい。ひやりとするほどだ。アンジェロはレイダーズのジャケットを着ている。それは彼の兄のロベルトのものだ。そしてオリンピア・ビールのキャップをかぶっている。テレサはまるで毛布のように見えるコートを着ている。それは毛布と同じ生地で作られているように見えるし、毛布と同じような垂れ下がり方をしている。彼女はそのコートの下にグレーのスエットシャツを着て、いつもと同じリーヴァイスのジーンズをはいている。アンジェロはおおよそ半ブロックの距離を置いてそのあとをついていく。

最初のうちテレサは北に向けて歩く。それから東に向けて歩く。ときどき急いで歩いているように見えることもあるが、それ以外はおおむねのんびり歩いている。アンジェロの家とは正反対の方角だ。家に帰るのに長く歩かなくちゃならないのかなと彼は少し心配する。犬が一匹テレサに向かって庭から走り出てくる。ここだ、とアンジェロは思う。ここが彼女の住んでいる家だ！　彼女は身をかがめ、持っていた本を歩道に置いて、犬を撫でる。小さな犬で、毛は小汚い。きっと臭いはずだとアンジェロは思う。でもテレサは歩道に膝をついて、犬と遊んでいる。やがて家のドアが開き、女の人がその犬を呼ぶ。犬は家の中に駆け込んでいく。テレサは本を拾い、立ち上がり、膝の汚れを払ってから再び歩き始める。

　アンジェロはダッジ・ピックアップのかげにしゃがみ込んで、その様子を見ている。突然テレサは立ち止まり、後ろを振り向く。そしてあたりを見まわす。歴史の授業のときと同じだ。アンジェロは彼女の大きな目を見る。彼女の唇を見る。口紅なんて塗っていないにもかかわらず、その唇はふくよかで真っ赤だ。ただしテレサが彼の姿を目にすることはない。彼女には見えない。彼は姿を隠している。彼はピックアップの背後に身をひそめている。すぐに彼女のあとを追わなくてよかった、と彼は胸をなで下ろす。今度は彼女とのあいだにまるまる一ブロックをあけるようにする。

　テレサは再び東に向けて歩き出す。彼女は西四番通りを渡り、それから三番通り、二番通りへと進む。二番通りを彼女はまた北へと向かう。そして「サークルK」に入る。彼女がそのコンビニエンス・ストアに入るのを見ているだけで、アンジェロのお腹が減ってくる。飲み物の空き缶の中のプルタブになったみたいな気持ちだ。大きな図体の中で、小さなものがからからと音を立てている。ポケットを探ってみる。一ドル五十セントある。ナチョスとかそういうものが食べたい。ビールも飲みたい。最近ビールを飲み過ぎている。

自分でもそれはわかっている。まだ十四歳だというのに。でもいったん飲み始めると、ビールは彼を満たしてくれる数少ないもののひとつになったし、アンジェロはその味が気に入っていた。それにビールを飲んでも酔っ払ったりはしない。トンプソンビリヤード場で見かけるろくでなし連中とは違う。よろよろ歩いたり、口論をふっかけたりはしない。メロウな気持ちになり、やがて身体が疲れて、それからまたなんだか半分喉が渇いたような、半分腹が減ったような気持ちになるだけだ。彼の喉は渇いている。このたった今――テレサが「サークルK」の店内にいるせいか――喉がとてもとても渇いている。まるで綿みたいにからからだ。ビール一杯のためなら人だって殺せそうだ。

でもそのときテレサが「サークルK」から出てくる。彼女は本のほかには何も手にしていない。そのまま北に向かって歩いていく。彼女は南二十三番通りを渡り、それから二十二番通りを渡る。青と茶色の二色ジャケットを着た二人組が、反対方向から彼女の方に歩いてくるのが見える。どちらもせいぜい十六歳というところだ。そしていかにもたちの悪い笑みを顔に浮かべている。これから何が起ころうとしているか、アンジェロにはその筋書きがすっかり読み取れる。そしてものごとはまさにそのとおりに運ぶ。二人の男は――両方とも実際にはかなり小柄なのだが――精一杯横に身体を広げ、しかも二人の間に隙間をつくらないようにする。テレサは横を回り込むこともできないし、その間をすり抜けることもできない。男たちは笑っている。一人の顔はカテージ・チーズみたいだ。もう一人の男はべとべとに固めた赤毛の長髪だ。

テレサはただじっとそこに立ち、待ちうけている。彼女は本をぎゅっと抱きしめ、頭を垂れている。男たちの手は彼女のお尻を触り、髪につっこまれている。アンジェロが立っている空き地の足もとに、半ば腐った古いツー・バイ・フォーが落ちている。ほとんど何の役にも立ちそうにない材木だ。しかし彼が両手で摑んで肩にかつぐと、それはなにしろ凶暴なものに見える。そしてアンジェロはそれを野球のバットみたいに持ち上げて、テレサと二人の男の方に向かっていく。「ああ、おい、やべえ！」という一人の男の声が聞こえる。二人は彼の方を見ている。もう一人の男が言う。「ジーザス、とんでもねえ。モンスターだ！」。二人はテレサを放し、あとも見ずに走って逃げる。アンジェロはゴミ集積ボックスのかげにさっとかがみ込む。「モンスター」という言葉が彼の頭の中でドラム缶を叩くみたいにがんがんと鳴っている。いったいどこの誰がおれをこんな身体に押し込んだんだ⁉　彼はそれが嫌でならない。

彼はそっとのぞく。テレサは四つの方向をそれぞれ同時に見ている。彼女は混乱しているように見える。彼女は悲しそうに見える。彼女はほっとしているように見える。彼女はそこに立って、とても長いあいだ何度も何度もあたりを見ている。彼女が本を下に置くのをアンジェロは見る。彼女がコートのポケットを探って何かを取り出すのを見る。彼女が手にしている何かから、鋭い刃先が飛び出すのを見る。そのナイフは彼を怯えさせる。それは彼を縮み上がらせる。それは大きい。なにもナイフが怖いわけではない。これまでナイフをあまり目にしてこなかったというわけでもない。ナイフを手にしているテレサの姿が、彼の理解力を超えているからだ。それは彼女を変えてしまう。彼女を別の人間に変えてしまう。アンジェロはある意味がっかりする。ナイフを持ち歩くような女の子のあとをつけたりしなければよかったと思う。テレサはナイフの刃を折りたたみ、それをコートのポケットにしまう。

彼女は相手の男に切りつけたりはしなかったはずだとアンジェロは思う。そんなことをするつもりはなかったはずだ。彼女は護身のために、ただ安心感を得るために、ナイフを持ち歩いているのだろう。アンジェロはそう理解する。

テレサはもう一方のポケットから何かを取り出す。「スミスのフード・キング」のビニール袋だ。彼女は本をその袋の中に入れる。アンジェロには細かいところまでよく見えなかったが、彼女は袋の持ち手のところに何か細工をして、それを大きく広げる。そこに腕を通し、バックパックみたいに肩にかけられるようにするのだろうか？　そう、それがまさに彼女のやったことだ。本は今では彼女の肩から下がり、両手は自由に動かせるようになっている。彼女は行く手のブロックを見渡す。それから背後を振り向く。彼女は歩き始める――しかし今では足取りはゆっくりとした、注意深いものになっている。

アンジェロはツー・バイ・フォーを持ったまま、彼女のあとをついていく。屈んで身を隠せるものからできるだけ離れないように気をつける。自分の姿をテレサに見せるわけにはいかない。それはサイクス先生の歴史の授業で彼女をじっと見ているところをみつけられるより、もっと惨めな事態を招く。そんなことになったらもうおしまい、一巻の終わりだ。彼女はアンジェロが何かよからぬことをしていると思うだろう。そして彼はそれに対して申し開きができない。きっとすごくみっともないことになるだろう。穴があったら入ってしまいたいような。アンジェロにはそうなったときの会話が想像できる。

「なんであんた私のあとをつけてるのよ？」

「誰がつけてなんかいるもんか」

「あんたの家はこっちの方じゃないでしょう」

「なんでそんなことがおまえにわかるんだ？」

「いい加減にしてよね。あんた私のお金を狙っているの？　いったいどういうつもりなのよ？」

「ただ歩いているだけさ」

「私の髪をさわってよ」

そこで頭は停止する。彼の想像力は彼女が「私の髪をさわってよ」と言うところを想像する。でもその先の会話が思い浮かばない。首の後ろがとても変な感じで、ちくちくする。濡れた布きれごしに息をしているみたいな感じだ。アンジェロはビールが飲みたくなる。

ものすごくビールが飲みたい。自分自身と自分の身体の余部との間にある空間を埋めてしまいたくなる。

テレサはひとつのブロック、またひとつのブロックを横切っていく。彼女は歩くペースを上げ、素早く移動する。アンジェロは自分の家からもう六キロ以上離れたところにいる。帰りはバスに乗らなくてはならないだろう。間違いなく。彼女は九番通りを渡り、八番通りを渡り、「シアーズ」の駐車場を横切り、歩き続ける。ほどなく四番通りの歩道橋のところに来る。彼女はそれを渡り、その歩道橋の下に入る。今では彼女は走るのとあまり変わらない速度で歩いている。とにかく足が速い。彼女は車輪がついていない一台の車のところに行く。よく見るとそれはトラックのキャブ（運転席部分）だ。でもそこには車輪も荷台もついていない。ただのキャブだけ。彼女はそのドアを開け、本の入った「スミス」のビニール袋を肩から下ろして中に入れ、どこかにしまう。アンジェロはそれを見ている。彼は通りの角から、わけのわからないままその様子を眺める。

やがてテレサはキャブから出てきて、ドアを閉め、また歩き出す。再び北に向かう。南三番通りのブロックに着いたところで、彼女は向きを変える。アンジェロはもう喉が渇いてたまらなくなる。「セブン・イレブン」か何かに入って、ビールをレイダーズのジャケットに隠さなくてはと思う。やがて彼女は人の列に加わる。人々が外の歩道に列をつくっている。それが何のための列なのか、アンジェロは知っている。彼は前にもそれを見たことがある。それについての話を聞いたこともある。友人たちといっしょにソルト・パレスにコンサートを観に行く途中で、列に出くわして笑ったこともある。それは「キッチン」だ。無料給食を出すところだ。ほかに行き場もなく、路上生活を余儀なくされている人々のためのものだ。

アンジェロは今、困ったことになっている。事態をうまく呑み込むことができない。泣き出してしまいそうだ。彼としては、テレサにそんな列に並んでもらいたくない。それはあまりにひどすぎる。彼としては、彼女が今まるで知り合いみたいに親しげに話をしている人々と、知り合いになんかならないでほしい。彼の家は決して豊かではない。彼の友人たちと同じくウェストサイドの住人だ。しかし少なくとも住む家はあるし、食べ物もある。父親と四人の兄で三台の車を使っている。冷蔵庫にはビールが詰まっている。急にアンジェロはもう我慢ができなくなる。彼は泣いている。彼は振り向いて、引き返す。建物の中に入る。ちくしょうめ、と彼は思う。ちくしょう、ちくしょう、と彼は思う。ジーザス、テレサ！

彼は一ブロック半ほど歩き、歩道橋とテレサのトラック・キャブのあるところまで戻る。彼はそのそばを歩き過ぎる。キャブの中はどんな風になっているのか、そこにどんなものが置いてあるのか、彼は見てみたくなる。寝るときの枕くらいはあるのだろうか。毛布は？　服はどこに置いてあるのだろう？　彼は考える。そういえば彼女はいつだって同じような格好をしている。グレーのスエットシャツと穴の空いたリーヴァイス。ときどき髪に花を挿し、ときどき櫛を挿している。

アンジェロはものすごく、とんでもなく変な気持ちになってしまう。身体を半分に切られたみたいな感じだ。自分が小さくなったような気がする。もう二度とビールを飲むことはないんじゃないかという気がする。自分はテレサと恋に落ちているんじゃないかという気がする。自分の気持ちをどう扱っていいかわからないことで、彼は怒りを感じる。それは彼の頭をくらくらさせる。それは彼をひ弱にする。それは彼の心をくるおしくさせるのと同時に、嬉しい気持ちにもさせる。すぐにも家に帰りたいと思う。しかし彼は（ものすごく変てこな話だが）テレサのキャブの中で彼女と共に眠りたい、夜を二人で一緒に過ごしたいとも思う。彼はそちらに向けて歩いて行く。

近づいていくと、破れた茶色の袋が路面のざらざらした通りを風に吹かれ、彼の足もとを通り過ぎていく。彼はナイキでそれを踏んで押さえ、身をかがめて拾い上げる。そしてそれをただぼんやりと見つめる。自分がどうしてそんなことをしたのか、その意味がわからない。それからはっと気がつく。テレサに伝言を残したいのだ。彼は何か言いたいと思う。馬鹿なことや愚かなことではなく、中身のあることを言いたい。嘘偽りのないことを言いたい。ここまで延々と彼女のあとをついてきた価値があるだけのことを。

しかし彼はペンも鉛筆も持っていない。そんなものを持ち歩いたことがない。もしそういうものを持っていたなら、彼だってサイクス先生が言ったことを書き留めなくてはという気持ちになれるかもしれないのだが。でもテレサなら、何か書くものを持っているだろう。彼女はできる生徒だ。宿題もちゃんとやってくる。彼はキャブの端っこに行って、ドアのハンドルに手をかける。

「おい、おまえ、何をやってるんだ？」と声がする。

アンジェロは振り向く。そこには二人の男がいる。二人とも彼の父親と同じか、それより上に見える。一人は黒人で、もう一人は白人だ。

「で、おまえはそのトラック・キャブにいったい何の用事があるんだ、太っちょ坊や？」と同じ声が言う。黒人の方だ。

「おれは……」、アンジェロはその先が言えない。まるで歴史の授業のときみたいだ。いや、それよりもっとひどい。

「そいつはおまえの持ち物じゃなかろう」と白人の男が言う。

「でもおれ……おれはテレサを知ってるんです」、アンジェロはなんとかそう言う。

二人の男はじっと見ている。彼らは半信半疑だ。彼らはただじっと待っている。何を待っているか、その顔が何を意味するか、アンジェロにはわかる。それはこう語っている。

「オーケー……オーケー、太っちょ坊や。そいつを証明してみろや」と。

「おれは……おれは……おれは……」、アンジェロはそう言いかけるが、あとが続かない。

「おりゃおりゃおりゃ」と黒人男がからかう。

「おれは彼女のともだちなんです」とアンジェロは言う。「おれはテレサのともだちなんです」。彼は怒りを感じる。

「あの子はいねえよ」と白人男が言う。

「知ってます。おれは伝言を置いていきたいんだ」

「オーケー、じゃあ伝言を置いてきな」

「そしておれたちとしちゃ、おまえが置いていくのがその伝言だけであることを見届けたい」

「あるいは何も持っていかねえことをな」と黒人男が言う。

「おれたちはお互いを護り合っている」と白人男が言う。

「だから早くするんだ」と黒人男が言う。「さっさとその伝言を書いちまえ。早くしろや」

アンジェロは息を呑む。ごくんと。彼はキャブの取っ手に手をやり、ドアを開ける。テレサはフロントグラスの棚に小さな鉛筆箱を置いている。そこにはボールペンや鉛筆や消しゴムが入っている。彼はペンを手に取るが、背中に男たちの視線を感じる。彼は外に出て、屋根の上に紙を広げ、指の間にペンをはさみ、ちょっと考えてから、こう書く。「テレサへ。ぼくはきみのあとをついてきた。ぼくはともだちがほしい。きみは？　ぼくは飲みすぎる」。そしてそこにサインをする。「アンジェロ（歴史の時間にきみをじっと見ているやつだよ)」。それを座席の彼女の本の隣に置く。懐中電灯がある。きっとその明かりで勉強をしているのだろう。

彼はペンを元に戻し、ドアを閉める。彼はじっと男たちを見る。二人は動かない。彼らはただ見ている。どちらかがテレサの父親であるという可能性はない。どちらも彼女とは似ても似つかない。

「オーケー」と黒人男は言う。「オーケー、これでおまえは伝言を置いた」

「さっさと行っちまいな」と白人男が言う。

アンジェロは肯き、言われたとおりにする。彼は男たちの視線を感じる。彼らが注意を払っている気配を感じる。気味が悪い。誰かに見られている。誰かに背中をじっと見られている。動作のひとつひとつを監視されている。細かいところまでしっかりと。アンジェロの神経はひりひりする。緊張が高まる。しかしその一方で、それは彼にこう思わせる。ひょっとして、思い切って何かをやり、どこかに一歩踏み出せば、おれは今とは違う風に、この自分の身体のサイズにぴたりと合った人間になれるのではないだろうか。ひょっとして、と。

「テレサ」

不思議な話だ。巨大な十四歳の少年アンジェロ。勉強が苦手というか、頭の回転がいささか遅い。同じクラスの不思議な女子、テレサにどうしようもなく惹かれてしまう。放課後、彼女のあとをつけずにはいられない。どんなところに住んで、何をしているのかを彼は知りたい。そしてつけているうちに、テレサについて衝撃的な事実を発見することになる。

読んでいて、これは短いロード・ムービーのようなものなのかなと思った。一人の少年が、少女のあとを追って、見知らぬ土地を延々と歩いて行く。そのあいだに彼の意識は少しずつ変化を遂げていく。あるいは変化を遂げるための準備を整えていく。それがどのような変化なのか、どのような変化であり得るのか、作者はきわめて漠然と暗示しているだけだ。読者はただ推測するしかない。そういうところがこの小説の持ち味になっている。

しかしアンジェロがテレサに惹かれる気持ちは僕にもなんとなくわかる。思春期の男子というのは多かれ少なかれみんなアンジェロみたいなものだし、思春期の女子というのは多かれ少なかれみんな飛び出しナイフを隠し持っているのだ。

【恋愛甘苦度……甘味★★☆／苦味★★☆】

二人の少年と、一人の少女

トバイアス・ウルフ

"Two Boys And A Girl"
by
Tobias Wolff

トバイアス・ウルフ

1945年アラバマ州生まれ。ワシントン州で育つ。オックスフォード大学で学んだのち、夜警やウエイター、高校教師等職業を転々とし、75年からはスタンフォード大学で創作を学んだ。PEN／フォークナー賞、ロサンゼルス・タイムズ・ブックプライズ等受賞多数。作品に『ボーイズ・ライフ』『バック・イン・ザ・ワールド』などがある。

最初に彼女を目にとめたのはギルバートの方だった。六月の末、あるパーティーでのことだ。彼がクーラーボックスのビールを取りに行ったとき、彼女は一人で裏庭にいて、ガーデンチェアの上で身体をゆっくり伸ばしていた。何か話しかけてみようかと思ったが、彼女は一人きりであることに満足しきっているように見えたし、それを邪魔するのは出しゃばった、野暮なことに思えた。そのあと再び彼女を目にしたのは家の中だった。色白の黒髪の少女で、瞳も黒く、口紅が歯に滲んでいた。彼女が踊っている相手は、ギルバートの無二の親友であるレイフだった。次に別のパーティーに出かけた夜、レイフが彼を車で迎えに来たのだが、そのとき少女はレイフの隣にいた。その次のパーティーでも二人は一緒だった。彼女はメアリ・アンという名前だった。

メアリ・アンとレイフとギルバート。その夏、どこに行くにも三人は一緒だった。パーティーにも、映画にも、湖にも、友だちの家のプールにも。ギルバートが父親の経営している書店での仕事を終えたあと、あてもなく向かう長いドライブにも。ギルバートは車を持っていなかったので、運転はレイフが引き受けた。レイフがイェール大学に合格したご褒美に、彼の祖父が自分の所有する疵《きず》ひとつない、古いビュイックのコンバーチブルをプレゼントしたのだ。メアリ・アンはレイフにもたれかかって、裸足の白い足をダッシュボードに載せ、ギルバートは後部席にトルコのパシャのように優雅に寝そべって、ビールを差し出し、目につくすべてのものに対して皮肉に満ちた見解を述べていた。

ギルバートは根っからの皮肉屋だった。彼とレイフがクラスメートだった高校で、卒業アルバムの編集者たちは彼を「最もシニカルな生徒」に選んだ。それは彼を喜ばせた。ギルバートは幻滅というものを、精神の自然な帰結であり、責務であるとさえみなしていた。それによって人はお仕着せの紋切り型を打ち破り、ものごとの真の自然な有り様に到達できるのだ。彼は何ごとをも額面通りには受け取らず、権威には敬意を払わず、自分の判断したことのみを尊重し、どのようなおぞましい犯罪や愚行――とりわけ聖なるものと見なされている世界のそれ――をも眉ひとつ動かさず受け流すことを自分の使命と見なしていた。

メアリ・アンは、たとえレイフに夢中になっているように見えるときにも、彼の言うことに耳をちゃんと傾けていた。ギルバートはそれを知っていて、彼女にいつうまくショックを与えられたかを見て取ることができた。そんなとき彼女はぎゅっと手を握りしめ、素早く瞬きし、痣《あざ》のようにはっきりとした斑点が、その乳白色の首筋に浮かんだ。メアリ・

アンにショックを与えるのはむずかしいことではなかった。彼女の父親は沿岸警備隊の大佐で、ギルバートがこれまで出会った中で最高に四角四面な人物だった。ある夜、レイフと彼がメアリ・アンを待っていると、マッコイ大佐がギルバートの履いているサンダルを見て、君はビート族についてどう思うかと尋ねた。ミセス・マッコイは家中にレース飾りを配し、子猫や、聖地や、ポーカーをする犬たちの絵をかけていた。トイレには水を青くする薬品が入っていた。ギルバートはメアリ・アンの家で小便をするたびに、彼女のことを気の毒に思わないわけにはいかなかった。

八月の初めに、レイフは父親と一緒にカナダに釣り旅行に行くことになった。彼はギルバートにビュイックの鍵を預け、おれがいないあいだメアリ・アンの面倒をよろしくなと言った。戦争映画でヒーローが特殊任務に赴くときに、さえない相棒に向かって口にする台詞そのままだと、ギルバートは思った。

レイフは自分の部屋で旅行のためのパッキングをしながら、指示を与えた。ギルバートはベッドにごろんと横になって彼の姿を見ていた。ギルバートとしては話をしたかったのだが、レイフは『道化師』の六枚組レコードをかけていた。ギルバートはレイフがその音楽を本当に好んでいるとは思えなかったのだが、その友人はまるで譜面をすべて暗記しているみたいに、ときどきメロディーに合わせて耳障りなハミングをした。この冬からスカッシュをやり始めたのと同じ理由で、この男はオペラにも興味を持ち始めたんだなとギルバートは思った。いわばアクセサリーとして。彼は寝ころんだまま口を閉じていた。レイフは作業を続けた。彼の身のこなしは優雅で正確だった。無駄な動きもなく、ためらうこともなく、装備をしかるべき場所にきちんきちんと収めていった。ある時点で彼は鏡の前に行き、まるでまわりに誰もいないかのように、自分の姿をしげしげ点検した。そのときに身のうちにわき起こった怒りに、ギルバートは自分でも驚いてしまった。それからレイフはギルバートの方を振り返り、ベッドの上に鍵を放り投げ、メアリ・アンの面倒をみてやってくれという例の台詞を口にしたのだ。

翌日ギルバートは一日中、一人でビュイックを運転し、街をまわった。ノードストローム百貨店の前に幌を下ろした車を二重駐車し、煙草を吸いながら、店から出てくる女性たちを眺めていた。まるでそのうちの一人をそこで待っているみたいに。ときどき時計に目をやって、顔をしかめた。彼は波止場の桟橋に行って、ヴィクトリア行きのフェリーの乗客の一人に向かって手を振った。その女はずっと海面を見ていて、船がバックして狭い水路を出て行くときまで視線を上げなかった。そこで彼女は、自分に向かって投げキスをしているギルバートを初めて目にした。女は手すりを離れ、どこかに消えてしまった。そのあと彼は大学の近くにある「ラ・ルナ」というバーに行った。そこなら身分証の提示を求められないことを知っていた。自分が駐めたビュイックを視野に収められる席に彼はついた。バーが混んでくると彼は外に出てボンネットを開け、「ラ・ルナ」の大きなピクチャー・ウィンドウの前でオイルをチェックした。通りかかったカップルに「こいつはほんとに時代遅れにオイルを喰いやがるんだ」と言った。それから重要ではあるがとくに面白くもない行為に携わる人物のような顔つきで、アクセルを吹かせてそこを立ち去った。二軒のドラッグストアの前で車を停め、それぞれで煙草を買った。二軒目のドラッグストアでは家に電話をかけ、夕食はいらない、自分宛の手紙は来ていないかと尋ねた。一通も来ていないと母親は答えた。ギルバートはドライブインで食事をし、またしばらく車をあてもなく走らせ、それからアルカイ・ポイントの上にある物見台まで行った。そしてビュイックのボンネットに腰を下ろし、憂鬱そうな、哲学的な顔つきで煙草を吹かしながら、男たちと車でデートしているまわりの娘たちなんて目に入らないというふりをしていた。濃い霧が海峡の方から押し寄せてきた。海の向こうでは街の明かりが滲み、霧笛が鳴り始めた。ギルバートは煙草を暗がりの中にはじき、むき出しの腕をさすった。家に帰ると彼はメアリ・アンに電話をかけた。そして翌日一緒に映画を見に行くことにした。

映画を見たあと、ギルバートはメアリ・アンを車で家まで送った。しかし彼女は車から降りず、シートに座ったまま彼と話し続けた。彼女と話をするのは容易《たやす》いことだった。彼が予期していたよりずっと容易かった。レイフが一緒にいるときには、ギルバートは常に彼を中継してメアリ・アンに話しかけた。そして気が利いたことや、深いことや、突拍子もないことを口にできた。しかしレイフがちょっと席を外して二人きりになると、彼はいつもパニックに襲われ、うまくものが言えなくなった。何かを言わなくてはと必死に考えを巡らせたが、思いついたことを口にしてみると、いつもこわばってとげとげしく響いた。しかしその夜、そんなことはまったく起こらなかった。

雨が激しく降っていた。メアリ・アンが急いで車を降りたがっていないことがわかると、彼はエンジンを止めた。カーラジオの微かな青い明かりに照らされた二人の顔に、ウィンドウを流れる雨の筋が濡れた影を落とした。キャンバスの屋根を雨が時折激しく打ったが、車の中は温かく、心地よかった。まるで嵐の中でテントを張っているみたいに。メアリ・アンは看護学校について語っていた。彼女はその厳しい学業についていけないのではないかと心配していた。とりわけ解剖学と生理学に。ギルバートは彼女はただ表向き謙遜しているだけなのだろうと思った。彼は言った。おいおい、よせやい、君なら大丈夫さ。

自信がないのよ、と彼女は言った。ほんとにわからないの。そして彼女は数学と科学の成績がどんなにひどかったかについて話した。二人の教師がわざわざ看護学校の入学審査課に出向いて、彼女が入学できるように後押ししなくてはならなかった。落第するんじゃないかと彼女は真剣に怯えており、それには相応の根拠があることがギルバートにもわかった。本人の口からそう聞かされると、彼女が学校の勉強についていくのに苦労しているわけも理解できた。機敏に知恵が働く方ではないし、聡明なわけでもない。単純なところが彼女の持ち味だった。

彼女は隅にもたれかかり、雨を見ていた。どことなく悲しそうに見えた。彼は励ますために、手の甲で彼女の頬に触れたいと思った。彼は少し間を置いて言った。僕がワシントン州立大学に行くか、アマーストに行くかで迷っているというのは、本当じゃないんだ、と。もっと前にその誤解はただしておくべきだった。実をいえば、アマーストの入学許可はもらえなかった。補欠リストには潜り込めたけど、学期が始まるまでにあと三週間しかない。このぶんじゃ入学するのはまず無理だろう。

彼女は向き直ってまっすぐギルバートを見た。彼女の目を見ることはできなかった。それは暗い水たまりのようだった。微かなきらめきがその底にうかがえるだけだ。どうしてあなたが入学できなかったの、と彼女は尋ねた。

その質問に対してギルバートは数限りない回答を持っていた。彼は毎日のように新しい回答を思いついた。しかしそのすべてにうんざりしていた。あれこれ考えるのはやめたんだ、と彼は言った。今はただただのんびりしている。

あなたならどこの大学だって、好きなところに入れたはずよ。だってあなたは頭がいいんだもの。

適当なことを言っているだけさ。彼は煙草を一本取り出し、その先端をハンドルにとんとんと打ちつけた。なんでこんなくだらないものを吸っているんだろうな、と彼は言った。

煙草を吸っている格好が好きだからじゃない。知的に見えて。言えてるな。彼はそれに火をつけた。

彼が最初の一口を吸い込む様子を彼女はしげしげと見ていた。私にも吸わせて、と彼女は言った。ちょっと一口。

煙草を渡すときに二人の指が触れた。

君はきっと立派な看護師になれるよ、と彼は言った。

彼女は煙草を吹かし、煙をゆっくり吐いた。

二人ともしばらく黙り込んでいた。

そろそろ行くわ、と彼女は言った。

彼女が前庭を横切り、家まで歩いて行くのを、ギルバートは目で追った。彼女は激しい雨の中を、身を丸めて駆けたりせず、普段と変わりなく悠然と歩いて行った。彼女が家の中に無事に入るのを見届けてから、ラジオをつけ、車を出した。煙草についた彼女の口紅の味を、彼は味わい続けた。

翌日彼が仕事場から電話をかけると、彼女の母親が出て、ちょっと待っててねと言った。メアリ・アンが電話に出たとき、彼女ははあはあ息を切らしていた。外に出て梯子《はしご》に登っていたのよと彼女は言った。お父さんがうちの壁にペンキを塗るのを手伝っていたの。何か用事？

どうしてるかなと思って電話しただけだよ、と彼は言った。

その夜、彼は彼女をラ・ルナに連れて行った。その次の夜も。どちらの夜も二人は同じボックス席に座った。ジュークボックスの隣だ。『ドント・シンク・トゥワイス、イッツ・オールライト』がリリースされたばかりで、二人で話をしながら、彼女はそのレコードを何度もかけた。三日目の夜、二人が店に入ると、その席は野球のユニフォームを着た男たちに占拠されていた。ギルバートはがっかりしたし、メアリ・アンを見て、彼女も同じように感じていることがわかった。二人はしばらくバーに座っていたが、酔客たちがひっきりなしに背後から割り込んできた。だからどこか別の場所に移ることにした。しかしちょうどギルバートが勘定を済ませているとき、ユニフォームを着た連中が席を立った。メアリ・アンは、近くでその席が空くのを待っていた年かさの夫婦が座る前に、そこにさっと腰を下ろした。

ギルバートがその向かいに座ったとき、女が「私たちが先に待っていたのよ」とメアリ・アンに言った。

ここは私たちの専用席なの、とメアリ・アンは言った。ただ事実を告げるみたいに、邪気のない声で。

どういう根拠があって？

メアリ・アンはまったく筋の通らない質問をされたような目で、その女の顔を見た。さあ、知らないわ、と彼女は言った。ただそうなっているだけよ。

あとになってギルバートはしばしばそのことを思い返した。メアリ・アンが「私たちの専用席」と言ったときのことを。一人になったとき、彼はそのようないくつもの場面を集め、それについて考えを巡らせた。電話口に出たときに彼女がはあはあ息を切らせていたこと、彼の吸っている煙草を一口だけ軽く吹かす習慣、彼の小銭を勝手に持って行ってジュークボックスに入れること、彼の言うことを疑いもせずただそのまま受け入れること(そのおかげで彼はほらを吹いたり、つまらない弁解をしたり、ただかっこづけのために何か適当なことを言ったりできなくなってしまった)。メアリ・アンの前ではなかなか冗談も言えなかった。というのは彼女は彼の言ったことを、ほぼ字義通り受け取ってしまったからだ。だから彼はいつもそこで話を止めて、いや、これは実際にそういう意味で言っているわけじゃないんだといちいち説明しなくてはならなかった。彼の皮肉はそのうちに力を弱め、そしてどことなくやっかみみたいに響くようになった。それは薄っぺらで、いかにも男らしくないように思えた。

何もメアリ・アンが彼にそう思わせたわけではない。彼女は常に彼の言うことを文字通り受け取っていた。彼の口にする本のタイトルを彼女はいちいちノートにメモした。『路上』『異邦人』『水源』、そして彼自身まだ読んだことはないが評判だけは聞いていて、暇ができたらすぐに読もうと考えている何冊かの本。バリー・ゴールドウォーター〔訳注・アリゾナ州選出の上院議員。一九六四年の共和党大統領候補〕や「リーダーズ・ダイジェスト」や彼女の好きないくつかのテレビ番組のどこがいけないかを彼は説明し、彼女はそれに耳を傾けた。そして、きっとあなたが正しいんでしょうねと言った。あまりに熱心に彼女が耳を傾けるので、彼は知らず知らず、これまで他の誰にも教えたことのない自分の希望を（それはまず実現し得ないことなので、自分自身にさえおおっぴらには認めようとしなかったものだ）、彼女に向かって打ち明けていた。彼はしばしば自らの率直さに驚かされることになった。

しかし今自分の心にいちばん重くのしかかっていることについて、そしてメアリ・アンも既に気づいていると彼が信じていることについて語ることは、まだ彼にはできなかった。彼女がまだそれに気づいていないかもしれないという可能性もあったし、気づいていることを認める用意がまだできていないという可能性もあったからだ。そしてそれをいったん口に出してしまえば、彼ら全員にとってすべてが一変することになる。そのようなリスクを冒す準備が彼にはまだ整っていなかった。

二晩だけを例外として、彼らは毎日一緒に外出した。一度はギルバートが仕事で残業しなくてはならなかったからだし、一度はマッコイ大佐がメアリ・アンと彼女の母親を夕食に連れて行ったからだ。二人は映画を更に二本ほど見て、パーティーに出かけ、ラ・ルナに行き、あてもなく街をドライブした。夜は暖かく、空は晴れ渡っていた。ギルバートは車の幌を下ろし、右側の車線をゆっくり走った。彼はかつて、いらいらしながらよく思ったものだった。どうしてレイフはこんなのろいスピードで車を走らせるのだろうと。しかし今の彼にはその気持ちがわかった。オープンカーで、隣に女の子を座らせ、自由にハンドルを握っているとなれば、そんな状況を早く終わらせたいと望むのは愚か者だけだ。彼はのんびり運転して湖畔をまわり、ダウンタウンを巡り、物見台まで上って、それからメアリ・アンの家に戻った。最初の二日ほどは車の中に座って話をした。でもそのあとメアリ・アンは彼を家に招き入れるようになった。

二人は交互に話をした。メアリ・アンは妹のコリーンの話をした。妹は嚢胞性線維症で二年前に亡くなった。長い苦しみの末に訪れたその死は家族の結束を固め、看護師になりたいという思いを彼女に抱かせた。彼女は学校の友人たちのことや、勉強を教えてくれた修道女たちのことを話した。両親や祖父母やレイフのことを話した。彼女の話は終始思いやりに満ちていた。そういうべったり前向きな話をギルバートは本来苦手としたのだが、しかしメアリ・アンが何かを褒めるのは、その見返りが自分に戻ってくることを望んでいるからではなく、また自分の内なる悪意を隠すためでもなく、ただ生まれつきの性質から発しているのだということがギルバートにはわかった。そういうのが自然なあり方なのだ。彼は彼女のそんなところに心を惹かれた。メアリ・アンが彼の語る話に一切疑義を挟まず、まるで子供のようにすべてをそのまま受け入れてくれることに、彼が心を惹かれたのと同じように。

　彼女は独学でギターを勉強していて、ときどき求めに応じて彼のために歌ってくれた。炭鉱事故についての、あるいは密猟の罪で首をくくられた好青年たちについての、あるいは自分たちの赤ん坊を溺れさせて殺した貴婦人たちについての、古いバラードだった。歌詞に心が動かされていることが、彼には見て取れた。ときには感極まって、声が出なくなることもあった。そんなときは下唇をぎゅっと嚙みしめ、ただ床を見つめていた。彼女はフォークソングのレコードをプレーヤーに載せ、じっと目を閉じてそれを聴いていた。ロイ・オービソンとフリートウッズとレイ・チャールズが好きだった。

　ある夜、彼女がキッチンからファッジを持ってきたとき、ちょうどレイ・チャールズの『ボーン・トゥ・ルーズ』が流れていた。ギルバートは立ち上がって、いかにも気取った仕草で恭《うやうや》しく手をさしのべた。彼女がもしそうしようと思えば、そのまま笑い飛ばせるように。でも彼女はお皿を置いて、彼の手を取った。そして二人は踊り始めた。最初のうちはぎこちなく、距離を置いて。しかしそれからだんだん緊張がほぐれて、身を寄せ合うようにして。二人はぴったり呼吸があっていた。実に完璧なまでに。彼女の腰や腿が身体に触れるのを感じた。彼女の肌のぬくもりを感じた。彼女の温かい手が彼の手をぎゅっと握った。ラベンダー香水の匂いがした。彼女の髪の陽光を含んだ匂いや、微かに塩っぽい肌の匂いもそこに混じった。彼は何度も何度もそんな匂いをまるごと吸い込んだ。やがて彼は自分が硬くなり、持ち上がっているのを感じた。それが彼女にしっかり当たっていた。もちろん彼女もそれに気づいたはずだ。彼は当然、彼女が離れていくものと思った。しかしメアリ・アンは離れなかった。曲が終わるまでぴたりと彼に身を寄せていた。曲が終わってもしばらくはそのまま離れなかった。それから彼女は後ろに下がり、ギルバートの手をはなした。そしてかすれた声で、ファッジを少し食べないかと彼に尋ねた。二人は向き合っていたが、彼女は彼の顔を見ないように努めていた。

たぶんあとで、と彼は言った。そしてもう一度手を差し出した。もう一曲踊っていただけますでしょうか、と彼は気取って言った。

彼女はカウチまで歩いて行って、そこに腰を下ろした。私はとても不器用なの。

そんなことあるもんか。君はすごくダンスがうまいよ。

彼女は首を振った。

彼は彼女の向かいの椅子に腰を下ろした。彼女はまだ彼の顔を見ようとはしなかった。彼女は両手を組んで、それをじっと見つめていた。

それから彼女は言った。なぜレイフのお父さんはいつも彼をいじめるのかしら？

わからないな。とくに理由みたいなものはないんじゃないかな。ただ性格があわないのかもしれない。

おまえにはまともなことなんて何ひとつできない、みたいな感じでレイフを扱うの。お父さんはどんなときにも彼を一人にしないの。たとえ私と一緒にいるときでも。彼は今頃きっとすごく惨めな思いをしているに違いないわ。

レイフの父親も母親も、息子のことをあまり評価していないというのは真実だった。どうしてそうなるのか、ギルバートにも理解できない。しかしどうしてここで急にそんな話が出てくるのか、不思議だった。そしてメアリ・アンが今にも泣き出しそうになることも。レイフなら大丈夫だよ、と彼は言った。あいつは自分のことくらいなんとかできるから。

大時計がウェストミンスターの鐘の音を奏でた。そして十二の時を打った。時計はその居間の家具調度に合わせて作られているようだった。その偽物じみたきんきんした音色は、ギルバートを苛立たせた。その家全体が彼を苛立たせた。絵画、お揃いのコロニアル風の家具、簡約版の本が並んだ一段だけの書棚。まるでロシア人のスパイがアメリカ人になりすます練習をするための模擬家屋みたいだ。

そんなのってひどいと思う、とメアリ・アンは言った。レイフはあんなに良い人なのに。

ああ、レイフはほんとにいいやつだよ、とギルバートは言った。彼女を安心させるようにきっぱりと。あんないいやつはなかなかいない。

あんなにいい人は他にいないわ。

ギルバートは引き上げるために立ち上がった。メアリ・アンはそこで正面から彼の顔を見た。彼女の顔には警戒の色のようなものがあった。彼女も立ち上がり、彼のあとからポーチに出た。道路に出たところで振り返ると、彼女は胸で腕組みをして彼を見ていた。明日電話をして、とメアリ・アンは言った。オーケー？

明日はうちで少し本でも読もうかと思っていたんだ、と彼は言った。それから、でもどうしようかな、と彼は言った。明日また考えるよ。

翌日の夜、二人はボウリングをした。それはメアリ・アンが提案した。彼女はボウリングがうまく、本気を出して勝ちにきた。ストライクを決めるたびに頭をのけぞらせ、勝利の雄叫びを上げた。そしてギルバートのスコアのつけ方にけちをつけ、彼がいらいらして、それなら君がスコアをつければいいと言うと、文句ひとつ言わずそれを引き受けた。しくじってガターにボウルを落とすと、今のは濡れた床に滑ったのだと主張して、その回の投げ直しを求めた。彼はそんなことを認めなかった。もしそんなことをいちいち認めていたら、自分が軽く見られるだろうとわかっていたからだ。しかしそれでも、彼女のそんな恥知らずなところは、その日のうちで彼をいちばん幸福な気持ちにさせた。

彼女の家に着いたとき、メアリ・アンは言った。次回はアドバイスをいくつかしてあげるわね。コツがわかれば、まずまずのところまではいけるはずよ。

「次回は」という言葉を聞いて、彼はエンジンを切り、彼女の方に向き直って、じっと顔を見た。メアリ・アン、と彼は言った。

彼はそれまであまり口をきかなかった。

彼女はまっすぐ前を見たまま、返事をしなかった。それから彼女は言った、私、喉が渇いたわ。ジュースか何か飲みたくない？　ギルバートが何かを口にする前に、彼女は付け加えるように言った。今日は外で話をしましょう。オーケー？　ゆうべはお父さんを起こしてしまったみたいなの。

メアリ・アンが家の中に入っている間、ギルバートはポーチの階段で待っていた。手すりの上に、ペンキの缶やブラシが置いてあった。マッコイ大佐は毎年、家のひとつの側面の塗装をこそげ落とし、新しくペンキを塗ることにしていた。今年は家の正面だった。実に彼らしいやり方だ。一度に一面ずつ順ぐりに片付けていく。ギルバートは一度、大佐が飲み物のためのクラッシュ・アイスを作るのを手伝ったことがある。彼は角氷をひとつ手に取り、それが粉々になるまでハンマーで叩きつける。それから次の角氷を手に取る。それからまた次の角氷を。ギルバートがトレイひとつ分の氷を丸ごとタオルに包んで、それをカウンターに叩きつけ始めると、大佐はそのタオルを取り上げた。おいおい、そんな風にやっちゃいかん、と彼は言った。彼はギルバートのために別のハンマーをひとつ持ってきて、二人はそこに並んで立って、角氷をひとつひとつハンマーで砕いていった。

メアリ・アンはオレンジ・ジュースのグラスを二つ持って家から出てきた。彼女はギルバートの隣に座り、二人はジュースを飲みながら、街灯の下で輝いているビュイックを眺めた。

僕は明日仕事がないんだ、とギルバートは言った。ドライブに行かないか？

あら、残念だけど、明日は垣根にペンキを塗るって、お父さんに約束しちゃったのよ。

じゃあ、一緒にペンキを塗ろう。

いいわよ、そんなことしなくて。だってせっかくのお休みでしょ。もっとまともなことをすれば。

ペンキを塗るのもまともなことだぜ。

何か好きなことってことよ、馬鹿ね。

ペンキを塗るのは好きだよ。ペンキ塗りを愛しているといってもいいくらいだ。

ギルバートったら。

本気だよ。僕はペンキを塗るのが趣味なんだ。うちの家族に聞いてみてくれ。暇さえあれば僕はブラシを片手に外に飛び出していく。

素敵ね。

それで何時に仕事を始めるんだい？　この前垣根にペンキを塗ってからまだ三時間しか経ってないのに、ほら、僕の手はもうこんなにぶるぶる震え始めている。

冗談はよして。さあ、知らないわ。別にいつ始めるって決まっているわけじゃない。朝ごはんのあとよ。

彼はジュースを飲み終え、両手の間にグラスをはさんで、くるくる回した。なあ、メアリ・アン。

彼女の声にためらいが聞き取れた。なあに？

彼はグラスを回し続けた。君の家族は、僕らが毎晩のように一緒に出かけることをどう思っているんだい？

気にもしていないわ。むしろ喜んでいると思うけど。

僕は彼らの好みのタイプには思えないんだけど。

うん。それは確かね。

じゃあ、なんで喜んでいるんだろう？

あなたはレイフじゃないからよ。

なんだって？　君の両親はレイフが好きじゃないのか？

ううん、両親はレイフのことがすごく好きよ。とっても気に入っている。二人は自分たちにもし息子がいたらとか、そんなことをいつも言っている。でもお父さんは私たちが真剣になりすぎていると心配しているの。

そう、君たちは真剣になりすぎている。そして僕は息抜きの余興ってわけだ。

そんな言い方はしないで。

僕は息抜きの余興じゃないということ？

違う。

ギルバートは両肘を後ろのステップに置いた。そして空を見上げ、用心深く言った。あと二日で彼は戻ってくる。

そうね。

それでどうなる？

彼女は前屈みになり、まるで何か物音を聞きつけたみたいに、庭にじっと目をやった。彼は自分の吸う息と吐く息をひとつひとつ意識しながら、少しそのまま待った。それでどうなる？　と彼はもう一度言った。

わからないわ。たぶん……わからない。私はとっても疲れた。明日来てくれるんでしょう？

もし君が望むのなら。

来てくれるって言ったじゃない。

君が来てほしいのなら来るさ。

来てほしいわ。

オーケー。いいとも。じゃあ明日。

家に帰る途中、ギルバートはダイナーに立ち寄った。そしてアップルパイを食べ、コーヒーを飲み、通り過ぎる車を眺めた。車で通り過ぎていく普通の人々の目には、自分はかなり悲劇的な姿として映っているに違いないと彼は思った。一人でコーヒーのカップを傾け、煙草の煙を顔の前にくゆらせている。そして奇妙なことだが、それらの運転者の抱く印象は正しいものだった。彼は最良の親友であるレイフをまさに裏切ろうとしていた。彼が信頼しきっている二人の人間から、彼を切り捨てようとしていた。おそらくは（と彼は思う）信頼という感情そのものからも。ギルバート自身からして、自らの信条を――それは軽薄な見かけの奥深くにしっかりとあるものだ――裏切ることになる。それは何があろうと譲るまいと心に決めたものであったのに。そして彼は自分がやろうとしていることの意味を承知していた。それこそが、すべてを悲劇的にしている原因だった。彼は自分が何をやろうとしているかを承知しながら、どうしてもそれを止めることができなかったからだ。

彼はそれについてとことん考え抜いた。いくつもの理由を引っ張ってきた。レイフとメアリ・アンは早晩うまくいかなくなるだろう。レイフは遠くに行ってしまう。レイフはまだ知らないが、彼は二人を後に残していくことになる。彼にはルームメイトができる。金持ちの息子たちだ。休暇に家に遊びに来いよと彼を誘う。彼をスキーやヨットに連れていく。デビュタント・パーティーに彼はタキシードを着て出席し、スミスやマウント・ホリヨークといった名門女子大の女の子たちと知り合う。哲学科や英文科の女子学生たち、彼と同じ本を読んでいたり、彼の読んでいない本を読んでいたりする、知性を具《そな》えた女子学生たち。彼女たちは彼が予想もしていなかったようなことを口にする。彼はそんな女の子たちの一人に関心を持ち、友人たちと一緒に彼女の大学を車で訪問する。彼女がニューヘイヴン〔訳注・イェール大学の所在地。コネチカット州〕にやってくるかもしれない。それとも彼らはボストンかニューヨークで待ち合わせをするかもしれない。彼は彼女の両親に会うかもしれない。そして次に帰郷した最初の日に、潔癖な性格のレイフはメアリ・アンの家を訪れ、半時間後に悲しみに沈んだ顔をして、しかし心は喜びに浮き浮きしながら、そこから出てくるだろう。そのあと彼が帰郷する回数はだんだん少なくなる。こんな遠くまでわざわざ帰ってくる理由がどこにあるだろう？　両親はどうしようもない連中だし、メアリ・アンとも別れた。おれ？　懐かしき旧友ギルバート？　勘弁してくれよ。

そしてメアリ・アン。彼女はどうなるだろう？　レイフに裏切られ、冷たく捨てられたあと、彼女の温かく素朴な心に何が起こるだろう？　彼女は自分のそういう心のあり方に疑念を持ち、人に対して警戒心を抱くようになるだろうか。そんなことが起こらないように、自分がここで立ち上がらなくてはならない。

そういうのが彼の理由付けだった。理由としてはまあいちおう筋が通っている。しかしそれでギルバートの心が安まったわけではない。もしレイフがよそに行かず、彼と一緒に地元の大学に通ったとしても、あるいはメアリ・アンがもっと計算高い性格であったとしても、自分はきっと同じことをするだろうと、彼にはわかっていたからだ。理由なんて目的次第でなんとでも変わる。それは原則と欲望との間の葛藤に、適当な見かけを与えるに過ぎない。しかし実際にはそこには葛藤すらなかった。原則が力を持てたのは、自分が本当に求めるものが見つかるまでのことだった。

ギルバートが彼の背後に車を停めたとき、マッコイ大佐は妻を車に乗せてやるところだった。妻がドレスの裾を車の中にきちんと入れたのを見届けてから、大佐はドアを閉めた。そしてビュイックの方に歩いてやってきた。ギルバートは車から降りて、彼の前に立った。

メアリ・アンが言っていたが、垣根のペンキ塗りを手伝ってくれるんだって。

イエス・サー。

そんなに大変な仕事じゃない。長くはかからんだろう。

二人は垣根を見た。歩道に沿って白い垣根が二十メートルほど続いている。メアリ・アンがポーチに姿を見せ、「ハイ」というかたちに口を開けた。

ペンキを取りに行ってきてくれないか、とマッコイ大佐は言った。カリフォルニア通りの「グリッデン」の店だ。私の名前を言えばわかるようになっている。彼は自分の車のドアを開け、それからまた垣根に目をやった。前の塗装をきれいに落とすこと、それがコッなんだ。しっかりこそげ落とせば、あとが楽になる。それから芝生にペンキを垂らさないように。

メアリ・アンはゲートの外に出て、両親が車で出ていくのを見送った。ブレマートンに住んでいる祖母に会いに行ったのよ、と彼女は言った。さて、と彼女は言った。コーヒーか何か飲む？

いや、いらないよ。

彼は彼女のあとをついて玄関までの道を歩いた。彼女はカットオフしたジーンズを穿いていた。彼女の脚はとても白く、ステップを上るときにちょっと独特の曲がり方をした。マッコイ大佐は手すりの上に、ペンキ落としとブラシを二つずつ並べていた。その四つの道具は実にきっちりと平行に並べられていた。メアリ・アンは彼にペンキ落としをひとつ手渡し、二人は垣根のところに戻った。素敵な天気ね、と彼女は言った。最高の一日じゃない？　彼女はゲートの右側にしゃがみ込み、ペンキをこそげ落とし始めた。それから彼女は振り向いてギルバートを見た。ギルバートは彼女をじっと眺めていた。彼女は言った。ねえ、あなたはそっちの側をやってくれる？　どっちが先に終わるか競争しましょう。

わざわざこそげ落とすほどのことはないじゃないか。ところどころに気泡が入って、剝げている箇所が少しばかりある。でも全体としてはきれいな垣根だよ、とギルバートは言った。なんでわざわざ塗り直さなくちゃならないんだろう。

正面の垣根だからよ。正面の壁を塗り直すときにはいつも一緒に正面の垣根も塗り直すの。

そんな必要はないのに。ところどころ手入れすれば、それで十分じゃないか。

私もそう思う。でもお父さんは私たちに全部塗り直すことを求めているの。正面の壁を塗り直すときには、いつだって正面の垣根も塗り直すの。

ギルバートはまぶしく光る白い家に目をやった。雑草一本生えていない芝生はクルーカット並みに短く刈り込まれていた。

今朝誰から電話がかかってきたと思う、とメアリ・アンが言った。

誰だい？

レイフよ。大きな嵐が近づいているので、帰る日を早めたんだって。今夜帰ってくるみたい。とても元気そうだったわ。あなたにもよろしくって言っていた。

ギルバートはペンキ落としで垣根をごしごしとこすった。

彼の声が聞けてすごく嬉しい、とメアリ・アンは言った。あなたもそこにいて彼と話せればよかったんだけど。

子供が自転車に乗って通りかかった。車輪にはさんだカードがスポークに当たってぱたぱたと音を立てた。

私たち何かしなくちゃね、とメアリ・アンは言った。彼を驚かせるのよ。車で彼の家まで行って、彼が帰ってきたときに「お帰りなさい」って言うとか。それって最高だと思わない？

僕はどうやって家に帰ればいい？

レイフがきっと送ってくれるわよ。

ギルバートは後ろにもたれかかって座り、メアリ・アンを見た。彼女は垣根の自分の分担範囲の半分を済ませていた。彼は彼女が自分の方を振り返るのを待った。でも彼女はそうせず、身を屈めて地面に近い部分をこすっていた。髪が前に落ちて、首筋がむき出しになって見えた。それとも他の誰かを誘うとか、とメアリ・アンは言った。

誰かを誘うって、それはどういうことなんだ？ 女の子のこと？

そうよ。あなたにも女の子がいたらいいと思わない？ そういうのって最高じゃない。

ギルバートはペンキ落としを垣根に投げつけた。メアリ・アンが凍りつくのが見えた。そんなのぜんぜん最高じゃない、と彼は言った。彼女がまだ振り向こうとしないのを見て、彼は立ち上がり、玄関まで歩いて行って家の中に入り、キッチンに行った。そしてうろうろと歩き回った。流し台に行って、グラスで水を飲んだ。カウンターに両手を置いてそこに立っていた。メアリ・アンがどんなことを考えているのか、彼にはわかった。二人がオープンカーに座って待っている。レイフが現れると彼女は車から飛び降りる。そしてひしっと抱き合う。レイフは髭を伸ばしっぱなしにして、煙と自然の匂いを放っている。父親の前でそのように感情をむき出しにされて、いくぶん戸惑っている。でも喜び、面白がってもいる。そしてその間ギルバートはクールにかまえている。両手をポケットに突っ込み、ちょっとひねくれた、からかいの言葉をレイフに向かって口にする用意をしている。すべては以前と変わりなく運んでいることを知らせるために。彼女が思い描いているのはそういうことなのだ。まるで何事もなかったみたいに。

ギルバートが戻ってくると、メアリ・アンは自分の受け持ちの範囲の作業をほとんど終えていた。ペンキを取りに行ってくるよ、と彼は彼女に言った。僕の受け持ちの範囲も、もうそんなに剝がすところは残っていないと思う。でも念のために点検してくれてもいい。

彼女は立ち上がって微笑もうとした。ありがとう、と彼女は言った。

彼女が涙を流していたことがわかった。でもそれで彼の心は和《やわ》らがなかった。決心をいっそう強くさせただけだった。

メアリ・アンは既に防水シートを広げていた。一方の端を垣根の下に入れている。ペンキが垂れて芝生にかからないように。ギルバートが缶を開けたとき、彼女は笑って言った。見てよ！　店の人はペンキを間違えてる。

いや、これが正しい色なんだ。

だって、これは赤じゃない。私たちに必要なのは白よ。今までと同じように。

なあ、白なんてお呼びじゃないさ、メアリ・アン。僕を信じてくれ。

彼女は眉をひそめた。

赤こそがここに完璧に合った色だ。気を悪くしないでほしいんだけど、白というのは最悪の選択だよ。

でもおうちは白なのよ。

そのとおり、とギルバートは言った。隣の家も白だ。君がここに白い垣根を巡らしたなら、そいつは退屈以外の何ものでもない。それじゃまるで病院じゃないか。僕の言いたいことはわかるだろう？

そうかなあ。だって白を使っている家はたくさんあるじゃない。

赤がどんな効果を発揮するか？　赤はコントラストを与えるし、玄関までの煉瓦《れんが》道を際立たせる。それこそがまさにここで求められていることだ。

それはそうかもしれないけど。でも私はどうも気が進まないな。少なくとも今回はね。あるいは次のときはそうするかもしれない。もしお父さんがそれでいいって言えば。

なあ、メアリ・アン、お父さんが君に求めているのは、君が自分の頭でものを考えることだよ。

メアリ・アンは目を細めて垣根を見た。

なあ、このことについてはひとつ僕にまかせてくれないか？

彼女は下唇をぎゅっと噛んで、それから肯いた。オーケー、あなたがそこまで言うのなら。

ギルバートはブラシをペンキに浸けた。世界はただでさえ退屈なんだ。そうだろう？人々はみんないつも悪の陳腐さについて語っている。しかし陳腐さの害悪についてはどうなんだ？

二人は午前中ずっと垣根を塗り、午後にも続きを塗った。ときおりメアリ・アンは数歩後ろに下がって、それまでのできばえを確認した。最初のうち彼女は自分の意見を口にするのを控えていた。しかしたくさん塗るにつれて、彼女の口は軽くなった。最後の方になると、彼女は道路にまで出て、両手を腰にあててそこに立った。これって、すごいじゃない。ぜんぜん違って見える。煉瓦道が際立つって、あなたが言った意味がわかったわ。でも、これって素敵な赤ね。

まさに完璧だよ。

お父さん、これが気に入ると思う？

君のお父さん？　そりゃ、一目見てひっくり返るさ。

そう思う、ギルバート？　ほんとに？

お父さんの顔を見るのが今から楽しみだよ。

「二人の少年と、一人の少女」

題名の示すとおり、若い三人の男女が描く三角関係の話。十七歳、十八歳という時代は、胸に吸い込む空気が日々新鮮に感じられるものだが、あまりに新鮮すぎて、ときどきたまらなく息苦しくなることがある（あった）。だからこの話を読んでいて、ギルバートくんの気持ちの推移がひしひしとよくわかるし、よくわかるぶん切なくなる。そういう感じで「甘酸っぱい」ままに終わってしまうのかな……と読者に思わせておいて、最後は「おお、そこまでやるか！」という、いささかハードな展開にもっていく。

トバイアス・ウルフが一九九六年に出した *The Night In Question* という短編集に入っている。本が出たときに読んで気に入って、「この短編はいつか自分の手で訳したい」と思った。今回このアンソロジーに収めることができてとても嬉しい。

トバイアス・ウルフとは一度、ニューヨークのユニオン・スクエアにあるレストランで昼食を共にしたことがある。とても温厚そうな、親切な人だった。レイ・カーヴァーの思い出話をしてくれた。

【恋愛甘苦度……………甘味★★★／苦味★★】

甘い夢を

ペーター・シュタム

"Sweet Dreams"
by
Peter Stamm

ペーター・シュタム

1963年スイス生まれ。ジャーナリスト、ライター、ラジオ放送の劇作家を経て、98年のデビュー作*Agnes*が注目を集める。チェーホフやカミュ、レイモンド・カーヴァー、リチャード・フォードの影響を色濃く受け、その凝縮された文体に定評がある。翻訳家としても活躍。妻と二人の子供と共にチューリヒ近郊在住。

　そのコルク抜きはプリーツの入ったスモックを着た女の子のかたちをしていた。ララは母親の子供時代の写真でそんな服を見たことがある。淡い緑の夏用の短いドレス。赤い襟だけがいささか不似合いだった。なんといっても刺繡入りの、白のチュールであるべきなのだ。ララはそれらの写真を思い出すことができる。その大家族の寄り合いは北イタリアのどこかの庭で催された。彼女が知らない人々でそこはいっぱいだった。母でさえ全員の名前は知らなかった。「これは近所の人よ。で、名前はなんていったっけ？　この人たちは母さんの従兄弟のアルベルトの子供たちだったんじゃないかな。グラツィエラ、アルフィーナ、それからこの小さな子はなんていったかしら？　アントニオだっけ、トニーノだっけ？」。色はもう褪《あ》せている。それがなぜかしら彼らをよりけばけばしく見せる。それらの写真はまるで太陽を捕らえているように見えた。子供時代の淡い色合いの、変わらずそこにあった太陽だ。その後、家族はばらばらになって、みんなが勝手にそれぞれの道を歩んでいった。両親と共にララがイタリアを訪れたときには、既に家族の大きな寄り合いは催されなくなっていた。昼下がりに薄暗い家で、妙な匂いのする老人たちが集まり、ぱさぱさのクッキーと、大きなペットボトル入りの生ぬるいファンタが出されるだけだ。

コルク抜きのグリップは少女の頭になっていた。彼女の髪はおかっぱで、口には笑みが固定されていた。ララは値札に目をやった。彼女とシモンは既にコルク抜きをひとつ持っていたし、だいたい二人はほとんどワインを飲まなかった。彼女はそれを買うか買うまいか、ずいぶん長く迷っていた。その間、売り子の女性が疑わしそうな目を彼女に向けていた。でもとうとう心を決めて、コルク抜きを持ってレジに行った。「贈り物ですか?」とレジの女性は値札を取り、それを手の甲に貼り付けて言った。「いいえ」とララは首を振った。「包装しなくていいです。そのまま持って帰りますから」。彼女は腕時計を見た。バスの出発時刻までにはまだ三十分ある。

ララはライファイゼン銀行で働いており、仕事を終える時刻はシモンより早かった。しかし彼女は彼が仕事を終えるのを待って、一緒に帰宅するのが好きだった。屋根のあるバス停に座って、煙草を一本吸い、フリーペーパーをぱらぱらと眺めながら時間をつぶすことが多かった。そしてふと気がつくと、シモンがにこにこしながら前に立っている。彼女はさっと立ち上がって、彼の唇にキスをする。そしてシモンは彼女の悪《あ》しき喫煙の習慣について文句を言うのだった。真剣に文句を言うこともあれば、冗談半分で言うこともあった。この二、三日はあまりに寒かったので、彼女は仕事のあとの一服という楽しみをパスして、まっすぐバスに乗った。彼女が仕事を終えて停留所に行くと、バスはだいたいいつもそこに停まって待っていた。シモンはオーディオ専門店で働いており、店を閉めたあと、細かい片付けをしなくてはならなかった。ボスがいないときには、代わりにレジを閉める。バスの運転手はシモンの顔を覚えていて、彼が走って角を曲がってくるのを目にすると、車を停めて待ってくれた。

「あとに残って、売り上げをまとめなくちゃならなかったんだ」と彼は息を切らせながら言った。そしてララの隣にどさりと腰を下ろし、彼女の唇にキスした。「また煙草を吸い始めたのかい?」。彼らは最後尾のシートに座った。席が三つ並んでいるところで、そこが二人のお気に入りの場所だった。それほど明るくないし、エンジンの騒音が二人のささやき声をうまく消してくれる。

ララはコートを着たままだったが、シモンの肩を身体に感じることができた。彼は一日のできごとを話した。小うるさい客たちと、新しい製品。店主との口論。彼と二人でバスに乗っているのがララは好きだった。とりわけ冬がいい。外はもう暗くなっている。坂道を登り、山の尾根を越え、いくつかの小さな村と、いくつかの古いりんご園と、農地を抜ける半時間だ。バスのラジオはカントリー・ミュージック風の音楽を流している。「おかけした曲は『甘い夢を』でした」とアナウンサーが言った。「歌はリーバ・マッケンタイア。今日のこの番組は彼女の歌を特集してお送りします」。ララはシモンにキスをし、彼の肩に頭をもたせかけた。

二人が一緒に暮らし始めて四か月ちょっとになる。住んでいるのは鉄道駅のレストランの上にある一寝室のアパートメントだ。湖から遠くないところにある。理想的な環境とは言い難いが、シモンは自分が生まれ育った村で暮らしたがった。そしてそこは賑わいからはほど遠い場所だったが、それでもいざ探してみると、住まいを見つけるのは簡単ではないことがわかった。建物は古く、うらぶれていた。階段はひどい有様だった。旧式の冷凍装置が通路の一部を塞ぎ、踊り場は重ねられたビアガーデン用の白いプラスチック椅子や、空の段ボール箱や、その他様々ながらくたの置き場になっていた。二階には宿泊客用の部屋が二つあったが、それらが埋まることはほとんどなかった。その上の三階に、彼らの住むアパートメントと、二つの浴室なしのステューディオがあった。ステューディオの一つは空き部屋になっていて、もう一つにはレストランでウェイトレスをしている、ダニカというセルビア人の若い女性が住んでいた。

ララとシモンがそのアパートメントを最初に見に行ったとき、自分たちがそこに住むことになるとは、彼女は想像もしなかった。しかしその他いくつかあたってみた物件はどれもとても手の届かない額の賃料だったので、結局はそこに戻ってくることになった。入居する前に二人は壁を塗り替えた。女家主がペンキと刷毛を持ってやってきて、ただで彼らの改装作業を手伝った。二人は一晩かけてどんな色にするかについて話し合った。しかし結局すべてを白に塗ることにした。それで部屋は見違えるようにこぎれいな感じになり、ララは嬉しくなった。そろそろ実家を離れる頃合いだった。彼女は両親とうまくやっていたのだが、それでもやはり自分自身で仕切れる生活を持ちたいと思った。いろんなものを買って、新居に移るのだ。

ララは二十一歳で、シモンは三つ年上だった。彼にはララの前に一人ガールフレンドがいたが、彼女と一緒に暮らしたことはなかった。もしララにどうしてと尋ねられたら、「そんなに真剣な関係じゃなかったんだ」と彼は説明したことだろう。ララと一緒になる前は、彼もまた両親と同居していた。そんなわけで、洗濯物は勝手にきれいになってくれないし、冷蔵庫の中身は自動的に補充されないのだという事実に、まだよく慣れていなかった。しかしそんな彼も、週末に二人で買い物に出かけ、今日は、明日は、あさってはどんな料理を作ろうかと語り合うことに喜びを見いだした。「牛乳は必要かしら？」「コーヒーがそろそろ切れかけていたよ」「ゴミ袋がもうなかったわ」、そのようなやりとりは、予想しなかった気持ちの昂《たか》ぶりをもたらした。そしていっぱいになったショッピング・カートは、二人の前に広がる満たされた生活を象徴するものだった。ララと二人並んで、それを地下の駐車場まで押していくとき、シモンは自分が大人になり、独り立ちしたことに対して、深い誇りと、不思議な満足を感じるのだった。

二人は二度ばかりイケアのショップに行った。そしてマットレスと、ボックススプリング、それにベッドルームとキッチンのためのいろんなもの——電気スタンドや、テーブルクロスや、ナイフやフォーク——を買った。シモンの両親が古いテーブルと四脚の椅子を二人に譲ってくれた。ワードローブ代わりに安物の棚が一組あり、そこにララが赤いカーテンを縫って取り付けた。彼女はそういう細々した手仕事を愛した。クッション・カバーを作ったり、便座を新しいものに換えたり、シャワーヘッドを換えたり、壁にポスターを貼ったりというようなことだ。そんな彼女の姿を眺めて、シモンも楽しい気持ちになった。電気器具に関することは彼が一手に引き受けた。

毎週何か新しいことが起こった。ほとんど未使用のコーヒー・マシーンを、ララがインターネットの売買サイトで見つけた。靴を収めるための木製の箱、一束まとめてバーゲン価格で売られていた黄色いバスタオル。シモンはその手のものにはあまり関心を払わなかった。「本当にそんなものが必要なのかい？」とか「それにいくら払ったんだ？」とか、口にするのはせいぜいそれくらいだった。「質の良いものを買うのは、長い目で見れば賢いことよ——このタオルは永遠にもつわよ」とララは言った。「永遠というのは長い時間だぜ」とシモンは答えた。

彼は新しい住まいにそれほどたくさんは自分のものを持ち込まなかった。彼はヴァンを借りてまず自分の実家に行き、それから彼女の実家に行ったが、彼の服やCDや学生時代の教科書を詰めた箱では、荷室の四分の一も埋まらなかった。そのスペースの大半を占めたのはステレオ装置と、巨大なスピーカーと、コンピュータだった。二人は分割払いでテレビを買った。店頭で見本として使われていたもので、ボスは格安の値段でそれを売ってくれた。

「ねえ、これをどう思う？」、ララは隣の空席に置いたバッグから買ったばかりのコルク抜きを出して尋ねた。シモンはそれを手に取り、動かしてみたが、何も言わなかった。彼は眉の間に皺を寄せ、スクリューを引っ張った。女の子が両腕を広げた。「バレエのダンサーだ」と彼は言った。「違う」とララは言った。「ただの女の子よ。だいたいうちにワインってあったっけ？」。「君の両親にもらったのが一本あっただろう」とシモンが言った。彼はまだそのコルク抜きで遊んでいた。ハンドルを上下させ、女の子の両手をはたはたと波打たせていた。女の子がまるで喜んでいるみたいに。あるいは助けを呼んでいるみたいに。「これは高かったの？」。「あのワインはハンニとマルティンが来たときに飲んじゃったじゃない」とララは言った。「覚えてないの？」

二人の住んでいるアパートメントの階下のレストランは、あまりぱっとしない店だった。だから女家主がその店のオーナーであったにもかかわらず、ララとシモンは一度もそこに入ったことはなかった。外で食事をするときにはいつも、通りを百メートルほど行ったところにある店に行った。そこでは詰め物をしたチキンの胸肉を出した。二人が出会った湖畔のディスコに行くことはほとんどなかった。平日には二人は早くベッドに入ったし、週末に踊りたくなったときには、いつも市内に行った。市内にはもっと洒落たクラブがあったし、そこではみんなに顔を知られていない。

バスは駅の前に停まり、運転手はマイクを通して乗客に「おやすみなさい、みなさん」と言った。乗客たちはバスを降り、一言二言挨拶を口にしてから、それぞれの方向に散っていった。ララは大半の乗客を知っていた。少なくとも顔だけは知っていた。しかし一人だけ見覚えのない男がいた。彼はバスが走っているあいだ一度か二度後ろを振り向いて、彼女の顔をちらちらと見た。運転手が「次は終点です」とアナウンスすると、男はすぐに立ち上がってドアのところに行った。じっとしていても、どうせバスは停まるに決まっているのに。バスが最後に何度か角を曲がるあいだ、彼はララの前に立っていた。四十歳前後で、身体にあまり合わない長い黒いコートを着ていた。彼女が男の様子をうかがっていると、二人の目が合った。男は物静かで、ほとんど無関心そうにも見えたが、その目の中に注意怠りなさと、飢餓を思わせるものがあることをララは見て取った。それは何かひっかかるというだけではなく、挑発的ですらあった。彼女はシモンの方を向き、彼にキスした。そして尋ねた。「明日のお昼休みに、私と一緒にマーケットに行ってくれる?」。自分の声がいかにもわざとらしく、いささか大きすぎることが自分でもわかった。彼女はただ何かを口にしないわけにはいかなかったのだ。

黒いコートの男が最初にバスを降りた。その男が大通りの方に引き返していくのをララは目にした。何歩か歩いてから彼はさっと後ろを振り向いた。まるで彼女があとをついてきていないかどうか確かめるみたいに。そして再び二人の目が合った。「あの男を知っている？」とシモンは尋ねた。ララは首を横に振った。「あの顔にはどこかで見覚えがあるんだけど」

ララはドアをロックし、いつものように玄関にかかった「パンを無駄に捨てないで下さい」という手書きの札を読んだ。ドアの横には古い段ボール箱があり、そこにはぎっしり上まで古いパンが入っていた。家主がそのパンを何に使うつもりなのか、彼女には見当がつかなかった。階下のレストランからは音楽と、大きな笑い声が聞こえた。毎週金曜日の夜にはフォーク・ミュージックのバンドがそこで演奏して、その賑やかな騒ぎはララとシモンのいる部屋まで聞こえた。もっと困るのは、廊下に漂う便所のにおいと、階段からのぼってくる煙草の煙だった。シモンは何度か文句を言いに行ったのだが、そのたびに女主人に「そんなに匂いが気になるのなら、窓を少し開けたら」と言われた。

「お腹は減っている？」とララは尋ねた。「夕食の前に熱いお風呂に入りたいんだけど。身体の芯まで冷えちゃっているから」。半時間バスに乗っていただけでは、彼女の身体はまだ十分温まっていなかった。「生のラヴィオリを買ってきたわ。作るのに三分しかかからないのよ」と彼女は付け加えた。

「僕は遅めの昼食を食べた」とシモンは言った。「だからまだそんなにお腹は減ってないよ」

二人は台所に立っていた。ララは食料品を整理した。彼女はコルク抜きを手に持って見せた。「この色は好き?」

「緑だね」とシモンは言った。そしてララはまたあの色褪せたイタリアでの写真のことを考えた。「値段は四十五フランだった」と彼女は言った。「それって高すぎると思う?」。シモンは肩をすくめた。

「私がお風呂に入っている間に、下のレストランに行ってワインをわけてもらってくることもできるのよ」とララは言った。「そうすればコルク抜きの使い心地を試すことができるじゃない」

彼女はバスルームに行って浴槽に湯を溜め、服を脱いだ。鏡が湯気で曇り、松葉の香りがあたりに満ちた。湯を止めると、アパートメントの中は急に静まりかえった。それから足音が聞こえ、半分開いたドアからシモンの声が聞こえた。彼は言った。「下に行ってワインを一本わけてもらってくるよ」

「もう行ったものと思っていたわ」とララは言った。そしてドアから頭を外に突きだした。彼は彼女にキスをし、ドアを押し開けようとした。しかし彼女はそれをしっかり押しとどめた。二人はまたキスをした。「またあとでね」とララは言った。妙な話だが、彼女は彼の前ではまだいくらか恥じらいを感じた。ベッドに入るとき、彼女はバスルームで寝間着に着替え、彼の隣にさっと潜り込んだ。そして彼が自分の方に身を寄せてくるのを辛抱強く待った。自分の方から迫るという考えは彼女の頭にはまったく浮かばなかった。

一緒に住むようになる前は、話はもっと込み入っていた。彼女はかなり早い段階から両親にシモンを紹介しており、両親は彼のことを気に入っていた。しかし彼はララの家に泊まったことはなかった。自分が少女時代を送った部屋で彼と一緒に寝るということが、彼女には気恥ずかしかったし、またことの最中に両親がうっかり部屋に入ってくるのではないかとか、聞き耳を立てているのではないかとか、そういう心配をしなくてはならなかった。彼らはベッドの中では決して賑やかな方ではなかったのだが。

二人が一緒に寝るのは、シモンの両親の家でだった。ララはそこでいつも緊張していたし、ちょっとした物音にもびくびくした。夏には何度か森の中で抱き合ったが、それはあまり心地よい経験とは言えなかった。そしてララはやはり落ち着けなかった。その新しく訪れた自由に、彼女はまだよく馴染んでいなかった。彼女は今でも誰かに見られているのではないか、誰かが聞き耳を立てているのではないかと不安だった。時々、シモンが上になっているとき、彼女は布団を彼の頭の上まで引っ張り上げた。彼がそれを下げようとすると、彼女は布団を握りしめて言った。「風邪をひいちゃうわ」と。

彼女はお湯の中に身体を沈め、この新しい生活で何かやり残したことはないだろうか、まだ何か足りないものはあるだろうかと考えた。ベッドサイド・テーブルがあるといいんだけど、と彼女は思った。しかしそんなものを買う意味はあまりない。だいたいベッドフレームだってまだないのだから。二人は家具屋でコロニアル・スタイルのベッドを見た。ポプラ材の柱が四隅に立って、白いチュールのカーテンが吊ってあった。「夢のようなベッドですよ」と店員が期待に満ちた顔つきで二人のところにやってきて言った。ベッドにはお揃いのテーブルと衣類棚がセットになってついてくる。しかし今のところ、とてもそんなものを買えるような余裕は彼らにはない。そしてシモンがそれを気に入ったかどうかもわからない。彼の目にはいささか少女趣味に見えるかもしれない。イケアにベッドを見に行ったとき、シモンが毎回尋ねたのは「これは頑丈にできてますか？」がたついたりしませんか？」ということだけだった。彼はそういう意味で尋ねたのではないのだろうが、それでもその度にララは店員の前で赤面しそうになった。「一度に何もかも揃える必要はないわ」と彼女は言った。だから今のところ二人はとりあえず、マットレスとボックススプリングを床に置いている。

二十分後に彼女は風呂を出て、栓を抜いた。そして大きな黄色いバスタオルで身体を拭いた。それは彼女のそんなに好きな色ではない。少しくすんだ、むしろ芥子《からし》色に近い黄色だ。しかし品質は確かだ。とても上等なタオルだ。これまでに二度洗濯機にかけたが、まだ新品同様に見える。ララはシモンが言った言葉を覚えていた。「永遠というのは長い時間だよ」と。ひょっとしたらこのタオルは二人の関係よりも長持ちするかもしれない。そう思うと彼女はショックを受けた。彼女はシモンを愛していたし、シモンも彼女を愛していた。しかし五年後、十年後に彼の愛情がまだ続いているという保証はないのだ。彼女にとっての未来の像はきわめてはっきりしていると同時に、きわめて漠然としていた。彼女は子供たちと家庭が欲しかった。子供ができても、パートタイムで仕事を続けたかった。何年かすれば昇進もするだろう。そしていつかは支店をひとつ任されるかもしれない。しかしそれはまだ遠い先の話だ。なんだかまるで別の人生のように思える。

彼女は時々自らに問いかける。シモンもやはり私と同じような夢を抱いているのかしら、と。彼が「様子を見ればいいじゃないか。ケ・セラ・セラ、なるようにしかならないよ。僕らはまだ若いんだし」と言ったとき、彼女はふと疑念を抱かないわけにはいかなかった。そして実のところ彼女には、シモンはこのアパートメントと同じように、何とはなくよそよそしく感じられた。ほんの少しずつしか家庭味を帯びていかない、このアパートメントと同じように。彼がいったい何を求めているのか、彼女にはさっぱりわからなかった。彼は自分自身については多くを語らなかった。彼がすっかりくつろいで自然に振る舞えるのは、友人たちと一緒にいるときだけだった。

彼女は身体をタオルでくるみ、洗面台で髪を洗い、それを上でまとめた。突然彼女はシモンが愛おしくてたまらなくなった。両腕を彼の身体にぎゅっとまわしたかった。一緒にベッドに横になり、彼の身体に自分を押しつけたかった。彼女はキッチンに行ったが、彼はいなかった。「シモン」と彼女は呼んだ。そして居間に行った。寝室ものぞいてみた。

「シモン？」

彼はまだ下のレストランにいるんだわ、と彼女は自分に言い聞かせた。すぐにでも戻ってくるはずだ。テーブルの前に座り、バスの停留所から持ってきたフリーペーパーに目を通した。元ミス・スイスが子供たち専用の癌病院を建設する資金を集めるために、キリマンジャロ登頂に挑もうとしていた。ウィリアム王子は肖像写真を撮るにあたってかつらをつけていた。少なくとも新聞はそのように主張していた。一人のアメリカ人が二十五年前に犯した殺人のために死刑に処せられた。「湖面に水死体」という見出しのもとに、鱒《ます》釣りの漁師が岸からボートを出したところで死体にぶつかったという記事があった。死体を引き上げた警察は、二か月前から行方不明になっていた男性だと発表した。おそらくは自殺だが、事故死の可能性も考えられる。水温は摂氏五度以下だから、水中に落ちたら数分と命がもたない。

死体が発見されたそのマリーナの写真の上に、ララの髪から水滴が垂れた。身震いして、彼女はその新聞を向こうに押しやった。彼女がシモンとここに引っ越してきて、一緒に夕食をとったり愛を交わしているあいだ、その男はほんの数百メートル離れた湖に浮かんでいたのだ。タオル姿の彼女は寒気を感じた。アパートメントの暖房はガス・ストーブだけだし、窓はそれほどぴったり密閉されているわけではない。ララはキッチンに行って、ラヴィオリを茹でるための湯を沸かした。食器棚から皿を二枚出し、水切り板からフォークを二本とった。カウンターの錆《さび》を落とそうとしたが、それはどうしても落ちてくれなかった。キッチンは七〇年代に作られたもので、どれだけ懸命にこすっても、すっかりきれいにはなってくれない。ララはバスルームに行って、ドライヤーで髪を乾かした。そして服を着た。

彼女は軋《きし》む階段をそろそろと降りた。人に姿を見られたくなかったので、踊り場の明りはつけなかった。音楽が止み、人の声も静かになった。

バーに通じるドアが開いて、背後の光に照らされた大男の輪郭がそこに浮かび上がったとき、彼女は階段の一番下に達しようとしているところだった。それと同時に階段の明りがともった。男は赤い顔をしていた。男はドアを閉め、何も言わずに彼女の脇を抜けて洗面所に行った。彼女のことなどまったく目にも入らないみたいだった。女主人の声は大きくはっきりと聞こえた。「彼はその男の顔がすぐにはわからなかったんだよ」と彼女は言っていた。「男はうつぶせになっていたからね。夏ならたぶんすぐに浮かんできたんだろうけど」。ララはバーのドアを開け、中に足を踏み入れた。

六人ほどの男がカウンター席とテーブル席に座っていた。ララははっと身を硬くした。

彼らが全員彼女の方を見ているように思えたからだ。しかしすぐに、彼らが見ているのはカウンターの中にいる女主人だとわかった。彼女は今では別のことを話していた。「そんなやつには毒を飲ませてやるべきだよ」と彼女は言った。「それがどんな気持ちのするものか、わからせるためにね。可哀そうな犬たち」。ララはタブロイド新聞の見出しを目にしたことを思い出した。「動物虐待犯、再び現れる」とあった。シモンは壁際に並んだベンチのひとつの上に立っていた。彼の頭は天井から吊された巨大なテレビに隠されて見えなかった。その背後にはウェイトレスのダニカが立って、彼を見上げていた。彼女とは同じ階に住んでいたが、これまでに一度か二度、階段でばったり顔を合わせたことしかなかった。ときどき夜遅くに階段の踊り場に足音が聞こえることはあったが、彼女の住むステューディオから音が聞こえてくることはなかった。ダニカはまだ小さい頃に、両親と一緒にセルビアからスイスに移民してきた。ララとシモンに最初に会ったときに、彼女は自分でそう言った。学校の成績は良かったのだが、まともな就職口を見つけることができなかった。「彼女は魅力的だとあなたは思う？」とそのあとでララはシモンに尋ねた。「君以外の女は僕の興味を惹かない」と彼は答えた。「でもあなたにも意見というものはあるでしょう」。「わからないな」と彼は言った。「彼女、ちょっと色っぽい目をしているじゃない」とララが言うと、シモンは笑って彼女にキスをした。

シモンはテレビの修理をしているようだった。少し後で彼はベンチから飛び降り、ダニカに何か言った。彼女は微笑んで、テレビのスイッチを入れた。そして二人でスクリーンを見上げた。それはダウンヒル・スキーヤーのざらざらした画像を映し出していた。シモンはララの姿を目にして、彼女の方にやってきた。「接触が悪いんだ」と彼は言った。そして彼女がまだよくわからないという顔で彼を見ていると、「画像がちらついている」と言った。そして女主人に向かって、アンテナのケーブルが曲がってるんです、明日新しいのを持ってきますよ、と言った。「技術者が同じ屋根の下にいるというのは心強いものね」と女主人は言った。「何かごちそうするわ。何がいいの？　赤ワインのグラス？」

「僕はワインのボトルを買いに来たんです」とシモンは言った。

「それは店から進呈するわ」と彼女は言った。「で、お嬢さんは何がいいのかしら？」

シモンはララを見た。それから「僕はビールをいただこうかな」と言った。そしてララに尋ねた。「君はお腹が減っている？」

「まあ、二人ともお座りなさいな」と女主人は言った。グラスをひとつ濁った洗い水の中に入れ、大きなグラスにビールを注いだ。

空いているテーブルはなかったので、シモンは一人の老人の向かいに腰掛けた。老人は既に何杯か飲んでいるみたいだった。ララはベンチ席のシモンの隣に座った。「テレビの調子が悪いんで見てくれないかって頼まれちゃったんだよ」と半ば言い訳するように彼は言った。「接触不良だった」

「あなたはもう戻ってこないのかと思った」とララは言った。彼女にはそんなつもりはなかったのだが、その言葉は非難がましく響いた。できるだけシモンを束縛しないようにしなくてはと、彼女は自分に常々言い聞かせていた。彼はただ困っている人を助けてあげようとしただけなのだ。降りてこなければよかったと彼女は思った。もし彼女が上の部屋でじっとしていれば、彼は女主人の申し出を断って、すぐに部屋に戻ってきたはずだ。ダニカがテーブルにやってきて、シモンのビールとララのワインのグラスを置いた。女主人と男たちはまだ毒殺された犬について話していた。犯人が捕まったら、当局はそいつをどんな目にあわせるべきかというようなことについて。二人と同席していた酔っ払いは、毒殺されても仕方ないような犬も中にはいるけどな、と声をひそめて言った。それが二人に向かって言われたことかどうかわからなかったので、彼女は返事をしなかった。髪に手をやると、まだ少し湿っていた。

とくに脈絡もなく、その酔っ払いは二十年近く前に黒海でクルーズ船に乗った話を始めた。それは退屈な旅だった。そういうクルーズ船では面白いことなんてまず起こらない。「おれはクリミアに行ったよ。セヴァストポリに。そこにはロシア海軍の基地があって、潜水艦なんかがいた。あれは面白かったな。行くだけの価値はあった」と彼は言った。シモンはその話を聞いていないようだった。彼はビールを飲み、テレビを見上げていた。そこでは別のスキーヤーがスロープの上にいた。スピーカーからはカウベルの音と、サポーターたちのリズミカルな叫び声が聞こえていた。黒海がどこにあるのか、ララはよく知らなかった。

ダニカがテーブルにやってきて、ララが「もうけっこうよ」と言う前にグラスにワインのおかわりを注いでいった。彼女は今、既にいっぱいになってしまったグラスの上を手で塞《ふさ》いで、馬鹿みたいにその前に座っていた。彼女は昼食時から何も食べていなかったので、アルコールで頭が少しふらふらした。「ビールをもう一杯いかが？」とダニカが訊いた。シモンはちらりとララの方を見た。まるで許可を求めるみたいに。それから「ああ、もらおうかな」と言って、半ば腰を浮かせた。「ちょっと失礼。すぐに戻ってくるから」。

ララは立って、彼を出した。彼女が腰を下ろすと、すぐに酔っ払いが話しかけてきた。「あんたはこの辺の人かね？ 今まで見かけたことがなかったが」。居心地の良い店とはとても言えない。よくしゃべる女主人と、彼女に色目を使う酔客たち。「私はクロイツリンゲンで育ちました」と彼女は言った。男は手を差し出し、私の名前はマンフレッドだと言った。彼女は相手の手を握り、「私はララ」と言った。

「『ドクトル・ジバゴ』」と男は言った。「良い映画だったな。オマー・シャリフとそれから……あの女優はなんといったか？」

「ジュリー・クリスティー」とララは言った。

「市電に乗っていた」と酔っ払いは言って微笑んだ。「妹がクロイツリンゲンに住んでいる。あんた、ロシアに行ったことは？」

「ありません」とララは言った。

彼女は何か別のことを言いたかった。何か話している方が安心できた。しかし何を言えばいいのか、思いつかなかった。

「ところで黒海ってどこにあるんですか？」、彼女はやっとそう口にした。

「地中海から行くと、イスタンブールを過ぎて、ボスフォラス海峡を抜ける。するとそこが黒海だよ。南岸はトルコで、北岸はブルガリア、ルーマニア、ウクライナ、ロシアになっている」

「その全部の国に行ったんですか？」とララは尋ねた。

「そういうクルーズに行ったんだよ」とマンフレッドは言った。「そこで家内に出会った。彼女はウクライナ人だった。船で働いていたんだ。でも結局うまくいかなかった」

ダニカがやってきて、何かお持ちしますかと尋ねた。二人は首を振った。彼女が行ってしまうと、マンフレッドは声をひそめて言った。「まったく東欧出身の女たちときたらね」と言って、指を一本立てて唇にあてた。

シモンがようやく戻ってきたとき、ララはほっと息をついた。彼は片手に汚れた白いケーブルを持っていた。彼は女主人と短く言葉を交わし、もう一度ベンチに上り、ケーブルを取り替えた。しばらくのあいだ画面には灰色の筋しか映っていなかった。それから急に画像が鮮明になった。音もいくらか大きくなったようにララには思えた。シモンはリモコンを使って、チャンネルを次々に切り替えた。たぶんどのチャンネルも支障なく映ることを確かめるためだろう。二人の男が向きあって座った画像がちらりと見えた。その一人が、バスに乗り合わせていた黒いコートの男であることに、ララはほぼ確信を持った。しかしその画像はすぐに消え、女が小さな娘と口論している画像に変わった。それから兵士たちがこっそり森の中を移動していく画像になった。そして再びスキーに戻った。シモンはテーブルに戻ってきた。「古いケーブルを部屋に置いてたことを思い出したんだ」と彼は言って、満足げな笑みを浮かべた。「もう行かない?」とララは言って、立ち上がりかけた。

女主人はボトルワインの代金を受け取ろうとはしなかった。「ケーブルの代金のかわりよ」と彼女は言って、ララとシモンに向かって手を差し出した。彼女の手は柔らかく、洗い物をしていたせいで少し石鹼がついていた。

「おれがやらないようなことをやるんじゃないよ」と一人の男が、バーを出て行く二人の背後から声をかけ、みんながどっと笑った。

鍋の湯が荒々しく沸騰して、水は半分に減っていた。鍋の上の方にはチョークで引いたような白い筋がついていた。ララは慌ててガスの火を消した。「いったん火をつけたら、ガス・レンジの前を離れちゃいけないんだ。たとえ一秒でも、絶対に」とシモンは言った。

そんなことも知らないのかと言わんばかりに。「私のせいじゃないわよ」とララは言った。「あなたはすぐに戻ってくると思っていたんだもの」。彼女は泣き出したいような気分だった。

「いや、なにも君を責めているわけじゃないよ」とシモンは言って、彼女にキスした。「とくに何ごともなかったしさ」

ララは顔を背け、コルク抜きを手に取った。彼女がボトルのプラスチックのシールをはがすのを、シモンは用心深く見ていた。彼女はねじをコルクに食い込ませるために、娘の顔に親指をぎゅっと押しつけなくてはならず、それに対する抵抗感を克服しなくてはならなかった。彼女はシモンの目をじっと睨《にら》みつけ、どれくらい自分が腹を立てているかを思い知らせた。

「悪かったよ」と彼は言った。「たしかに僕が悪かった」

彼女はボトルを下に置き、まるで仲直りを求めるかのように言った。「あなたが開けてよ」

シモンは、さあ何が起こるかわからないぞというような、どことなく神妙な表情を顔に浮かべ、娘の両腕をゆっくりと押し下げた。ぽんという明るい音がして、ボトルからコルクが抜けた。

シモンはにっこり笑ってララを見た。彼女は両腕を彼の身体にまわし、キスし始めた。

何度も彼にキスをし、それから彼のシャツのボタンをはずそうとした。

シモンは自分がそれをどこに置こうとしているか見もしないで、コルク抜きを下に置いた。二人はしっかりと唇をくっつけたまま、お互いの服を脱がせ、それをそのまま床に落とした。ぴったりとしたジーンズが脚にからまって、シモンはあやうく転びそうになった。彼はララにつかまってなんとか体勢を立て直した。彼女はブラのフックを外そうと懸命になっているところだった。二人が裸になったとき、ララはイケアで買ってきたココナッツのマットの上に横になった。そしてシモンは彼女の両脚の間に膝をついた。彼は彼女の中に入ろうとしたが、うまくいかなかった。「ベッドに行った方がいいんじゃないか」と彼は言った。「ちょっと待って」とララは言って、居間に行って、ソファのクッションをひとつ持って戻ってきた。彼女はまた横になり、クッションを身体の下に置いた。マットは生地が粗く、背中がちくちくしたが、彼女は気にしなかった。やがてシモンは彼女から離れ、隣に横になった。それで彼が達したのだと彼女にはわかった。

ララの興奮はまだ続いていて、彼のものをさすっていると、やがてそれはまた硬くなってきた。今度は彼女はシモンの上に乗った。シモンはそれほど気持ちが乗らないようだったが、彼女はそんなことは気にしなかった。膝のひりひりが感じられなくなるまで、顔に血が上ってくるまで、彼女はシモンにまたがっていた。彼女は目を閉じ、ますます激しく身を動かした。それはまるですべて彼女の頭の中で起こっていることのように思えた。彼女のすべての感覚が、ひとつの圧倒的な感覚を形作るために結びつきつつあるように思えた。それから彼女は自分が叫び声を上げているのを聞いた。そして激しく喘《あえ》ぎながらシモンの上に崩れ落ちた。彼女の頭は彼の頭の隣にあった。でも彼の目をのぞき込むことはとてもできなかった。彼女は呼吸が少し落ち着いてくるまで、じっとその姿勢のままでいた。やがて身体の感覚が戻ってきた。両膝の痛みと、背中の冷気だ。彼女は身を起こした。シモンはびっくりしたように彼女を眺めていた。そして微笑みを浮かべて言った。「いったい君に何が起こったんだ?」

彼女は彼の口に指を一本立てて置いた。そしておそろしく真剣な顔をして言った。「もし私のことが好きじゃなくなったら、ちゃんとそう言ってね」

「でも僕は君を愛しているよ」とシモンは抗議した。

「だって先になって何が起こるかなんて、誰にもわからないじゃない」とララは言った。

「でもとにかく何かを着なくちゃ。これじゃ風邪をひいちゃう」

バスルームで彼女は自分の背中一面に、ココナッツのマットの模様がしっかりとついていることに気づいた。そして両膝は擦りむけていた。シャワーを浴びようかと思ったが、それはやめて新しいパンティーにはきかえ、ガウンを羽織るだけにした。キッチンに戻ると、シモンも既に服を着て、鍋に新しい湯を沸かし、テーブルのセットをしていた。彼は二つのグラスにワインを注ぎ、ひとつをララに渡した。そして二人は乾杯した。「我々二人のために」。ワインはひどい代物だった。

　ララはいつものようにシモンと向かい合わせには座らず、隣に座った。そして食事の間中、彼に触っていた。彼の腕を撫でたり、首の後ろを上下にさすったりしていた。食事のあと、二人はそこに座ったまま長く話をした。ララは陽気になっていた。いつもより早口で、饒舌《じょうぜつ》だった。「ちょっと酔ったみたい」と彼女は言った。

「じゃあ、注意した方がいいかもな」とシモンは笑みを浮かべて言った。「ベッドに行こうか？」

　彼はバスルームに行って、パジャマに着替えて出てきた。ララは歯を磨きたいような気分ではなかった。彼女はガウンを脱ぎ、ベッドのシモンの隣に潜り込んだ。彼は仰向けに横になっていて、彼女はその身体に自分の身体を押しつけた。パジャマの上着の中に手を入れ、胸をさすった。「疲れてる？」と彼女は尋ねた。「うん」と彼は言った。そしてそのまま横向けになり、やがてその呼吸は静かに均等になった。ララはちっとも疲れていなかった。目覚めたまましばらくそこに横になっていたが、起き上がってキッチンに行き、お茶を入れた。それから居間に行って、テレビをつけた。彼女はチャンネルを次々に切り替えていった。そのほとんどは映画とトークショーだった。ララはテレフォン・セックスの広告をやっているチャンネルで手を止め、それをしばらく見ていた。女たちが乳房をこすりながら「私に電話して。私に電話して」と悶《もだ》えていた。それを見ても、なぜか今日は嫌悪感を感じなかった。驚いたことに、むしろ彼女はその女たちに同情心か、連帯感のようなものさえ感じていた。彼女はリモコンのボタンを押してチャンネルを更に切り替えていった。突然あのバスで会った男の姿が現れた。それは地方局で、同じ番組を一時間ごとに繰り返し放映している。その放送局はここからそれほど遠くない、古い街にあった。ララはその番組のホストに見覚えがあった。シモンの通っていた学校の先生だった。

話をしばらく聞いているうちに、ゲストが作家であることがわかってきた。彼の名前を耳にしたことはなかった。その男の短く、事実に即した回答に比べて、ホストの質問の方がしばしば長かった。そこでまたララは、その男の注意怠りない顔つきに目をとめた。それはバスの中でも彼女の心に引っかかったものだった。どこで物語のアイデアを得るのですかと訊かれて、通りで見つけるんですと彼は言った。ちょうど今日、この放送局に来る途中で、若いカップルを私は見かけました、と彼は付け加えるように言った。本当にどこにでもいるような若い男女で、とても熱心に何かを語り合っていました。「二人は私に、自分の若かった頃を、私が結婚して子供をもうけたいと望んでいた女性のことを思い出させてくれました」と彼は言った。「いろんな事情があって、それはうまくいきませんでした。でもそのときほど自分に確信を持てたことはありませんでした。人生というものについて、まだ何ひとつ知らなかった時代のことです」

二人は一緒に暮らし始めたばかりなのだろうと彼は推測していた。まだアパートメントの家具を集め、あれこれ買い揃えている最中だろう。そして微かな驚きをもって、これから自分たちの前に控える歳月について考えを巡らせ、この関係がいつまで続くのだろうと自問していることだろう。「私の関心を引いたのは、何かを始めようとするときの、そのような至福に満ちた、しかし同時に僅かな不安をも感じる瞬間なのです」と作家は言った。「私はそれについての短編小説を書くことになるでしょう」

「そしてその話はどのように終わるのでしょう?」とホストは尋ねた。

作家は肩をすくめた。「実際に書き終えてみるまで、それはわかりません」

若いカップルというのは時として、年老いたカップルに似ていると彼は言った。それはおそらく、どちらもが不確かさと取り組まなくてはならないからでしょう。実際の人生に材を取って書くことに無理はありませんか、とホストは尋ねた。作家は首を振った。私はその二人の個人の肖像画を描こうとしているのではありません。二人はひとつのアイデアを与えてくれただけです。私が小説の中で書こうとしている人たちと繋がりはありません。実際には二人は恋人同士ではないかもしれません。二人は別々のバス停で降りて、頬にさよならのキスをするだけの仲かもしれない。最終の列車が駅に入ってくる音をララは耳にした。一時十五分前だ。彼女は窓際に行って、停まっている列車を見た。降りる乗客も、乗り込む乗客もいなかった。少しして、列車は静かに出て行った。作家は画面でまだ語り続けているが、実際にはとうの昔に帰宅してしまっただろう。これから一か月ばかり、そのチャンネルは彼との対話を繰り返し放映し続けることだろう。彼自身がララやシモンに劣らず、架空の存在に成りはててしまうまで。

「甘い夢を」

「愛し合う二人に代わって」と同じように「ニューヨーカー」誌を読んでいてたまたま見つけた。不思議に心を惹かれる話だった。作者はスイス人で、原文はドイツ語で書かれている。英訳されたものから日本語に重訳した。若い幸福なカップルの日常生活を扱った、かなり素直な短編小説だ。男性作家だが、女性の視点で物語が進行していく。

ただし最後の方で、中年の作家の視点——おそらくそれが作者の視点だろう——が巧妙に導入され、そこに微かな苦みが生まれることになる。やがて時の経過とともに過去のものとなってしまうであろう、若い男女の純粋でイノセントな日々。湖では水死体が発見されるし、犬たちは毒殺されている。テレビはすぐに映りが悪くなる。そのような冷ややかなすきま風が、窓の隙間から僅かに吹き込んでくる。しかしまだしばらくのあいだ、二人はお互いの温もりを感じあいながら、幸福に暮らし続けるだろう。

二人がこのまま末永く幸福でいてくれればいいんだけどな、とふとまじめに考えてしまうのは、きっと僕が年を取ったからでしょうね。

【恋愛甘苦度……甘味★★★★☆／苦味☆】

L・デバードとアリエット——愛の物語

ローレン・グロフ

"L.Debard And Aliette-A Love Story"
by
Lauren Groff

ローレン・グロフ

1978年ニューヨーク州生まれ。ウィスコンシン大学で創作を学ぶ。「ニューヨーカー」「アトランティック・マンスリー」「プラウシェアズ」など多数の雑誌に短編小説が掲載され、『ベスト・アメリカン・ショート・ストーリーズ』『ベスト・ニュー・アメリカン・ヴォイシズ』などにも作品が収録された。夫と息子二人と共にフロリダ州ゲインズヴィル在住。

彼は最初は遠いひとつの波だ。アビが水面に出るときに残すくさび形の跡そのものだ。その日は石のように冷ややかで灰色だ。少し近づいてくると、泳ぎ手はいくつかの部分に分かれて見える。滑らかな角度を取る両腕、艶やかな黒い頭。桟橋の五メートル手前のところで彼はどぶんと水に潜る。少しあとで梯子の前に浮上する。鯨のようにはあっと大きく息をしながら。

彼が桟橋に上がってくるのを彼女は見ている。くっきりとした肋骨が激しく上下している。ちいさく縮んだ乳首。口髭は海水のせいでぺたっとしている。彼女は自分の顔が赤くなっているのを、そして体が震えているのを感じる。彼女は微笑む。

一九一八年の三月、何百もの数のクラゲが海岸に打ち上げられている。その日の朝刊は、カンザス州で健康そのものの兵士たちが奇妙な死に方をしたことを伝えているが、そのニュースはヨーロッパの西部戦線における戦闘の報道に埋もれてしまっている。

泳ぎ手はゆっくり時間をかけてタオルを手に取る。まるでそこで待ち受けていたように自分をじっと見つめているこの奇妙な三人組はいったい誰なのだろうと、いぶかりながら。厚着の男は太って禿げている。口から下顎にかけて深い皺がよっている。髭はきれいに剃り上げられ、着ている服は見るからに高価なものだ。彼の隣には黒髪の女性が立って、風が彼女の顎の下のシルクの襟をはたはたと揺らせている。太った男の若い妻なのだろうと泳ぎ手は思う。しかしそれは間違っている。

二人の前には車椅子に座った少女がいる。泳ぎ手の目は彼女をさっと眺める。しかしその子供のいかにも力ない顔と、色褪せた金髪と、青白い肌に沈み込んだ両目を見ると、思わず目をそらしてしまう。生きる屍《しかばね》のようだ、と彼は思う。その女の子について大事な見落としをしたことは彼の過ちではない。彼はただ何も知らないのだ。そんなわけで、二人の邂逅《かいこう》の瞬間にふさわしい雷光の煌《きら》めきやら、胸の震えやらはない。泳ぎ手が感じるのは、肌を打つ風の冷たさと、古びた水着を着ていることの恥ずかしさくらいだ。彼がその穴の空いた、伸びきった水着を着るのは、彼が水に入るために、ノスタルジアと過去の栄光を必要とするような暗い日々に限られる。

その泳ぎ手は広く名を知られている。かつてのオリンピック選手である。一九〇八年のロンドン大会では百メートル自由形の金メダルをとった。八百メートルリレーのアンカーとしても。一九一二年のストックホルム大会では、三個の金メダルを獲得した。百メートル自由形と、百メートル背泳ぎと、そして再び八百メートルリレーのアンカーとして。彼はまたアメリカ水泳協会の水球優勝チームに、一八九八年から一九一一年まで所属していた。ごく単純に表現すれば、彼は世界で最も傑出した泳ぎ手だった。

彼の名前はL・デバード、しかしその名前で通してきたわけではない。生まれたときの名前はロドヴィコ・デバルトロだった。六歳のときにローマからニューヨークに移民として連れられてきたのだが、その新しい土地ではウクライナ人やら、ポーランド人やら、中国人やらは「ロドヴィコ」という名前をちゃんと発音することができなかった。そんなわけで、彼は自らの中に文学的感性と、シェークスピアに対する愛を見いだしたとき、ラストネームを変更することにした〔訳注・the Bard はウィリアム・シェークスピアの通り名。それをもじって De Bard に変えた〕。

彼は水泳選手であると同時に、他の側面も持っている。四十三歳のたくましい胸筋を具《そな》えた男であり、前歯が一本欠けていて、小粋な微笑みを浮かべる。ボルシェヴィキだという噂もある。詩人であり、常にノートブックに何か書き込みをし、アブサンを好んで飲み、作家仲間と陽気に騒ぐ。彼はたくさんの娼婦と名前で呼び合う仲でもあるものの、世間ではいくぶん同性愛の傾向があるのではないかと思われている。ニューヨークの文壇ではどちらかというと「女性的」と見なされているタイプの作家や詩人たちと彼は交際していたが、その交際はいささか親密にすぎた。タッド・パーキンズやC・T・ディンやアーノルド・エフィンガムなんかとつきあいながら、彼だけはちょっと毛色が違っていた。いずれにせよ男性の詩人というだけで、世間はあらぬ疑いを抱きがちなものだ。そして彼を快く思わない人々は、唇をいやらしくすぼめてこう言い合う。どうしてあの男はフランスに行って、連合軍のために男らしく戦わないんだと。扁平足のために兵士としては不適格だった、というのがその理由なのだが。

そして今日、彼はもうひとつの側面を抱えている。腹を減らしているのだ。世界大戦は最後の数か月を迎え、詩人や水泳選手が食料にありつける順位はどん尻に近い。

太った男が前に進み出る。「L・デバードさんだね?」

Lは水着の肩紐の下にタオルを巻く。「イエス」、彼は少し間を置いて答える。

車椅子の少女が口を開く。「私たちはあなたに提案があるんです」と言う。その声は泳ぎ手に川の石を思い起こさせる。重々しく、そして滑らかだ。

少女の名前はアリエット・ヒューバー。十六歳で、学校に通っている。というか、病気になる前には通っていた。彼女はフランス語と作文と弁論と暗唱で三年連続して学校の優等賞をとった。彼女はある詩を一度読めば、何年か後でも、それを一語も間違えずに暗唱することができる。ポリオになる前には彼女は乗馬に優れており、アーチェリーも得意だった。戦争前の高揚した日々に華々しく催された「子供舞踏会」では、彼女はどの女の子よりも軽々と見事に踊った。母親は彼女が三歳のときに亡くなった。そして父親は少し距離をおきながら娘を溺愛している。

彼女がLの名前を知ったのは詩集からだ。病気の療養中に彼の詩集を読んだのだ。彼女は彼のことをとても親しく知っているような気がしていて、だから今こうして桟橋の上で寒さに凍えながら、驚きに打たれつつ、思わず泣き出しそうになってしまうのだ。Lが彼女のことを、ただの見知らぬ人間としてしか見ていないことにふと気づいて。

そこでアリエットは思い切ったことをする。両脚を露《あら》わにしたのだ。それは小さく、皺だらけの棒のようで、ほとんど何の役にも立ちそうにない。彼女は膝に、罪深いほど分厚いスコットランド・ウールの毛布を掛けている。Lは自分が寝るときに掛けている薄いシーツと、汚れた防寒外套のことを考える。そして彼女の毛布をうらやましく思う。彼女のスカートは短く、ストッキングはシルクだ。Lは彼女の両脚を見て息を呑んだりはしない。その膝頭は柳の枝で串刺しにされたロールパンのように見える。彼はただアリエットの顔を見る。そして彼女の唇が、寒さのために紫色になりながら、完璧なハート形をつくっていることを見て取る。

そのあとで水泳レッスンについての合意が簡単になされる。三人は引き上げていく。黒髪の女性が車椅子を押して板張りの桟橋を進み、その細い腰が小気味良く揺れる。彼らの去って行く足音がLの踵《かかと》にことことと響く。風は更に勢いを増し、波はせわしない音を立てて桟橋に打ちつけている。Lは服を着る。彼が黄色いシャツの上に上着を着ようとしたとき、最後の五セント硬貨がポケットからこぼれる。硬貨は音を立てて水に落ち、きらきら光りながら沈んでいく。

夜にアリエットはパーク・アヴェニューの自室の、糊のきいた白いシーツに横になり、下の通りを行く赤十字のトラックがギアを切り替えるがりがりという音を聞いている。部屋に向かって廊下をやってくる足音を耳にしたとき、彼女は薄い詩集を布団の中に入れる。その本はお腹の上から、今はもうほとんど役に立たない二本の脚の間に滑り落ちる。そして彼女は突然の喜びに息を呑む。

彼女の付き添い看護婦が――桟橋にいた黒髪の女性だ――バターミルクのグラスを持って入ってくる。ロザリンドはアリエットより二、三歳年上なだけだが、まるでリトル・ボーピープ〔訳注・英国の童謡に出てくる羊飼いの女の子〕みたいに元気で、無邪気に見える。

田舎育ち、肌は怠惰そうなピンク色だ。彼女はアリエットがグラスを空にするまで、隣で腕組みをしてじっと立っている。そういう彼女を憎まないようにしようと、アリエットは努める。看護婦の口紅は滲んで唇の範囲の外にはみ出している。玄関ホールにヒューバー氏の口笛のトリルが響く。それから「行ってらっしゃいませ、サー」という執事の声が聞こえる。ドアが閉まる。そしてアリエットの父親がウォール街に戻っていく。アリエットはグラスをロザリンドに返す。ロザリンドの微笑みはどことなくこわばっている。

「洗面所に行く必要はありますか、お嬢さん？」と看護婦が尋ねる。

その必要はないとアリエットは言う。彼女は本を読みたいだけだ。看護婦は出て行く。彼女の足音が廊下を遠ざかっていくのを聞いて、アリエットは布団の中の、その喜ばしい秘密の場所に落ち着いていた詩集を手に取る。『アンビヴァレンス（両価性）』がそのタイトルだ。L・デバード著。

翌日、Lとアリエットが最初のレッスンの準備をしている頃、スペインのサン・セバスチャンという観光地ののんびりとした町から、謎めいた病気が忍び出ようとしていた。それはやがてスペイン領の隅々にまで達し、国王アルフォンソ八世までが病の床に臥すことになる。フランス各地に展開したフランス兵、英国兵、アメリカ兵がその致死的な病に倒れ始め、病気は彼らと共に英国に渡来する。そしてジョージ五世もそれに苦しめられることなる。

ニューヨークの人々はそんなことは何も知らない。Lは残っていた最後の缶詰肉を食べる。アリエットはスコーンから干し葡萄をよけ、ティーカップの茶かすで運勢を見ようとする。

彼らはアムステルダム・ホテルの屋内プールをレッスンのために使うことにする。緑のタイル張りの美しいプールだ。黄金色の葉の巻きひげがその両側を彩り、底には黄色いタイルで見事なヘリオトロープの花がひとつ描かれている。壁と天井はスカイブルーだ。宿泊客が利用する時間には使えないので、彼らは早朝か夜のどちらかに泳がなくてはならない。

朝と夜の両方やりましょうとLは主張する。ほんのちょっぴりの仕事で多額の報酬をヒューバー氏から受け取るのが、彼としては嫌だったからだ。最初のレッスンの日、彼は早めにプールにやってきて、その温かく、水晶のように澄んだ美しい水に驚きの目を見張る。彼は笑い声をあげながら、サウナからプールに飛び込む。彼の口髭は熱のためにしぼんだようになっている。

アリエットがシャワーを浴びて、湯気を立てながらやってきたとき、彼女の髪は黒い布製のキャップの中に収められ、その紐は顎の下で結ばれている。Lは彼女を車椅子から抱き上げて、水の中に入れる。ロザリンドは角《すみ》に置かれた鉢植えの椰子《やし》の横に座り、編み物を始め、そのまま寝入ってしまう。

最初のうち二人は口をきかない。水中で支えているから、キックをしなさいと彼は言う。彼女はがんばってひとつ小さなしぶきを上げる。それからまたひとつ。端っこの浅いところを、二人は三度か四度ぐるぐると回る。ロザリンドの穏やかないびきが室内に響いている。やがてアリエットは、その細い片腕をLの首のまわりにそっとまわす。「もうやめて」と彼女は痛みに喘《あえ》ぎながら言う。

Lは彼女をステップのところまで運び、そこに座らせる。彼はその前に立っている。水は腰までの深さだ。彼は少女を見ないようにしている。

「ロザリンドはどうしたんだろう？」と彼は尋ねる。「なぜあんなに眠っているんだろう？」

「何も悪いところはないわ」とアリエットは言う。「かわいそうに、一晩ずっと起きているだけなの」

「ずっと君の世話をしているというんでもないんだろう？　君は健康そうだから」と彼は言う。

アリエットは口ごもり、下を向く。「彼女は私の世話をしている。それは確かなんだけど……、でもそれだけじゃないの」と彼女は言う。彼女の表情は硬くなり、暗くなる。しかしそれから片方の眉をぎゅっと上げて彼を見て、囁《ささや》くように言う。「ねえL、あなたがこのあいだ着ていた水着の方が、今のより素敵よ」

彼は今日は新しいインディゴ色の、サスペンダーのついた水着を着ている。彼はそれを見下ろし、それから戸惑った目で彼女を見る。その新しい水着は一週間ぶんの報酬をはたいて買ったのだ。「どうしてだね?」と彼は尋ねる。

彼女は眠り込んでいる看護婦にちらりと目をやる。それから彼の片方の腰の上の、筋肉が盛り上がっている部分に手を触れる。「ここに空いていた穴が好きだった」と彼女は言う。それから彼女は手を水中に入れる。水の中でそれは急にぐっと大きく見える。彼女は彼の太ももに触れる。「そしてここも」と彼女は言う。彼女の指先はそこにしばし留まり、それから下におろされる。

彼は体勢を立て直して、彼女をまっすぐ見る。その顔にはあどけない微笑が浮かんでいる。しかし今はもう幼い少女には見えない。

「どれもほんの小さな穴だよ」と彼は言う。「そんなものに目をとめるなんて、驚きだね」

「私はなんでも目にとめるの」と彼女は言う。しかしその顔に少し不安の色が浮かぶ。彼女の目はロザリンドの方にすっと向けられる。それから大きな声を上げて笑う。まるで彼がとてつもない冗談でも言ったみたいに。その声で看護婦は目を覚まし、編み物を再開する。目をぱちぱちさせ、二人を厳しい目で見ながら。「泳ぎましょう」とアリエットは大きな声で言う。そして両手で子供のように、水面をぴしゃぴしゃと叩く。

夜のレッスンでも、ロザリンドはやはり熱と湿気の前に屈してしまう。Lが顔を背けて、欠けた前歯を隠そうと試みるのを、アリエットはおかしがりながら見ている。彼はワックスで口髭をしっかりと固めており、その麝香《じゃこう》の匂いが彼女の頭を満たし、ふらふらさせる。彼女は笑う。顔は水の中にある。彼女はただバブリングをしているのだと彼は思う。

最初の週の終わりには、アリエットは体重を五キロ増やしている。泳いでいないとき、彼女は食欲がなくても、無理にチーズとバタつきパンを食べるように努める。コルセットを緩め、それからすっかり外してしまう。夜には、水泳でへとへとに疲れていても、なんとか自力でベッドから降りて、立とうとする。ようやく一分間立っていられるようになる。翌日の夜には五分間立っていられるようになる。気力を振り絞り、彼女は苦痛に耐える。その週の終わりには、三十分立っていられる。そして倒れ込む前に二歩、前に歩けるようになる。倒れ込むのはベッドの中で、そこですぐ眠り込んでしまう。Lの詩が、罠に閉じ込められたたくさんの雀のように、彼女の頭の中でばたばたと羽ばたく。

その週ずっと、Lはあてもなくただ歩き回る。曇った金曜日、彼は重みのない小さな言葉の切れ端の詰まったノートブックを蹴飛ばし、言葉は部屋の床じゅうに散らばってしまう。もうこの仕事を辞めなくてはと彼は決心する。ウォール街のヒューバー氏に向かって、自分にはやらなくてはならないことが新たにできたので、もうアリエットに水泳を教えることはできないと言うのだ。彼女の哀れなちっぽけな脚なんて地獄に飛ばされちまえ、と彼は思う。Lは自室の窓際に立ち、暗い通りを見下ろしている。そこでは子供たちが、階下の八百屋が捨てた腐りかけの野菜の箱の中から、食べられそうなものを漁《あさ》っている。キャベツの葉が一枚、風に飛ばされてLの部屋とは反対側の煉瓦の壁にくっつき、緑色の小旗のようにはためいている。

「ポルカ・マドーナ」と彼はイタリア語で言う。それからまるで間違いを正すかのように「豚のマドンナ（Pig Madonna）」と英語で言い直す。言葉の響きが正しくない。そしてその不調和の航跡の中に彼は見て取るのだ。パーク・アヴェニューまで出向き、仕事を辞退したいと申し出るなんて、自分にはまったくできっこないのだということが。

その夜遅く、彼はプールのわきに腰掛けている。一週間前にアリエットが指を触れた太ももの箇所を、彼は触ってみる。咳払いの声が聞こえるまで、彼はずっと下を向いている。目を上げたとき、そこにヒューバー氏の顔があることにびっくりしてしまう。その太った男の手は、スイミング・キャップをかぶった娘の頭に置かれている。

「ロザリンドがお休みの日は、代わりにパパが付き添いをしてくれることになっているの」とアリエットは言う。彼女の瞳は喜びに輝いている。Lは努めて微笑を浮かべ、立ち上がり、握手の手を差し出す。しかしアリエットの父親はLと握手をしない。彼はただ肯いて、ズボンの裾をふくらはぎのところまで折り上げる。靴を脱ぎ、靴下を脱ぎ、毛の生えた白い両脚を温かい水の中に突っ込む。「さあ始めてくれ」と彼は言う。「君のレッスンの邪魔をしたくない」。Lがアリエットをプールの端の浅いところまで運んでいくあいだ、彼はポケットから新聞を取り出し、その見出しを目で追っている。

Lは彼女にカエル泳ぎのキックを教えている。少女は手で溝につかまり、彼はその両膝を曲げる。そして彼女がそれを勢いよく外に広げ、後ろに戻すのを手伝っている。父親の関心が新聞記事に集中しているとき、アリエットはLの手を取り、自分の小さな胸の間に忍び込ませる。そして父親がそのページのいちばん下の段まで読み終える頃には、Lはその手を彼女の首のところまで移動させている。彼の身体は震えている。

翌日の朝、ロザリンドが椰子の下で居眠りをしているとき、アリエットはLに言う。昨夜タクシーで帰宅する途中、父親は一言も口をきかなかった、と。しかしエレベーターに乗ったところで、父親は彼女に尋ねた。Lの振る舞いに何か奇妙なところはないか？　たとえば変に女っぽいとか？　彼女は笑って父親に話す。彼女の水泳コーチの「ホモだち」

についてのゴシップを。

「もちろんとても遠回しにね」と彼女は言う。「だって私はその手のことは何ひとつ知らないという建前になっているから」

そして彼女はLに言う。そのあとベッドに入る前に、バターミルクの最後の一杯を飲んだとき、彼女はLの詩集のページを開きっぱなしにして置いてきた。『そして優しき少年たちの向かう野原』という題の詩が載っているページを。それで――

Lは暗い顔をして口をはさむ。「あの詩はイノセンスについて書かれたものだ。私は何も――」

彼女は彼の口に手を当てる。「最後まで言わせて」と彼女は言う。

彼は口をつぐむが、その顔は怒りのために険《けわ》しくなっている。彼女は続ける。その朝、彼女は父親とロザリンドがLについて話しているのを立ち聞きしたのだが、父親はLのことを「あのホモ男」と呼んでいた。

Lはあまりに呆然として、彼女をうっかり水中に落としてしまう。しかし彼女は泳ぎ、力強い三かきでプールの壁までたどり着く。その脚は後ろにただ従っている。

彼女はにっこり笑って言う。「私は実は水の精なのよ。どう、知らなかったでしょう?」

「知らなかった」と彼は暗い顔をして言う。「実に驚いた。でも、いちおう念のために言っておくと、私は何も――」

「ねえ、L」とアリエットはため息をつきながら言う。「知ってるわよ。でもあなたはとにかく馬鹿よ」。それから彼女はとても注意深く言う。「ホモの人たちにはいろいろたくさん使い道があるのよ。私のコーチさん」

彼がその意味を理解しようと努め、口をきけないでいると、彼女は急にうなだれる。「疲れたわ」と彼女は言う。「レッスンはもうおしまいにしましょう」。彼女はロザリンドを呼ぶ。車椅子を後ろから押されて出て行くとき、アリエットはLの方をちらりとも見ない。

ややあって彼ははっと気づく。彼女が自分の本を読んでいたのだということに。その夜、彼はアリエットの顔を見ることができない。とても嬉しいのと同時に、彼女の感想が怖い。

日曜日には彼の仕事はない。Lはリトル・イタリーに行って、家族と夕食を食べる。母親は彼をミソサザイのようなその胸に、ぎゅっと抱き寄せる。父親は彼の新しい麻の背広を愛《め》でるように触る。ローマではアマデオは仕立て屋だった。ここでは彼は霊柩車の運転手だ。彼は「ビューティフル、ビューティフル」と呟きながら、息子に向かって肯き、そのラペルを指でいじり、縫い目を点検する。Lの姉は盲目で、彼の外見の変化を見てとることはできない。

でも、サルチンボッカでいっぱいになった胃を抱え、トロリーで帰宅するあいだ、Lは姉に言われたことを考えている。彼女は別れ際に彼の顔に手を触れ、こう囁いた。「女の子に巡り会ったんだね」と。ルクレチアは生まれてから自分自身の顔を見たことがない。自分がどんな表情をしているかもわからない。でもそのときの彼女の笑みは顔いっぱいにはじけたように見えた。

四月も後半になると、新聞はその奇妙な病気についての記事で満ちている。ジャーナリストたちは異国的な雰囲気を与えることで、その病気に対する危機意識を少しでも和らげようとする。「ラ・グリッペ（スペイン風邪）」とそれを呼ぶ。スイスではそれは「ラ・コケット」と呼ばれる。まるで高級娼婦か何かのように。セイロンでは「ボンベイ熱」と呼ばれる。イギリスでは「フランダース・グリッペ」と呼ばれる。その病気の責任があると連合国側から糾弾されたドイツは、それを「ブリッツカタル（速攻的粘膜滲出性炎症）」と呼ぶ。病気はその名前の響き通りに致死的なものだ。

アメリカ人はその病気に関心を払わなかった。チャーリー・チャップリンの映画を見て、涙が出るほど笑い転げている。彼らはスポーツ面を読み、いつ戦争が終了するかで賭をする。そして健康そのものの兵士が突然倒れ伏して死んだとしても、それは催涙ガスに晒《さら》されたせいだと、アメリカ人は考える。

春が夏に変わるまでにLは、仲間の作家たちと二度しか女漁りをしなかった。二度目のとき、彼はたった一杯のマティーニしか飲んでいないのに、なじみの赤毛の女を膝から乱暴に押しのけた。おかげで女はテーブルで頭を打ち、激しく泣き出した。C・T・ディンが彼女を慰めた。憤慨した女性に腕を貸し、そこを出て行くとき、ディンは険しい顔でLを睨んだ。Lは切れ目なく酒を飲み続けていた。

その夜を境にして友人たちは囁き合うようになる。「あの魚面のLのやつは、いったいなんであんなに苛立っているんだろう？」と。タッド・パーキンズは耳を傾けてくれるすべての人に向かってそう問いかけることになる。

とうとう誰かがこう言う。「やつは小説を書いているんだよ。それは愛人を持つようなものだからな。その関係が終わって、彼女と切れちまえば、泣くだけ泣いてからまた元通りになるさ」

友人たちはそれを聞いてみんなで笑う。そしてグラスを掲げる。「愛人に」と彼らは叫ぶ。

アリエットの頬はふっくらしてくる。彼女の両脚はほとんどの筋肉を取り戻す。五月を迎える頃には、彼女に接触されることで、Lの頭はおかしくなってしまいそうだ。脚が彼の脚にすりつけられる。腕が彼の膝に、足が彼の肩に滑らかにすりつけられる。彼は彼女を迎えに出るまえに、まるで競走馬のように、冷水のタブに身を沈めなくてはならない。

二人のいちゃつきは加速していく。明かり取りの窓が暁《あかつき》のピンク色に染まる頃、Lはアリエットの腕を水面に上げ、彼女に最も効果的なストロークの角度を示す。そのとき彼の胴が彼女の胴に触れ、そのままくっついている。彼は居眠りをしているロザリンドの方に目をやる。それから彼はアリエットを水から上げ、男性用洗面所に連れて行く。

彼女は立ち、つるつるしたタイルにもたれ、微かに震えながら、水着を肩から取り、脱ぎ下ろす。他の人にとっては、彼女はやせっぽちの、いくぶん野性的な見かけの少女に過ぎない。しかし彼が目にするのはハートの形をした唇であり、その首筋にかき鳴らされる鼓動であり、彼女が身体を露わにする勇敢な仕草である。彼女は両腕を下におろし、手のひらを外に向け、じっと彼を見ている。彼は身をかがめて彼女にキスする。彼女の身体は塩素とライラックと温かい牛乳の匂いがする。彼は彼女を持ち上げ、壁に押しつける。

二人が再び姿を現すとき、ロザリンドはまだ眠っている。プールはどこまでも混じり気なく、艶やかだ。まるでまだ誰も足を踏み入れたことがないみたいに。

情熱の渦中にあるとき、いったい誰が病気の用心などするだろう？　最近スペインやインドやボラ・ボラで人口が急減したというような報道に、誰が耳を傾けるだろう？　新しい唇や舌や詩で世界が満たされているときに。

　そして今では、触りあっていないときには、二人は共に水しぶきを上げ、共に水をかき乱し、共にストロークのリズムを刻み、溝の水を溢れさせ、飛び込みのパワフルな衝撃を分かち合い、あとを追う煙のような航跡を残していく。

　アリエットは車椅子を離れ、自力で歩くようになる。疲れたときにはその痛みは耐えがたいものになるのだが、それでも。前には死ぬほど嫌っていた食べ物を進んで口にするようになる。それが血肉になることがわかるからだ。脂身の混じったステーキを食べ、半インチの厚さにバターを塗ってパンを食べる。マディソン街にある店まで、必要に応じて建物の壁にもたれかかりながら、歩いて行く。そして買い物袋を手に、誇らしげに帰宅する。そのような外出をしているとき、彼女は昼食をとるために帰宅してくる父親とばったり出会う。娘が自分に声をかけ、最後の五歩を覚束《おぼつか》なく駆けてくるのを見て、彼の目には涙が溢れる。肉付きの良い顔がピンク色に染まり、口の下の皺はぎゅっと深まる。

「ああ」と彼は言う。両腕を大きく広げ、泣き出しそうになりながら。「私の小さなお嬢さんが戻ってきた」

　夏の暑い日々、プールでのセッションはあまりに短く、そして一日はあまりに長く二人の間を隔てている。アリエットに会いたいという思いが高まると、Lは詩を書く。でもそういう数時間の短い救済だけでは足りない。だから彼は歩く。しかし街路ではすべてがあまりにも眩しく光っている。戦債を売っている男たちはあまりに愛想良く微笑を浮かべているし、負傷した兵士たちはほっとしていかにも重く足を引きずるし、彼らの妻たちはあまりに晴れやかで、そして妊娠している。彼はそれを憎みつつ、また同時に引きつけられもする。

彼と一緒にいたいという思いを忘れるために、アリエットは自分を忙しく保つ。プラザ・ホテルで学校の友人たちとお茶を飲み、美術館やパーティーに行き、男たちからの劇場への誘いを可能な限り受ける。しかし相手がキスしようと身を傾けると、素っ気なく押しやる。

アムステルダム・ホテルで、七月になるまでに、二人は五回肌を重ねる。最初は男子用洗面所で、あとは監視員の椅子で、備品倉庫の中の長いすの上で、プールの端の浅いところで、ガターに囲まれた端っこの深い片隅で。

どのときもロザリンドは終始眠り込んでいる。途中でひょっとして目を覚ますのではないかと心配なときには、アリエットは看護婦の頭をクリームパフ（それはこのホテルの菓子シェフの売り物だった）の素晴らしさでいっぱいにする。するとロザリンドがレッスンの途中で席を外し、その監視台に戻ってくるまでに半時間はかかるであろうことがアリエットにはわかる。戻ってきた彼女の手にはクリームパフが載った皿がある。そして唇についたクリームを、彼女は猫のように舐める。

七月に病気の第二波がアメリカを襲う。ボストンで人々が次々に倒れていく。ほとんどが壮健な年若い人々だ。罹病して数時間のうちに、頬骨のところにマホガニー色の斑点が現れる。それはやがて広がって、白人と有色人種の区別もつかないほどになる。それから呼吸困難になる。肺炎だ。まだ若い父親がブルーベリーのように真っ青になり、泡立つ赤い液体を口から吐く。解剖してみると、両肺が青く硬いレバーの厚切りのようになっている。

ロザリンドが休みをとった日、アリエットはポキプシーに住む従姉を訪ねると言って、家を出る。辻馬車に乗って、Lの住んでいる暗くみすぼらしい通りに向かう。しかしとても興奮しているので、ごみも目につかないし、悪臭も鼻につかない。彼女は馬車から降りると、一ドル札を御者に投げるように渡し、そのまだ覚束ない足が許すかぎり素早く、L・の住む家のドアまで駆けていく。そのドアの向こうに彼の暑く狭苦しい寝室がある。

彼女は中に入る。彼はそこに立って、そのみすぼらしい住まいに彼女が急に現れたことで、激しく怒っている。彼女はドアを閉める。

その少しあとで、マットレスに裸で腰掛け、汗をだらだらと流し、窓から入ってくる微風で何とか涼を取ろうと努めながら、彼女はそこにある独身者のアパートメント特有のむっとする匂いに初めて気づく。壁には本やノートブックが、まるで羽目板みたいに高く積み上げられている。頭の後ろの壁の奥では、不気味な何かがかりかりと音を立てている。そこで彼女はLに計画を打ち明ける。

その夜はヒューバー氏が付き添いの役を務める。Lは友人の、文無しの詩人であるW・シーボルド・シャンドリングに金を払い、プールの横に座っていてもらう。シャンドリングは派手な服装をして、両手を大げさに振りまわし、もともと舌足らずのしゃべり方をする。

「おれのことを、嫉妬深い女房のような目で見ていてくれよ」とLは彼に指示を与える。

そして友人はLをじっと見つめる。そしてどんどん暗い顔になっていく。レッスンの終わり頃、アリエットが壁の近くに行って、Lの肩に手を触れると、シャンドリングはまるで虎のようにうろうろと歩き回り、二人を厳しい目で睨みつける。ヒューバー氏は興味津々、好奇の目でその様子を見ている。

その夜、家に向かう馬車で、公園を抜けていく馬の蹄鉄がメトロノームのようにこつこつ響く中、アリエットは父親に提案する。Lがうちに移ってきて、客用ベッドルームに寝泊まりすることはできないかしら、と。

「ねえ、お父さん」と彼女は言う。「彼の話によると、今住んでいる部屋はとても惨めなところらしいの。でもよそに越すだけのお金はない。そして私は、九月のニューヨーク女子水泳大会のために本格的に練習したいし、十四番通りのYMCAで午後のレッスンをもっと増やしたいの。彼がうちに同居していれば、いろんなことがずいぶん便利になるんだけど」

「彼と仲良くなったんだね」と父親は言う。

「水泳に関してはうまくやっているわ」と彼女は笑って言う。父親が笑みを浮かべないのを見て、彼女は言う。「お父さん、彼は私にはお兄さんのようなものよ」

父親はとくに迷いもなく答える。「まあ、それもよかろう」

七月に彼は貧しい住まいをあとにする。Lはその自分の部屋に立ってあたりを見回す。部屋はがらんとしている。下の通りで子供たちが遊んでいる声が聞こえる。彼は窓際に行って見下ろす。二人の少女が縄跳びをしながら歌を歌っている。

私は小鳥を飼っていた（と少女たちは歌う。歌詞に合わせてロープが音を立てる）
小鳥の名前はエンザ
窓を開けたら
エンザが飛び込んできた〔訳注・In-Flu-Enza、インフルエンザと懸けている〕

そして少女たちは悲鳴を上げ、ばったり地面に倒れ伏し、胸をかきむしる。くすくす笑いながら。

Lの世界は、頭の上でぐるぐる回りっぱなしだ。今では彼は使用人たちに奉仕されている。使用人たちは彼を「サー」と呼び、一日中どんな時間でも好きな食べ物を用意してくれる。宮殿のごとき屋敷は明かりに満ちている。そしてもちろん、真夜中の密会がある。昼下がりには広々として涼しい居室で、好きに昼寝をすることができる。そのあいだ召使いたちは、調理場で戦争の噂話に花を咲かせている。八月の半ばには、水泳レッスンにもう付き添いは不要ということになる。アムステルダム・ホテルに行くときも、YMCAに行くときも、ロザリンドはついてこない。彼女は家に留まる。そういう朝、アリエットの父親が普段より少しばかり遅く出勤したとしても、召使いたちの取り澄ました顔は何ひとつ語りはしない。ロザリンドは長い真珠の首飾りをつけ、フランスの香水を匂わせるようになる。彼女はアリエットのベッドに腰掛け、髪をブラシでとかしてやりながら、アイヴィー・リーグの学生たちとのデートについて尋ねる。その声はふくよかで母性的にさえ聞こえる。

アリエットは父親に、私にはロザリンドはこれ以上必要ないと言う。身体はすっかり元気になったし、もうやめてもらってもいいんじゃないかしら。そしてロザリンドは父親の看護を受けもつことになる。彼の足の指に痛風が見つかったからだ。

九月のある黄金色の夜、彼らは全員真剣な顔つきで、ラジオの戦死者の報道に耳を傾けている。アリエットの父親の書斎で、プチフールを食べながら。ヒューバー氏とロザリンドは痛風の治療のために彼の寝室に向かう。Lとアリエットは壁越しに彼らのうめき声を耳にする。

Lはアリエットの手からケーキを取り、モロッコ革のカウチの上で彼女のスカートを持ち上げる。彼女は叫び声を上げないために、彼の肩を噛んでいる。その行為の間ずっと、二人は壁の向こうで父親が動く音を耳にする。ロザリンドの踵がこつこつと音を立てる。メイドが別の部屋の塵を払っている。

ロザリンドとヒューバー氏が戻ってきたとき、アリエットは小説を読み、Lはウィングチェアに座って、熱心にラジオに耳を傾けている。彼の額に浮かんだ汗の粒に誰も気がつかない。アリエットがもう寝ると言って立ち上がったとき、そのスカートについていたしみにも。

驚くべきは、Lを相手にこのような行為を続けていたにもかかわらず、水泳の練習をする時間がアリエットにあったことだ。彼女はしっかり練習に励む。彼女の背中には瘤《こぶ》のように隆々とした筋肉がついてくる。通常の三ビート・キックから、ひらひらと電光のごとく素早い八ビート・キックに切り替える。彼女のひ弱な脚にはそちらの方が向いている。九月の水泳大会の二百メートル自由形。飛び込んで浮上した時から、彼女は既にトップに立っている。差をどんどん広げ、他の選手が泳ぎ終える頃には、もうプールから上がり、緑のケープをまとっている。百メートル自由形でも優勝する。

「タイムズ」と「スポーツ・ニュース」に載った彼女の写真の下には「富豪の跡取り娘、ニューヨークの最優秀女性水泳選手に」とある。アリエットは晴れやかな顔で立ち、胸のメダルは陽光を受けて眩しく光っている。しかしもしその写真を注意深く見れば、アリエットのウエストの周りに膨らみが見て取れるはずだ。

インフルエンザの緩慢なうなりは、やがて怒号へと変わっていく。九月にはまだ暢気《のんき》にかまえていたものだが、十月にはもう冗談ごとではなくなってしまう。フィラデルフィアでは体育館が簡易ベッドで埋まっている。そこに横たわるのは、つい数時間前まで健康そのものだった船員たちだ。アメリカにはその病気に対応できるだけの十分な数の医師がいない。医学校に入ったばかりの二十歳そこそこの学生たちが診療にあたる。そして彼らもまた病に倒れる。彼らの遺体は他の遺体とともに、まるで薪のように死体置き場に積み重ねられている。死体置き場の数も足りなくなっている。インフルエンザを生き延びた妊婦の四分の一以上が流産するか、あるいは赤ん坊を死産している。

アリエットのお腹が大きくなってくる。しかし彼女はそのことをLには言わない。彼の方からそれに気づいて、何か言ってくれることを期待して。しかし彼の頭は熱で浮かされていて、彼女に対する情熱以外のものは何ひとつ目に入らない。彼女は再びコルセットをつけ始める。そして異常なまでの食欲を人前で大げさに示す。だから父親もロザリンドも、彼女はただ単に太ってきただけだと思う。

疫病は固く握りしめられた拳となってニューヨークを殴打する。列車は線路内の引き込み線にゆっくりと入り込んで停まる。制御室の技師たちが持ち場で死んでしまったからだ。八百五十一人のニューヨーク市民が命を落とした一日があり、そのあと道路に唾を吐いた男が人々に襲われるという事件が起こる。

　ヒューバー氏は六人の使用人に暇を取らせる。今すぐ家を離れ、疫病が収まるまで戻ってくるには及ばないと言う。そのうちの三人は結局永遠に戻らないことになる。残るはヒューバー氏とアリエットとロザリンドとＬの四人だ。彼らは窓に目張りをし、ヒューバー氏は新しく引いた電話を使って、食料品を届けさせる。彼らは缶詰の食品だけを買い、開ける前には煮沸する。郵便物は開封前にすべてオーブンに入れて、熱を通す。

　そんな隔離生活が二週間を過ぎると、ロザリンドはヒステリカルになり、みんなに紫色の葉の茶を飲ませ、塩水を吸引させる。家の中を荒々しく歩き回り、髪をブラシで梳《と》くことも忘れる。ブリッジの四人目のメンバーになることも拒否する。だから他の三人はダイヤモンド・ゲームかバックギャモンかジン・ラミーをやって遊ぶ。ヒューバー氏は突然、秘蔵の高価な酒のコレクションを公開する。そして嬉々としてそれに手をつける。いささか酒が過ぎると、彼とロザリンドは使用人部屋に行って、声を殺して口論する。そういうときにはアリエットはＬの膝に腰を下ろし、彼の頬に頬をつける。彼の口髭が彼女の皮膚に跡を残すくらい強く。

　父親とロザリンドが戻ってくると、アリエットはいつもカウチの肘置きの上でバランスを取り、空中で泳ぐ真似をしている。Ｌはそれについてあれこれ批評をする。彼は空中水泳と、ジャンピング・ジャックを毎日何時間も彼女にやらせる。そのような閉じこもり生活はアリエットの望むところだ。彼女は嬉々としている。

一か月後、ロザリンドが窓の外を見ていると、霊柩車に積まれた棺桶のひとつが落ちる。それは地面にぶつかって、中の死体がこぼれ出る。彼女は気も狂わんばかりになる。彼女は落ち着くまで紙袋を口に当てて呼吸をする。そしてみんなに室内でマスクをつけさせる。熱い石炭に硫黄をかけて、それをみんなに持ち歩かせる。アパートメントの中はまるで大魔王のような臭気がする。

アリエットとLはマスク越しにキスをして、笑い合う。夜中にアリエットがLの部屋に忍んでいくとき、彼女は石炭をぶらぶらと振りながらやってくる。まるで香炉を振る司祭のように。

そんなうたた寝と読書の気怠い日々、Lに母親から一通の手紙が届く。彼はそれに熱を通したりはしない。すぐ封を切る。アリエットは口に手をやり、その様子をうかがっている。

母は震える字で書いた三つのセンテンスの中で、霊柩車の御者である彼の父親が亡くなったことを知らせる。きわめて珍しい例なのだが、あっという間の死だった。アマデオは馬から転げ落ちて、その身体が地面を打つ前にもう死んでいた。二時間後にルクレチアの具合が悪くなった。膝が震えだし、関節が硬化した。高熱、粘りけのある痰、チアノーゼ、肺に水がたまる。

姉の死因が実は溺死であったということを彼がようやく理解するのは何年もあとのことだ。

彼は一週間ベッドから出ず、泣くこともない。アリエットが何時間も彼の頭を抱いていても、ただじっとしている。それから彼は起き上がり、口髭を剃り落とす。日焼けした顔に髭のあとが白く残る。彼はこの上なく優しく見える。

十一月の最初の週、猛威をふるった疫病もようやく下火になる。人々はもぐらのような目をしばたたかせながら通りに姿を見せ、食料を求める。いくつかの住居では、一家全員が遺体となって発見される。郵便配達人が郵便受けが満杯になっていることに気づき、それでやっとわかったのだ。しかしロザリンドはヒューバー家に居住する全員に一切の外出を許さない。Lは熱を通された新聞を読み、悲しみに暮れる。自分の家族に加えて、友人の小説家C・T・ディンを彼は失う。水泳仲間のハリー・エリオンスキー（長距離のチャンピオン）を失い、女優のスゼット・アルダを失う。彼女とは一度一晩踊り明かしたことがある。

新たな被害の報告は未だ続いており、恐怖は完全に払拭《ふっしょく》されていないものの、疫病は峠を越える。一万九千を超えるニューヨーク市民の命が失われた。

十一月十一日の早朝、街路は勝利を祝う喜びの声で溢れる。サイレンが鳴り響き、教会の鐘が打ち鳴らされ、ニューヨーク市民は口々に叫びながら、一斉に通りに出てくる。新聞売りの少年たちはまだ眠っている地域の通りを叫びながら駆け抜ける。「戦争が終わったよお！」と。ウォール街の壁に描かれていたドイツ皇帝《カイザー》の戯画が、消防ホースを使って消される。紙吹雪が撒かれる。モーニングサイド・ハイツではバーナード・カレッジの女子学生たち八百人が喜びのジグザグ行進をする。石鹼の箱でこしらえられた棺桶がマディソン街を賑やかに運ばれ、中にはばらばらにされたカイザーが象徴的に収められている。

多くの人はまだマスクをつけている。

ヒューバー家では反乱が起こる。他のみんながそのお祭り騒ぎに加わろうと通りに駆け出していくのを、ロザリンドは制止できない。みんな寝間着姿だ。ヒューバー氏は陰気な顔をしたオールドミスを相手に陽気なフォックストロットを踊っている。火をつけられた藁人形が通りで蹴り回されているとき、Lは振り向いてアリエットの姿を探す。彼女は縁石のところに立って、手を叩いて笑っている。人形が前を通り過ぎるとき、風が吹いて、彼女のナイトガウンが大きく膨らむ。不意に透けて見えた生地を通して、その細い両脚の上で彼女のお腹が大きくせり出しているのがわかる。

彼が歩道の上でよろめき、顔を真っ青にしているのを目にして、アリエットはお腹に手をやる。一人の兵士と連れの娘が二人の間を横切るが、二人はそんなものは目に入らない。彼女が振り向いたとき、Lは隣にいて、彼女の腕をしっかりと握っている。

彼はアリエットを建物の中に引き戻し、空っぽになったドアマンの部屋に入れる。彼女の赤らんだ頬に光の薄い楔《くさび》が落ちる。

「なぜ黙っていたんだ?」と彼は言う。「どれくらいになる?」

彼女は昂然《こうぜん》と彼を見る。「五月からよ」と彼女は言う。「最初のときだと思う」

「マイ・ゴッド」と彼は言う。それから前屈みになり、彼女の肩越しにドアに額をつける。彼女はそこに押しつけられる。彼の腹は、彼女のお腹に合わされている。紛れもないキックがある。さらにもう一撃。「マイ・ゴッド」と彼は繰り返すが、今回のそれには畏怖《いふ》の響きが混じっている。

「きっと優れた水泳選手になるわ」と彼女は言う。小さな微笑みをなんとか捻出しながら。しかし彼は微笑を返さない。彼は彼女にもたれかかるようにしてじっとそこに立っている。そしてまたひとつキックを感じる。

二人は十二月まで待つ。その日ヒューバー氏はウォール街に出勤しており、ロザリンドは買い物に出ている。

家の中にいるのが二人きりになると、彼女に必要なものだけを手早くまとめる。リトル・イタリーまでのタクシーの中で、彼女は彼の手を握りしめている。感覚がなくなってしまうくらい強く。運転手は騒々しく一人で歌い続けている。

「あなたは私を誘拐していることになるのよ」と彼女はLの耳に囁く。彼を笑わせようと思って。

彼は目を逸らし、窓の外を見る。「これから僕らがどうするか決めるまではね。君が赤ん坊を産み、僕らが結婚できるようになるまではね」

「ねえ、L」と十ブロックほど過ぎたところで彼女は言う。「私、結婚したくはないの」

彼はアリエットを見る。

「つまりね」と彼女は言う。「私はね、あなたの奥さんになるよりは、あなたの愛人でいたいの。これが何であるかを知るために、結婚指輪やら儀式やらは必要じゃない」

彼はしばらく黙っている。それからLは言う。「ああ、アリエット。君のお父さんはそいつを必要とするさ。誰がなんと言おうと」

彼の母親は悲しいできごとが重なって、すっかり老け込んでいる。戸口で二人を迎えた彼女は息子の顔を見て、この間まで口髭のあった唇に指を触れる。それからアリエットを見る。両腕を広げ、彼女を抱擁する。

探偵たちが姿を見せるまでに一週間かかった。Lの母親の居場所を突き止められなかったからだ。とうとう探し当てたとき、母親は自分の寝室に二人を隠す。そしてドアを開けるときには既にしゃべり始めている。彼女のごたまぜのイタリア語を聞かされて、その言語があまり得意ではない探偵は頭が混乱してしまう。そして自分がそこにやってきた理由を説明しようと試みながら、申し訳なさそうな顔をする。「L・デバード」と彼は言う。

「Noi cerciamo L. Debard（我々はL・デバルドを探しているのです）」。

こんな馬鹿はこれまで見たこともないという顔で母親は彼に言う。デ・バルトロ、と彼女は自分の胸を拳で叩いて言う。そしてドアの名札を指して示す。デ・バルトロ。彼女は両手を天に上げ、ため息をつく。探偵たちは互いの顔を見て、頭を下げ、去って行く。

Lとアリエットは寝室でこの賑やかな応酬を聞いている。そしてしっかり抱きしめ合う。

翌日、アリエットの陣痛が始まる。予定日より一か月も早かったが、彼女は身体がとても小さかったので、出産には時間を要する。朝から夜遅くまでかかる。Lは通りをうろうろ歩き回り、目についた一軒のバーに入る。そこではたまたまタッド・パーキンズが、一人で酔いつぶれている。

「よう、魚面のLじゃないか」とタッドは叫ぶ。「なんてこった。おまえはてっきりくたばったと思っていたが」

「お気の毒様だったな」とLは心からほっとして、笑いながら言った。「おまえはおれにまだ十三ドルの借金があるんだぞ」。彼はそこに腰を下ろし、タッドと自分のためにマティーニを注文する。二人はあっという間に四杯ずつを飲んでしまう。

それから彼は微かによろめく足取りで通りに出る。でっぷりとした月が空に浮かんでいる。アパートメントに帰り着くと、そこはしんと静まりかえっている。母親は微笑みながらベッドの脇に腰を下ろしている。ベッドにはアリエットが眠っている。母親の腕の中には小さな赤ん坊が眠っている。男の子であることは、言われなくても彼にはわかる。

アリエットが目を覚ましたとき、彼の母親が座っていた椅子に、Lが座っている。彼女は大儀そうに微笑む。

「名前をどうしようか考えていたんだ」と彼は声をひそめて言う。「フランクリンかカールはどうだろう?」

「名前はもう決めちゃったの」とアリエットは言う。

「そうか。それで僕の息子はなんていう名前なんだい?」

「コンパス」と彼女は言う。どうしてそういう名前にしたのかと彼が問いただしても、彼女は理由を言わない。でも最後には彼もにっこり笑って、その名前を受け入れる。もっと普通のニックネームをこしらえて、普段はそれを使おうと心に誓いつつ。でも結局そんなことはしない。赤ん坊が生まれて数か月経った頃、Lはその名前が自分の息子に完璧にふさわしいことを発見した。

彼らはその小さなフラットに一か月一緒に滞在した。母親は大騒ぎし、彼らの世話をする。腕によりをかけた料理を二人に食べさせ、Lがアリエットに新しい詩を読み聞かせている間、赤ん坊をあやす。

「あなたはゆくゆく、アメリカでいちばんの詩人になるわ」と彼女は言う。

「ゆくゆく？」と彼は冗談っぽく言う。「今だって既にいちばんだと思っていたけどな」

「まだそうじゃない」と彼女は言う。「でも今にそうなるかもね」。彼女はあおむけになり、彼の詩のひとつひとつの言葉を記憶に染み込ませる。彼女はあまり具合が良くなさそうに見える。本人はそれを口には出さないが、でも彼女に何か問題があることにLは気づく。彼は心配でならない。夜中に彼は、苦痛のためにアリエットが歯ぎしりするきりきりという柔らかな音を耳にする。

ほどなく私立探偵が再び姿を見せる。Lの母親は今度も彼らを中に入れない。しかし彼らの声は大きくなり、廊下に響き渡る。彼らは母親に怒声を浴びせかける。やっと彼らは立ち去る。Lの母親はよろよろとして、椅子に沈み込む。そして布で顔を覆い、しくしくと泣き、恐怖のために二人の顔を直視することができない。

Lはアリエットを見る。「君を家に戻す」と彼は言う。「コンパスの面倒は僕と母とで見る」

アリエットは言う。とても静かな声で。「ノー」

「イエス」とLは言う。彼はアリエットに言う。君は身体に悪いところがあるし、お父さんなら最高の医師をつけることができる。僕にはそれができない。もし君がコンパスをここに置いて一人で家に戻れば、評判が傷つくことはない。君が妊娠したことは誰も知らないまま終わるだろう。後日二人が結婚したとき、この子を養子として引き取ればいい。二人の議論は静かに何時間も続く。しかし最後にはアリエットは、自分の病と、肉体的苦痛と、彼の説く理屈の前に屈する。自分の健康が悪化していくことを、アリエットはずっと案じていた。彼女は自分の身体が弱りつつあると感じており、もしもう少し丈夫で、怯えてさえいなければ絶対に承伏しなかったはずのものごとを、心を押し殺し、自分を納得させ、なんとか受け入れる。

最後に彼女はコンパスを胸に抱き、その匂いを胸一杯に吸い込む。むせび泣き、熱に浮かされ、既に彼のことを思い焦がれながら、そこを去ることに同意する。

アリエットの父親の屋敷から半ブロック離れたところでLは馬車を停める。そして彼女にしっかり寄り添う。彼らのキスは長く、飢えたものになる。もし後日そのことをどれくらいしばしば思い出すことになるかを知っていたなら、それがどれくらい長い歳月、二人にとっての温かいよすがになるかを知っていたなら、そのキスは何時間も続いていたに違いない。しかしそれはやがて終わり、彼女は悲嘆によろけながら馬車を降りる。彼はアリエットが歩き去るのを見ている。なんと美しい姿だろう。帽子についた羽根がゆらゆらと上下に揺れている。

アリエットが家の中に入っていくと、父親が居間に座っている。彼は両手で顔を覆っている。顔を上げたとき、そこにいるのが誰なのか彼にはわからないようだ。彼女はマントルピースの上にかかった鏡に自分の顔を見る。青白くて、がりがりに痩せている。昔のように。髪は陰気な色で、毛皮の襟の上にある顔は、実際の年齢より十歳は老けて見える。振り返ると、ロザリンドが戸口に立っている。彼女の手にしているトレイがかたかたと音を立てている。彼女の顔は不幸せにこわばっている。それとは逆に、父親の赤ら顔には明るい微笑みが、どこまでも大きく広がっていく。

医者がやってきてアリエットの診療を終えたあとで、彼女は安静を命じられる。彼女が眠っているあいだ、街の反対側では、Lがコンパスを抱きしめ、息子の小さな顔の中にアリエットの面影を見ている。

高熱の中で散り散りになり、自分が失ってしまったものの破片を、アリエットがはっきりとたどれるようになるのは、それから何年も経ってからだ。彼女が家に戻ってきて、最初にそこに足を踏み入れたとき、彼女の父親の顔に浮かんだのは、傷心と安堵の混じり合った感情だ。医者は彼女の「デリケートな箇所」についてあれこれ探りを入れ、とうとう彼女はそこに痛みがあることを認める。そして彼がそこを診察することを許可する。医者と協議をしたあと、父親の表情がどれほど変わったか。どれほど怒った顔で娘を睨みつけたか。その一年後のある夜、酔った父親がロザリンドに向かって大声でこう言っているのを、娘は耳にする。「ヒューバー一族の人間を遺棄するようなやつは、誰一人、誰一人として、許せん」と父親は言う。「我々はまさに正当なことをやったのだ」

アリエットを父親の家に帰した翌々日の夜、Lは気持ちが落ち着かなくなり、アリエットの身体の具合をどうしても知りたくなる。彼は冬の街路をあてもなく歩き、雪を蹴り、そうすることで不安を少しでも解消しようとする。コンパスは母親の膝に残してくる。湿った吹き抜け階段を足早に降り、夜の中に足を踏み出す。

横町からいくつかの人影が出てくるのが、彼の目には入らない。その影がこっそり自分に近づいてくることにも気がつかない。両腕が急にぎゅっと摑まれ、クロロフォルムのきつい匂いのするハンカチが鼻と口に押しつけられる。ガス灯の灯りがちらつき、薄暗くなる。街路がゆらゆらと揺れる。倒れる彼を雪の溜まりが受け止める。

ずいぶんあとになって、Lは瞼《まぶた》の間に黄金色の灯りを目にする。頭は痛みでふらついている。目は微かにしか開かない。どこかのオフィスとおぼしき硬い木の床に、彼は転がされている。マホガニーの壁板が張られた広大な部屋だ。本棚が並び、船の絵がいくつかかかっている。指先はゴムのようなものの上に置かれている。

見慣れない二つの顔が、彼の上にぼんやりと見える。「目を覚ました」と一人が言う。男たちは後ろに下がり、場所をヒューバー氏に譲る。彼は怒りのために形相が変わり、凶暴になっている。その隣にはロザリンドの黒髪の頭がある。マスクをかけているが、瞳が涙でいっぱいになっているのがわかる。突然Lは寒気を感じる。自分が裸にされていることがわかる。窓は開け放され、雪が室内に吹き込み、絨毯の上に白く積もっている。

「おまえはこんな目にあって当然なんだ。いや、もっとひどい目にあわされてもいいくらいだ」とヒューバー氏は言う。

Lの唇は動く。しかし声は出てこない。彼は目を閉じる。

「ロザリンド」とその太った男が言う。「それをこちらにくれ」

もう一度Lが目を開けたとき、ロザリンドのふたつの眉毛は、賛同しかねるように、マスクの上でぎゅっとひとつに寄せられている。それでも彼女は求めに応じて、それをヒューバー氏に手渡す。ぎらりと光る刃物のようなものだ。アリエットの父親は前屈みになり、彼に近づく。感覚はないが、手が彼の両脚を荒々しく摑み、それを押し開くのを感じることができる。

「畜生め！」とアリエットの父親は、Lの顔に息を吹きかけるように言う。ほんの一瞬、彼はそのむっとする口臭を嗅ぐ。それから父親は彼の視界から消える。

ざくりという音を彼は耳にする。それから耐えがたい痛みが押し寄せる。彼は意識を失う。

そのあと、時間はただ流れるように過ぎていく。おびただしい血を流したLの体が雪だまりの横でパトロール中の警官によって発見される。彼は助け起こされ、病院に運ばれる。医者たちは彼の傷を一目見て嘔吐する。それでも彼の両脚の間に開いた穴を焼灼《しょうしゃく》する。それを追って熱病が彼を譫妄《せんもう》状態に陥らせる。何か月もそれが続く。

彼の文学仲間たちが見舞いにやってくる。しかし彼らは気の毒に思って、新聞を彼の目に触れないようにする。新聞には彼が去勢された事件が生々しく書き立てられている。Lが生き残る見込みはないと思えたとき、W・シーボルド・シャンドリングがLの母親を訪れる。母親がコンパスを抱きしめているのを、彼は目にする。赤ん坊は父親の最新の詩をくしゃくしゃと嚙んでいた。シャンドリングは彼にしては珍しく滅私の精神を発揮して、もし父親が死んでしまったら、赤ん坊を育てるための金が必要になるからと出版社を説得し、Lの作品集を出版する段取りをつける。世界が協定と回復の時代へと移行している期間、Lは長い苦しみの中にいる。ウィルソン大統領はインフルエンザにかかるが、回復がなんとかぎりぎり間に合って、ヴェルサイユ条約に調印することができる。

高熱がようやく引き始めた頃、Lは不運にも、インフルエンザの最後の尻尾にからめとられてしまう。

三日間というもの、彼に聞こえるのは、肺の中で水がごろごろと鳴る音だけだ。自分が生き延びられるとはとても思えない。病気が峠を越え、ようやくベッドに身体を起こせるようになったとき、その年齢には不似合いな皺を額に刻んだ若い医者が彼のところにやってくる。今にも泣き出さんばかりの顔をしている。

「デバードさん」と医者は言う。「あなたの肺は大きなダメージを受けていて、この先もう二度と泳ぐことはできないでしょう。身体はとても衰弱しており、付き添いなしに長い距離を歩くこともできません。ずっとぜいぜいという細い呼吸しかできなくなります」。そして彼は半ばすすり上げるような不思議な声を出す。そして言う。「私はあなたの泳ぎに夢中になっていました。子供のころ、あなたを素晴らしい人だと思い、憧れていました」

Lはしばらくその医者をじっと見ている。やがて目を閉じ、ため息をつく。「率直に言いましてね、先生」と彼はようやく口にする。「私には人並み外れてうまくやれることがいくつもありますが、私を挫《くじ》けさせるのは、泳げなくなることではありません」

医者は眉をひそめ、何かを言いかけるが、それからはっと思いあたり、そのまま逃げるように立ち去る。

夏に向けて、Lは依然回復の途上にある。弱々しい足取りで歩けるようになる。母親は彼に会いに来るとき、コンパスを近所の人に預けてくるが、子供の写真を持参する。Lはその写真を何時間もじっと見つめ、眠るときにはパジャマの胸ポケットに入れておく。

Lが入院している間、アリエットは一度も会いに来ない。彼女は逸脱の代価をたっぷりと払わされ、昼夜を問わず監視下にある。外出を許されるのは、プールに行くときだけで、それも女性コーチが同伴する。コンパスに会うことも許されない。何度か夜に抜け出そうと試みるが、そのたびに女性コーチか父親に取り押さえられる。持ち帰った赤ん坊の毛布を身近に置くことも許されないし、養育費を送金することも許されない。ロザリンドともう一人の看護婦が、どこに行くにもついてくる。洗面所に行くときにも。彼女は怒りを水の中で発散する。溺れ死ぬ寸前まで、水の中で息を詰めている。

Lが退院して帰宅する日にちょうど彼の新刊が出版され、一時間で売り切れてしまう。彼に敵対するものたちは、それは彼の体験したショッキングな出来事のせいだと主張する。スキャンダラスな事件のおかげだと。しかし彼らにも説明することができない。長い時間が経過し、その出来事が忘れ去られたあとも、本が同じように売れ続ける理由を。その見慣れない男の姿を目にして、コンパスは泣き出す。しかし徐々に彼はLの存在に馴染んでいく。そして二週間の後には、また伸びてきた彼の口髭を引っ張り、怪訝《けげん》な顔でその頬に手を触れるようになる。

地球を三周したのちにようやく、猛威をふるったその伝染病はひとりでに終息する。それまでにはいくつもの村がこの地上から消滅してしまった。一年間にその病のために死んだアメリカ人の数は、第一次大戦の戦場で命を落としたアメリカ兵の数よりも多い。その病気のもたらした後遺症のひとつとして（それはささやかな一例に過ぎないのだが）脳炎がある。脳炎にかかった患者は歩くことはできるし、質問には返事をできるし、まわりの状況はいちおう把握できているのだが、意識全体が朦朧《もうろう》として、夢遊病者か、あるいは休火山に似たような状態になる。

Lとアリエットが顔を合わせることはない。彼女は、男と小さな男の子が通りを歩いている姿を見かけるたびに、はっと息が詰まり、取り乱して家に帰る。しばらくは口をきくこともできない。彼女は手紙を何通も書くが、それらが投函されることはない。新しい手紙を一通書いては、細かく破り捨てる。それらの破り捨てられた手紙の中で、彼女はLとコンパスが自分を理解してくれることを熱烈に望んでいる。

しかし最初のうち、Lには理解できない。彼女の不在は痛みとなる。もし自分たちが出会ったら、その痛切な恥辱と喪失のために、お互いを直視することができないだろうことは、彼にもわかる。しかしアリエットが自分の息子のことを忘れられるなんて、とても理解できない。考えるだけで恐ろしいことだ。やがてコンパスは口をきくようになり、その生真面目な性格を伸ばしていく。その子の五歳の誕生日に、二人は公園の鮮やかな色合いの草の上に座り、一緒にケーキを食べる。空に向かって両脚を蹴り上げている息子の姿を眺め、その存在感を胸いっぱいに感じ、そこに無上の喜びを見いだしながら、Lはアリエットの意図をようやく知ることになる。彼女はコンパスを、彼の手に全面的に委ねたのだ。彼に罪がないことを示すジェスチャーとして、自らを遠ざけたのだ。彼女が今この都市のどこかで、窓の外を眺めながら、今日が息子の五歳の誕生日だと思っている様子を想像する。彼女が子供の姿を夢に見ていることがわかる。

しかしその頃にはもう、それ以外の暮らしは想像もできないようになっている。母親がいなくて淋しいと、コンパスが口にすることは一度もない。彼が成長するに従って、父親はより強く息子に頼るようになっていくからだ。そしてLはライラックの香りを嗅いだり、遠くから小柄な金髪女性を見かけたりするたびに、全身をぐっしょり汗で濡らすことになる。

Lはアリエットのささやかな反乱を、ごくたまにではあるが、新聞で目にするようになる。彼女はマンハッタン・ビーチで裸体水泳の罪で逮捕される。とはいっても、泳ぐ前にストッキングを脱いだというだけのことなのだが。そしてこのできごとと、それが世間に巻き起こした騒動のおかげで、女性たちは泳ぐときにストッキングを履かなくてはならないというきまりから解放されることになる。彼女が四人の屈強な女性看守たちと共に、爆撃で破壊されたアントワープに行き、当地で開催された一九二〇年オリンピック大会で女子水泳競技の金メダルを総なめにしたことを、Lは新聞で知る。彼女はその河口域でいくつもの世界記録を更新する。水というよりは、むしろ泥の中でなされたことだが。彼はその新聞をとっておく。コンパスが大きくなった時のために。ロイヤル・シアターでおこなわれた彼女の水泳披露の催しの初日にLは足を運んだが、彼女の顔に貼り付けられたような作り物の笑顔を目にして、すぐに引き上げてくる。翌日の朝に目覚めたとき、彼の胸にはまだ痛みが残っていた。

そして彼は新聞で、彼女の最後の反乱を目にすることになる。彼女は夜中にセントラル・パークの池で泳いでいたかどで逮捕された。しかし市長が介入し、その事件から良い結果が生まれることになる。ニューヨークで最初の公共プールが作られたのだ。彼女は静かな生活に戻っていく。何人かの女子水泳選手を指導育成し、オリンピック大会に送り出す。少なくとも彼の知る限り、子供は産んでいない。イーストサイドにある広大なアパートメントで、コンパスが成長する姿を見守りながら、Lは願う。彼女が幸福でいてくれることを。

アリエットも彼を見守っている。彼が有名になっていく様子を彼女は追っている。そして彼が新しい本を出すごとに、それを読む。社交界で名のあるゲストを自宅の夜会に招くときには、彼の本を目立つようにあちこちに置いておく。彼らの大方は詩なんてまず一行も読んだことがないが、インタビューを受けると、愛好する詩人としてLの名をあげてくれる。彼女は新聞に載った彼の人物紹介を読んでは、コンパスが成長し、彼の秘書になり、付き添いになり、友人になっていく様を知る。父親がハーヴァード大学の常勤講師として招かれたとき、コンパスもそこに入学し、父親と同居して大学生活を送る。彼は英文学の学位をとって卒業し、水泳プールの壁には彼が三つの学内記録を更新したことが記される。後日、インタビュアーたちがその口の重い青年にやっとしゃべらせることに成功したとき、彼はいかにも生真面目な微笑みを浮かべてこう言う。「僕が父と共に送っている生活にまさる生活を、僕は思い浮かべることができません」と。アリエットはその発言部分を切り取り、ロケットに入れて首から下げ、肌身離さず持ち歩く。

ある夜、彼女はラジオのスイッチを入れ、懐かしいLの声が最も初期の詩を朗読するのを聴く。『アンビヴァレンス』に収められているいくつかの詩だ。弱い肺のせいで、読みながらときどき微かに息を詰まらせる。「私は悔恨の夢を見た／私は永遠の世界を知っていた」。彼女はうっとりとその声に耳を澄ませる。ラジオのスイッチを切ったとき、彼女の顔は涙に濡れている。

彼女がその後の人生で、実際に彼の顔を目にしたのは、ただ一度だけだ。二人とも既に老境に入り、Lは十二冊目の詩集を出版したところだ。彼はステージの、講演台の後ろに立っている。髪は白く、前屈みになっている。彼はゆっくりと、丁寧に朗読する。ひとつの詩を読み終えると、時間を置いて呼吸を整える。

会場の最後列にいる、灰色の釣り鐘形の帽子をかぶり、チンチラのコートをまとったふくよかな女性に彼が目をとめることはない。彼がひとつの言葉を口にするごとに、彼女が同じように口を動かし、その顔が歓喜に輝くのを見ることもない。後刻Lがその崇拝者たちと握手を終え、会場でコンパスと二人きりになる頃、彼女はもうずっと前にそこを立ち去り、今は湯たんぽと共にベッドに入っている。それでも、彼女が近くにもういないにもかかわらず、彼はその夜ずっと感じ続けていた。彼女の存在が空気の中にもたらした、とくべつな変化の感触を。

彼は顔立ちの良い息子に腕をとられて、雨に濡れて光る、冷ややかなニューヨークの街路に足を踏み出す。歩道を少し歩いたところで、彼はコンパスに止まってくれと言う。Lは霧雨に向かって顔を上げ、目を閉じる。一度か二度、深く呼吸をする。顔を元に戻したとき、そこには笑みが浮かんでいる。

それから彼は息子に言う。「これは長く水の中を泳いで、そのあとで水面に浮上して息を吸い込むのと同じだな。世の中でいちばん素晴らしい気分だよ。もう二度と吸えないんじゃないかと思っていた空気を、胸一杯に吸い込む」。彼はコンパスを見て、その頬に手を触れ、優しく言う。「それが浮上することだ」

「L・デバードとアリエット——愛の物語」

短編なのに、まるで大河ドラマを思わせるような壮大な歴史小説仕立てになっている。第一次大戦の終わり頃に知り合った二人の男女。元オリンピック水泳選手の貧乏な詩人と、富豪の一人娘。お互いに、宿命的なまでに激しく惹かれ合うが、二人が結ばれることはない。ものごとは不幸な道筋を辿り、恋人たちを結ぶ糸を、運命の鋏《はさみ》が断ち切ってしまう。「ああ、この悲しき純愛の行く末やいかに!」と無声映画の弁士風に合いの手を入れたくなるような筋書きだ。こういう正面切っての話って、今どきなかなかお目にかかれない。僕は楽しんで一息で読んでしまったけど。

この小説のキーワードは「水泳」と「スペイン風邪」だ。この二つを結びつけて恋愛小説を書いてみようと思いたった著者の勇気に、僕としては熱い拍手を送りたいと思う。

【恋愛甘苦度……甘味★★★／苦味★★】

薄暗い運命

リュドミラ・ペトルシェフスカヤ

"A Murky Fate"
by
Ludmilla Petrushevskaya

リュドミラ・ペトルシェフスカヤ

1938年モスクワ生まれ。モスクワ大学卒業後、新聞社、出版社、放送局に勤務。詩作や劇作で頭角を現す傍ら散文も手がけ、『あるところに隣人の赤ん坊を殺そうとした女がいた』でワールド・ファンタジー賞に選出された。その才気は作詞や絵画、トレードマークでもある独創的な帽子製作にも発揮されている。モスクワ在住。

こういうことが起こった。三十代の未婚の女が、同居している母親に頼み込んで、一晩だけその一間のアパートから出ていってもらった。恋人を呼ぶためだ。

その「恋人」である男は、二つの家庭の間を行ったり来たりしていた。彼の母親の家と、彼の奥さんの家だ。おまけに色気たっぷりな十四歳の娘にも気を配らなくてはならなかった。研究所での自分の仕事について、彼はいつも気をもんでいたが、彼の話に耳を傾けてくれる人に向かっては、自分はすぐにも昇進することになっているんだと吹いた。しかしそれが現実のものになることはなかった。職場のパーティーでは驚くべき食欲を見せ、片端から食べまくったが、それはまだ診断を下されていない糖尿病のもたらすものだった。その病気のおかげで彼は喉の渇きと空腹の奴隷にされているわけだ。それはまた彼に青白いかさかさの肌と、分厚い眼鏡と、ふけをもたらしていた。肥満して、髪が薄くなりかけて、先行きのきわめてあやしい仕事に就いて、健康に問題のある四十二歳の子供みたいな大人――それがこの三十代の未婚の女性にとっての宝であり、自分のアパートに招いて愛の一夜を持とうとしている相手だった。

彼はその来るべき逢い引きを、ごく当たり前のこととして、まるで仕事上の会合みたいに見なしていた。一方彼女はそれを、暗い孤独の絶望から抜け出すてだてと見なしていた。彼女はそれに愛の外装を、少なくとも「熱い情事」の外装を与えた。彼女は涙ながらに彼に訴え、「君を愛している」というひとことを口にしてほしいと懇願した。それに対して彼は「わかった、わかった、そうするよ」と答えた。しかしどれだけそのような幻想を持ってしても、職場から彼女のアパートに向かう二人の様子に(彼の希望どおり、途中でケーキとワインを買い込んだ)、ロマンスのかけらもないことはあまりに明らかだった。ひょっとして母親が気を変えて、やはりアパートに居残ることにしたのではと不安で、ドアの鍵を開けるとき、彼女の手はぶるぶると震えた。

女はお茶を入れるためにやかんを火にかけ、ワインをグラスに注ぎ、ケーキを切った。彼女の恋人はケーキをたらふく食べ、安楽椅子にどさっと座り込んだ。彼は時刻を確かめ、腕時計を椅子の上に置いた。彼の下着と身体は驚くほど白く、清潔だった。彼はソファの端に腰掛け、靴下で足を拭いた。そして洗い立てのシーツの上に身を横たえた。彼はことを為し終え、二人はおしゃべりをした。彼はまた「僕に昇進のチャンスはあると思うか?」と彼女に尋ね、それから帰るために立ち上がった。戸口で彼は思い直して、もう少しケーキを食べることにした。大きな一切れを自分のために切り、ナイフをぺろりとなめた。三ルーブルの札を小銭に替えてくれないかなと彼は言ったが、女が返事をしないので、彼女の額に軽くキスをすると、外に出てばたんとドアを閉めた。彼女はそのまま立ち上がれなかった。言うまでもなく、男にとってこの情事は終わってしまったのだ。彼はもうここに戻ってはこないだろう。その子供っぽさの故に、彼には何ひとつ理解できていなかったのだ。幸福な気持ちで足取りも軽く立ち去り、もたらされた災厄にも気づかず、三ルーブルを手に、膨らんだおなかを抱えて。

翌日彼女はカフェテリアには行かず、自分のデスクで昼食をとった。その日の夜のことを考えた。また母親と顔を合わせ、いつもの暮らしに戻るのだ。彼女は突然、同僚に向かって話しかけた。「ねえ、あなた、新しい男は見つかった?」と。相手の女は恥ずかしそうに顔を赤らめた。「いいえ、まだよ」。同僚の夫は家を出ていって、彼女は一人で恥辱と不面目の中に置き去りにされていた。一人きりになった家に、彼女は決して友だちを招かなかった。「あなたの方は?」と同僚は尋ねた。「私は男の人とつきあっている」と女は答えた。喜びの涙が彼女の目に溢れた。

でも彼女は自分が負け犬であることを知っていた。これから先、自分は公衆電話に縛り付けられることになるのだ。そこから母親の家だか、奥さんの家だかにいる愛する男に電話をかける。彼女はそれらの人々に「あの女」と呼ばれることになる。同じ電話番号を押し、同じことを求めた一連の女たちの声の、最新のものに自分はなるのだ。彼はたくさんの女たちに愛されたに違いないと、彼女は思う。彼はどの女にも自分の昇進の可能性について尋ね、それから捨てたに違いない。彼女の愛するその男は無神経で、残酷だ。そういう男なのだ。疑いの余地なく。関われば関わるだけ、傷つくに決まっている。しかしそれでも彼女は幸福のあまり泣きだし、泣きやむことができなかった。

「薄暗い運命」

このアンソロジーに収められた作品の中では、おそらくいちばんダークなラブ・ストーリーだろう。ものすごく短い話だが、暗澹《あんたん》とした事実が「どうだ、これでもか」といわんばかりに、隅から隅までぎっしりと詰め込まれている。その救いのなさに、読んでいる方もだんだん切なくなってくる。にもかかわらず、主人公の女性は最後に「幸福のあまり泣きだし、泣きやむことができな」いのだ。

どうして？　とあなたは尋ねるかもしれない。僕にはうまく答えられない。愛とは（ときとして）そういうものなのだとしか言えない。そんなわけで、この話の甘辛度を査定するのはことのほかむずかしかった。

作者のリュドミラ・ペトルシェフスカヤは「作品の内容があまりに暗い」という理由で、ソヴィエト時代は長いあいだ冷遇されてきた。なかなか出版もできなかったという。しかしその仄《ほの》かな赦しを感じさせるタフな作風は、不思議に読者の心をポジティブに打つ。

僕はアメリカのペンギン・ブックスから出ている『あるところに一人の娘がいて、彼女は姉の夫を誘惑し、その男は首を吊った』という実にすさまじいタイトルの短編集でこの作品を見つけた。ロシア語を英訳したものから重訳した。

【恋愛甘苦度……………甘味★／苦味★★★】

（べつに逆でもかまわないような気がする。）

ジャック・ランダ・ホテル

アリス・マンロー

"The Jack Randa Hotel"
by
Alice Munro

アリス・マンロー

1931年オンタリオ州生まれ。カナダを代表する作家として不動の地位にある。10代から小説を書き始め、19歳で最初の短編作品を発表。30歳までは二人の娘の子育てに追われ、それゆえ短編作品の執筆に的を絞ったという。O・ヘンリー賞をはじめ受賞多数。2005年には「タイム」誌の「世界で最も影響力のある100人」に選ばれ、13年にノーベル文学賞を受賞。

ホノルルの滑走路で、飛行機はスピードを失い、勢いを失い、ふらふらと傾いて、草むらの中に乗り入れる。そしてどすんと停止する。停まったところは海からほんの数メートルしか離れていないように見える。機中ではみんなが笑う。最初はしんとして、やがてそれが笑い声になる。ゲイルも笑ってしまった。それからあちこちで、あたふたとした自己紹介のようなことが始まった。ゲイルの隣にいたのはスポケーンから来たラリーとフィリスだ。

ラリーとフィリスは、フィジーで開催される左利きのゴルファーのためのトーナメントに行く。この飛行機にはそういうカップルがたくさん乗っている。左利きのゴルファーはラリーの方で、奥さんのフィリスはそれに付き添って、見物し、応援し、旅行を楽しむ。

彼らは――ゲイルと左利きのゴルファーたちは――機内に座ったまま待機する。昼食のボックスが配られる。飲み物は無し。すさまじい暑さだ。コックピットから冗談交じりの、要領を得ないアナウンスがある。「問題が起こりました。重大なことではありませんが、ここであとしばらく足止めをくらいそうです」。フィリスはひどい頭痛に襲われる。ラリーは彼女の手首と手のひらに圧力を加えて、それを鎮めようとする。

「そんなことしても、効果ないみたい」とフィリスは言う。「今頃、スージーと一緒にニューオーリアンズにいることもできたのに」

ラリーは言う。「悪かったね」

フィリスが手を引っ込めるとき、その指にダイヤモンドの指輪がきらりと鋭く光る。妻たちはダイヤモンドの指輪と頭痛を持っている、とゲイルは思う。今も昔も。それはしっかりうまくやった妻たちのしるしだ。彼女たちは、左利きのゴルファーである肥えた夫たちを持っている。彼らは充足という終生のゴルフコースに身を落ちつけている。

フィジーでは降りずシドニーまで行く乗客たちがやがて飛行機から降ろされる。彼らはターミナルに連れて行かれるが、きちんとした案内がないので、どうしていいかわからずうろうろするばかりだ。荷物をピックアップし、税関を抜け、彼らの航空券を引き受けてくれることになっているエアラインを探す。その途中で、ハワイのとあるホテルから派遣された歓迎グループにつかまる。彼らはハワイアン・ソングをきりなく歌い続け、人々の首に花輪をむりやりにかけていく。それでも人々はなんとかやっと、代替の飛行機に身を落ち着ける。彼らは食べ、飲み、眠る。洗面所の前の列は長くなり、通路にはゴミが散乱し、フライト・アテンダントたちは自分たちの狭いコーナーに身を寄せて、子供やら男友達やらについてのおしゃべりに興じている。やがて居心地悪く明るい朝がやってきて、オーストラリアの黄色い砂の海岸が眼下に見えてくる。時間の感覚がおかしくなっている。もっとも身なりの良い人々でさえ、もっとも見栄えの良い人々でさえ、ぐったりと憔悴《しょうすい》して、無感覚に見える。劣悪な三等船室で長旅を続けたあとのように。人々が飛行機から下りることを許可される前に、もうひとつだめ押しの攻撃がある。ショートパンツをはいた毛むくじゃらの男たちがどやどやと乗り込んできて、あらゆるものに殺虫剤を噴霧していく。

「これがおそらく天国に入るための手続きなんでしょうね」とゲイルは、自分がウィルに話しているところを想像する。「望みもしない花輪を首にむりやりかけられ、みんなが頭痛を抱え、便秘に悩まされ、それから地上の害虫を退治するためのスプレーをかけられなくちゃならない」

彼女のかつての習慣だ。ウィルに向かって語るべき、快活で気の利いた台詞を、頭の中で考える。

ウィルが去ったあと、自分の経営する店が女性たちでいっぱいになっていくようにゲイルには感じられた。服を買う客とは限らない。彼女はそんなことは気にしなかった。それは遥か昔、ウィルが現れる前と同じような感じだった。女性たちはゲイルのアイロン台や裁断テーブルの脇や、色褪せたバティックのカーテンの陰にある年代物のアームチェアに座り、コーヒーを飲んだ。ゲイルは昔のように、自分でコーヒー豆を挽くようになった。裁縫用の人台はやがてビーズで飾られ、あちこちにスキャンダラスな落書きを書き込まれた。男たちについての話が口にされた。去っていった男たちの話だ。嘘と不正義と正面対決。裏切りは許しがたいことだが――それでいていたって陳腐なので――話を聞いている方としては大笑いするしかなかった。男たちはまったく間の抜けたことを口にした（悪いとは思うけど、僕はもうこの結婚に真心を注げるとは思えない）。彼らは車や家具を妻に買い取ってもらいたいと持ちかけた。もともと妻たちが買ったものなのに。彼らは自分の娘よりも年若い、まだういういしい女を妊娠させられたことで、自己満足で有頂天になっていた。彼らは残酷で、子供じみていた。そんな連中のことはあきらめる以外にないではないか。名誉と誇りのためにも。また自分を護るためにも。

でもゲイルのそういう楽しみはすぐに色褪せていった。コーヒーを飲み過ぎると、肌の色がどす黒くなってくる。一人が新聞の男女交際欄に広告を出したことが判明したとき、女性たちの間で水面下の争いが進行した。それでゲイルは友人たちと飲むコーヒーを、ウィルの母親であるクリータと飲む酒に変更した。そうすることによって、とても奇妙なことだが、彼女の精神は酔いに反比例してより沈着になっていった。それでも夏の午後に、店の早じまいを告知するメモをドアにピンでとめるときには、その心の浮つきはそれなりにまだ姿を見せていた（店の手伝いをしているドナルダはちょうど休暇をとっていて、彼女以外の誰かを見つけるのはあまりにも大変だった）。

オペラに行ってきます。

アタマを診てもらいに行ってきます。

悲しみの衣を身にまとってきます。

それは彼女が自分でこしらえた文章ではなかった。ずっと昔、二人が一緒に二階に行きたくなったときに、ウィルが紙にそう書いて入り口に張り出しておいたものだ。その手の文章は、車を運転して遠路はるばる結婚式のためのドレスを買いに来た女性たちや、大学に着ていくための服を買うべくわざわざ遠征してきた若い娘たちには、「ふざけすぎている」と不評だった。でも彼女は気にしなかった。

クリータの家のヴェランダで、ゲイルは心を癒された。そこはかとない希望を持てるような気がした。問題のある酒飲みが大方そうであるように、クリータはひとつの種類の酒しか飲まなかった。彼女の場合はスコッチだ。そしてそのバリエーションを楽しんでいるようだった。しかし彼女はゲイルのためにジン・トニックや、ホワイト・ラム・ソーダを作ってくれた。テキーラも経験させてくれた。「まさに天国ね」とゲイルは言ったが、それは飲み物のことだけを言っているのではなかった。彼女は、網戸《スクリーン》のついたヴェランダや、生け垣の巡らされた裏庭や、その奥にある古い家屋のことをも含めて言っていた。窓の鎧戸《よろいど》は下ろされ、床は艶々に磨き上げられ、台所の戸棚は不自然なほど背が高く、花柄のカーテンはかなり時代遅れだった（クリータは室内装飾というものを嫌っていた）。ここはウィルが生まれ、クリータが生まれた家でもある。ウィルが初めてゲイルをこの家に連れて入ったとき、彼女は思った。これこそが本当に気品を持つ人たちが送る暮らしだわ、と。無造作なところと行儀の良いところがうまく結びついている。そこには古い書物と、古い食器への敬意がある。ウィルとクリータがごく当たり前のこととして語り合っている、いくつかの馬鹿げたものごと。そして彼女とクリータが語り合わないいくつかのものごと——ウィルが逃げ去ったこと、クリータの病気。その病気は彼女の腕や脚の表面を深いタン色に変え、まるでニスを塗った小枝のように見せている。また後ろで丸くまとめた白髪に縁取られた彼女の両の頬を、げっそり落ち込ませている。彼女とウィルは同じような、微かに猿を思わせる顔をしている。そして夢見るような、人をからかうような黒い瞳を持っている。

そのかわりにクリータは読んでいる本の話をした。『アングロ・サクソン年代記』。暗黒時代が暗黒である理由は、そこから学ぶものが何ひとつないということではなく、わたしたちがそこで学んだものを、何ひとつ記憶に留めることができないからなの、と彼女は言った。それというのも、名前のせいよ。

「ケエドワラ」と彼女は言った。「エグフリス。そんな名前を簡単にちょいちょい口にできると思う？」

暗黒時代がどの時代のことなのか、どの世紀のことなのか、ゲイルは思い出そうと努めた。しかし自分が無知であることを彼女はとくに恥じなかった。いずれにせよ、クリータはそういう一部始終をおかしがっていた。

「イールフレード」と彼女は言って、その綴《つづ》り（Aelff laed）を教えた。「まったく、イールフレードなんて名前の人間がヒロインになれるなんてね」

クリータがウィルに手紙を書いたとき、たぶん彼女はイールフレードやエグフリスについて書いたのだろう。ゲイルのことなどひとことも書かなかっただろう。「ゲイルがここに来ていました。絹みたいなものでできた、グレーの夏物パジャマ風の服を着て、とてもかわいかった。彼女は元気そうで、いろいろとウィットに富んだことを口にして……」なんてことは書かなかったに違いない。彼女がゲイルに向かって「あの恋人たちはうまくいかないんじゃないかしら。手紙の行間を読めば、そろそろ幻滅を感じ始めているような雰囲気がうかがえるんだけど……」などと言わないのと同じように。

ウィルとクリータに最初に会ったとき、彼らはまるで本の登場人物みたいだとゲイルは思った。そろそろ中年に達する息子が母親と一緒に暮らしていて、それで満ち足りているように見える。ゲイルがそこで目にするのは格式張っていて、馬鹿馬鹿しくはあるけれど、それでいて何やらうらやましい暮らしぶりだ。そこには〔控えめに言って〕独身主義者の優雅さと安全さがそこはかとなく感じられる。彼女は今でもだいたい同様のものを目にしているが、実を言えば、ウィルはずっとこの家に留まっていたわけではなかったし、独身主義者でもなければ、隠れ同性愛者でもなかった。彼は長年にわたって外で自立して暮らしていた。「国立映画協会」や「カナダ放送会社」に勤務していたのだが、つい最近そういう暮らしをやめ、ウォリーの町に戻って教師の職に就いた。なぜ仕事を辞めたのか？まあ、いろいろあってね、と彼は言った。あちこちに策謀を巡らす連中がいる。いわゆる勢力争い。消耗だよ。

ゲイルは七〇年代のある夏にウォリーにやってきた。そのとき一緒にいたボーイフレンドは船大工だった。彼女は自分で作った服を売っていた。アップリケのついたケープ、膨らんだ袖のついたシャツ、明るい色のロングスカート。冬がやってくると、クラフト・ショップの奥に自前のスペースを確保した。ボリヴィアとグアテマラからポンチョと厚手の靴下を輸入することを学んだ。セーターを編める地元の女性を見つけた。ある日ウィルが彼女を路上で呼びとめて、芝居で自分が身につける衣装をこしらえてもらえないかと尋ねた。演目はソーントン・ワイルダーの『危機一髪』〔訳注・一九四二年に初演された芝居。ピュリッツァー賞を受賞〕だ。彼女のボーイフレンドはヴァンクーヴァーに移っていった。

彼女はウィルに、自分の身にこれまで起こったことのいくつかを話した。彼女は体格もよく、肌はピンク色で、額が広くなだらかなので、共に家庭を築いていくのに格好の相手だと思われるかもしれない。それを警戒したのだ。私は赤ん坊を産んだことがあるの、と彼女は言った。そして、ボーイフレンドと一緒に借りたヴァンで、サンダーベイからトロントまで家具を運んだとき、一酸化炭素を含んだ煙が車内に漏れた。大人たち二人は気分が悪くなっただけで済んだが、赤ん坊は死んでしまった。生後まだ七週間しか経っていなかった。そのあとゲイルの具合が悪くなった。骨盤に炎症を起こしたのだ。そして彼女はもう子供は産むまいと心に決めた。いずれにせよ再び出産することは困難だったから子宮摘出手術を受けた。

君は実に立派だ、とウィルは言った。まさにそのとおり口にしたのだ。「なんという悲劇だろう！」というような文句は、頭にも浮かばなかったようだ。赤ん坊の死はゲイルの選択が招いたものだと匂わせるようなことも、まったくなかった。彼はそこで彼女にすっかり参ってしまった。彼女を勇敢で、心が広く、機転が利いて、才能ある女性だと思い込んだ。彼女がデザインしてこしらえた衣装は完璧で、奇跡的なまでに素晴らしかった。ウィルが彼女を、あるいは彼女の生き方を見る目には、いささか無邪気なところがあるとゲイルは思った。彼女にしてみれば、自由で寛大な精神みたいなことからはほど遠いところに自分はいる。しばしば不安になり、絶望的な気持ちになり、やたら洗濯したり、金銭のことでくよくよ悩んだり、つきあっている男すべてに強く負い目を感じることで時間を不毛に費やしてしまう。その当時は自分がウィルに恋しているとは思わなかった。でも彼の外見は気に入っていた。彼のエネルギーに溢れた身体はまっすぐ伸びて、実際以上に長身に見える。後ろにぐいと傾けられた頭、艶やかな額、ひょいひょいと跳ねた白いものの混じり始めた髪。リハーサルをしている彼の姿を見るのが好きだった。あるいはただ生徒たちに語りかけているところを。彼は舞台監督としていかにも有能で、てきぱきしていた。高校の廊下や、ウォリーの通りを歩く彼は、とても力強い人に見えた。彼が彼女に対して抱く少しばかり風変わりな敬愛の情や、恋人としての慇懃《いんぎん》な態度や、彼の家の異国的な心地よさや、母と息子の二人暮らしやら——そういうものはゲイルに、自分が本来は入り込む権利を持たない場所で、ユニークな歓迎を受けている人になったような気持ちを抱かせた。でもそのときはそれも大した問題ではなかった。彼女は優位に立っていたからだ。

彼女はいつその優位性を失ったのだろう？　二人が一緒に暮らすようになり、彼が彼女と寝ることを当然と見なすようになり、二人が河の畔《ほとり》のコテージでいろんな作業をするうちに、その手の仕事に関しては彼より彼女の方が上手であることが判明したときだろうか？

彼女は、どちらかがどちらかの優位に立つものだと考えるような人間だったのだろうか？

散歩中、彼の前を歩いているとき、「君の靴紐がほどけているぞ」という声が聞こえ、その響きが、ただそれだけでゲイルを絶望的にさせる時期が訪れた。二人は既に境界線を越えて、荒れた土地に足を踏み入れていた。そこでは彼は彼女に深く失望しており、その侮蔑の念は手のつけようがなくなっている。そういう警告をゲイルは相手の声に聴き取った。彼女はつまずいて転び、激しい怒りに襲われ、二人はそれからの何昼夜を深い絶望のうちに過ごした。やがてちょっとしたきっかけで甘い仲直りがあり、冗談が口にされ、戸惑いを含んだ安堵があった。そういうことが二人の生活の中で繰り返された。それが何を意味するのか彼女にはわからなかったし、他の人たちにも同様のことが起こるものなのかどうか、それもわからない。しかし平穏な時期が徐々に長くなり、危機は後退したかに見えた。ウィルが誰かとの新しい出会いを求めているという暗示を、ゲイルは読み取れなかった。その相手はサンディーで、彼の目には彼女はゲイルとはまったく違う、明るい性格の娘に見えた。ゲイル自身がかつてそうであったように。

ウィルだってたぶん、そういう暗示を自分の中に読み取ることはできなかったはずだ。

彼はサンディー――本名はサンドラ――について多くを語ることはなかった。彼女は前の年に交換プログラムでカナダにやってきて、演劇がどのように教えられているかを視察するためにウォリーを訪れた。彼は一度、彼女は「若きトルコ人」〔訳注・反逆児、革新派のこと。もともとは青年トルコ党員を意味する〕だと言ったことがある。それから「そんな古い表現を彼女は耳にしたことがないかもな」と言った。ほどなく、サンディーという名前のまわりにはある種の電流が、あるいは危険が生まれていった。ゲイルは別の情報源からちょっとした話を耳にした。サンディーがクラスみんなの前でウィルに論争を挑んだということだった。ウィルが上演したがっている芝居は「今日的ではない」とサンディーは言った。あるいはそれは「革命的ではない」と。

「でも先生は彼女のことが好きなんだ」と彼の生徒の一人は言った。「そう、真剣に好きなんだよ」

サンディーはその町に長くは滞在しなかった。彼女はほかの学校の演劇クラスを視察するために移動していった。しかし彼女はウィルに手紙を書いた。おそらく彼も返事を書いただろう。というのは、彼らが恋に落ちたことが判明したからだ。ウィルとサンディーは真剣に愛し合うようになっていた。そしてその学年の終わりには、ウィルは彼女のあとを追って、オーストラリアに渡った。

真剣に恋に落ちているんだ。ウィルがそう告げたとき、ゲイルは大麻を吸っていた。彼女はまた大麻を吸うようになっていた。というのはウィルの近くにいるとすごく神経質になってしまうからだ。

「つまり私のせいじゃないってこと?」とゲイルは言った。「私が問題じゃないってことね?」

彼女は安堵で頭がくらくらした。彼女は大胆で陽気な気分になり、わけのわからなくなったウィルは彼女とベッドに入ることになった。

朝になると、二人は同じ部屋の中にいることを避けようとした。二人は連絡を取り合わないことに決めた。また落ち着いたら、とウィルは言った。「好きなようにすればいいわ」とゲイルは言った。

しかしある日、クリータの家で、ウィルの字が書かれた封筒を彼女は目にした。それは明らかに彼女の目につくように置かれたものだった。クリータがそれを置いたのだ。クリータは逃亡した息子について、ただの一言も口にしなかった。ゲイルは差出人の住所を書き写した。クイーンランド州、ブリスベーン市、トゥーウォング、エア・ロード一六番地。オーストラリア。

そのウィルの筆跡を目にしたとき、彼女は初めて理解した。まわりのすべてが自分にとって、もう何の意味も持たぬものになってしまったことが。ウォリーの町にある、生け垣も塀もないこの前ヴィクトリア朝様式の家も、ヴェランダも、出される酒も、彼女がいつも眺めている、クリータの家の裏庭のキササゲの木も。ウォリーのすべての通り、すべての樹木、すべての開放的な湖の眺め、店の心地よさ。何もかもが無意味な張りぼて、偽物、小道具だ。本物の風景はオーストラリアにあり、彼女の目から隠されている。

そのようなわけで、彼女は飛行機に乗って、ダイヤモンドの指輪をはめた女性の隣に座ることになった。彼女自身の指には指輪はひとつもはまっていない。爪も磨いていない。布をいじる仕事をしているせいで、皮膚はかさかさしている。彼女はかつて自分の作る服を「手工品《ハンドクラフト》」と呼んでいた。その表現をウィルにからかわれてやめてしまったのだが、彼女は今でもそれのどこがいけないのかよくわからない。

彼女はショップを売却した。ドナルダに売ったのだ。彼女はずいぶん前からそのショップを買いたがっていた。ゲイルは金を受け取り、オーストラリア行きの飛行機に乗った。自分がどこに行くか、誰にも言わなかった。みんなには嘘をついた。長い休暇を取り、まず最初に英国に行くと言った。それから冬はギリシャのどこかで過ごす。あとは決めていない。

出発する前の夜、彼女は変身を遂げた。ボリュームのある赤っぽい灰色の髪をばっさりと切り、短くなった髪をダークブラウンに染めた。その結果もたらされたのは不思議な色あいだった。深いえび茶色。見るからに人工的だが、いささか地味過ぎて、セクシーに見せようとしていると思われる心配はない。彼女は自分の店から——その商品は既に彼女の持ち物ではないにもかかわらず——普段ならまず選ばない服を選んだ。ダークブルーの、麻に似せたポリエステルのジャケット付ワンピース。赤と黄色のどきっとするような縞模様がついている。彼女は背が高く、腰の幅が広い。そしていつもはゆったりとした優美な服を着ている。この服装は彼女の肩をずんぐりと見せ、膝より少し上のあまり芳しくない脚の部分をむき出しにする。私は自分を、いったいどんな女に作り替えようとしていたのかしら、と彼女は考える。フィリスのような女性がブリッジ・ゲームの相手に選ぶタイプ？　もしそうだとしたら、私はしくじったことになる。私がなったのは、意味はあるけれど給与の低い職場で（たとえば病院のカフェテリア？）長年制服を着て人生の大半を過ごしたような女だ。そしてその人生の休暇で、彼女は大枚を払い、人目を惹く服を買う。でも彼女が選ぶのは、あまり似合わないし、着心地も良くないワンピースだ。

でもそれでちっともかまわない。だってこれは変装なのだから。

新たな大陸の空港の洗面所で、昨夜の黒いヘアダイが十分洗い流されていなかったことがわかる。それは汗と混じり合って、首筋に垂れている。

ゲイルはブリスベーンで飛行機を降りる。時差にも慣れず、熱い太陽に苛まれている。まだ忌まわしいワンピースを着ているが、髪は洗ったので、もう染料が垂れることはない。彼女はタクシーを拾う。くたくたに疲れているが、彼らがどんなところに住んでいるかを目にするまでは、気持ちが落ち着かない。彼女は既に地図を買って、エア・ロードを見つけている。曲がりくねった短い通りだ。角のところで停めてくれと彼女は言う。そこには小さな食品雑貨店がある。おそらく彼らはそこでミルクを買うのだろう。あるいはちょっと切らした日用品を。たとえば洗剤とか、アスピリンとか、タンポンとかを。

彼女がサンディーと一度も顔を合わせたことがないというのは、今にして思えば不吉なことだった。それが意味するのは、ウィルが何かをとても素早く悟ったに違いないということだ。あとになって外見を探り出そうとしたが、あまり得るところはなかった。どちらかといえば長身、どちらかといえば痩せている。黒髪よりは金髪に近い。ゲイルは脚が長く、髪が短く、エネルギッシュでボーイッシュな、魅力的な娘たち――いや、女たちだ――の姿を頭の中に描いてみた。しかし通りで本人とすれ違っても、それが彼女だとはわかるまい。

私の姿を見て、私だとわかる人がいるだろうか？　サングラスをかけ、髪を違う色に染めると、自分が透明人間に変身したような気がする。外国にいるという事実も、彼女の変貌に寄与している。彼女はまだこの土地にいることに馴染んでいない。一度馴染んでしまえば、今やっているような無謀なことはもうできなくなるかもしれない。彼女は今ここで、この通りを歩き、彼らの住まいを目にしなくてはならない。先になれば、そんなことはまったくできなくなるかもしれない。

タクシーが登っていったのは急な坂道で、眼下には茶色の川が流れている。エア・ロードは丘の尾根に沿って続いている。歩道もついてない未舗装の小径だ。人っ子一人歩いておらず、車一台走っておらず、木陰ひとつない。板塀か、籠細工の（いや、編み枝細工というのかしら？）塀が続き、あるいは花の咲いた高い生け垣がある。いや、花じゃない。

よく見るとそれは紫がかったピンク色の、あるいは緋色の葉っぱだ。ゲイルが見たこともない樹木が、生け垣の上に見える。それらの樹木はごわごわした埃っぽい葉をつけ、鱗《うろこ》のような、あるいは筋張った樹皮に覆われ、みすぼらしい装飾に似た雰囲気を漂わせている。樹木には無関心さが、あるいは漠然とした悪意がうかがえる。それは熱帯のもたらすものなのだろうと彼女は思う。道路の彼女の前を、ほろほろ鳥のつがいが歩いている。びっくりするくらい偉そうに。

ウィルとサンディーが住んでいる家は、淡い緑色に塗られた板塀の奥にある。その板塀を目にして、その緑色を目にして、ゲイルの心臓はぎゅっと縮む。まるで情け容赦のない手に握り締められたみたいに。

道路は袋小路になっていて、彼女は引き返さなくてはならない。もう一度その家の前を通り過ぎる。板塀には車を出し入れできる戸がついている。郵便受けもついている。他の家の正面の塀にもやはり同じものがあって、彼女はそれを目にとめていた。そこから一冊の雑誌が突き出ていたのだ。とすれば、郵便受けはあまり深くないのだろう。手を突っ込めば、立てかけられるように入っている郵便物に手が届くかもしれない。もちろんまだ住人の手に渡っていなければということだが。そしてゲイルは実際にそこに手を滑り込ませる。そうしないわけにはいかない。予想通り、彼女の手はそこに郵便を発見する。彼女はそれをハンドバッグに入れる。

通りの角にある店からタクシーを呼ぶ。「アメリカのどこから来なさったね？」と店の中にいた男が彼女に尋ねる。

「テキサスです」と彼女は言う。テキサスから来たというとたぶん人は喜ぶだろうと彼女は思う。そして実際に相手は眉毛をきゅっと上げて、口笛を吹く。

「そうだろうと思ったよ」と男は言う。

封筒の字はウィルの筆跡だ。ウィルに宛てた手紙ではない。彼が出した手紙だ。同じブリスベーンの、ホウトゥリ・ストリート四九一番地に住む、ミズ・キャサリン・ソーナビーに宛てられた手紙だ。封筒には違う人ののたくるような字で、「差出人に返送。受け取り人は九月十三日に死亡」と大きく書かれている。ゲイルの頭はしばし混乱する。一瞬、ウィルが死んでしまったことを意味していると思いこんでしまう。

しかし彼女は気を鎮め、理性を取り戻し、直射日光を避けられる場所に行く。それでもなお、ホテルの部屋でその手紙を読み終え、身なりを整えると、彼女は再びタクシーを拾って、今度はホウトゥリ・ストリートに向かう。そして予期したとおり、そこの窓に「貸部屋あります」という看板がかかっているのを目にする。

さて、ウィルがホウトゥリ・ストリートに住むミズ・キャサリン・ソーナビーに宛てた手紙には、いったいどのようなことが書かれていたのだろう？

ディア・ミズ・ソーナビー

貴女は私をご存じないはずです。まず私が何ものであるかを説明させて下さい。しかるのちに、お目にかかってお話しすることができれば、まことに幸甚です。私はカナダ人ですが、貴女の従兄弟にあたるのではないかと考えております。私の祖父は一八七〇年代に、ノーザンバーランド〔訳注・イングランド最北の州〕からカナダに移住してきました。それと同時に、彼の兄がオーストラリアに移住したということです。祖父の名前は、私と同じウィリアムです。兄の名前はトーマスでした。もちろん貴女がそのトーマスの子孫であるという証拠はありません。私はただブリスベーンの電話帳を見ていて、同じ綴りのソーナビーという姓を持つ人を発見し、嬉しくなってしまったのです。私はこのような家族の系譜作りみたいなことは、何よりも愚かしく退屈な作業だと、常々考えてきました。しかし気がつくと今、自分でそれをやっているのです。そこには不思議な興奮があります。このように繋がりを探すことに夢中になるというのは、たぶん年齢のせいもあるのでしょう（私は五十六歳になります）。そして昔に比べると、自由になる時間も増えています。私の妻はこの地で演劇の仕事をしており、日々仕事に追われて忙しくしています。彼女はとても聡明で、エネルギーに満ちた若い女性です（彼女は私が十八歳以上の女性を女の子《ガール》と呼ぶと怒ります。そしてなにしろ彼女は二十八歳なのです)。私はカナダの高校で演劇を教えていました。しかしオーストラリアではまだ仕事を見つけていません。

妻。彼は従姉妹かもしれない女性の前で見栄を張っているのだ。

ディア・ミスタ・ソーナビー

私たちが共有しております姓は、あなたがお考えになっているほど珍しいものではないかもしれません。たしかにブリスベーンの電話帳に載っている Thornabey の姓を持った人間は、今のところ私ひとりだけではありますが。あなたはご存じないかもしれませんが、その名前は英国ノーザンバーランドに今も遺跡として残っているソーン・アビー(いばらの修道院)に由来しています。綴りは少しずつ違いますが、Thornaby, Thornby, Thornabby などの姓があります。中世においては一般的に、領主の名前が荘園で働くすべての人々の、人夫や鍛冶屋や大工などの姓として使われておりました。その結果、厳密に申せばその名前を名乗る権利を持たない多くの人々が、そういう姓を帯びて世界中に散らばることになりました。十二世紀からの系図を辿れるものだけが、紋章を有する本当のソーナビーということになります。つまり、一族の楯形《たてがた》紋章を飾る権利を持つわけです。私はそのような正統なソーナビー家の一員であります。そしてあなたが楯形紋章について一言も言及されなかったことからして、またお祖父様のウィリアムより以前の係累を辿れなかったことからして、あなたはおそらく正統なソーナビー家の一員ではあるまいと推測いたす次第です。ちなみに私の祖父の名前はジョナサンです。

ゲイルはこの手紙を古いポータブルのタイプライターで書く。通りの先にある中古品店で買い求めたものだ。その時にはもう彼女は、ホウトゥリ・ストリート四九一番地に住んでいた。「ミラマール」という名のアパートメント・ハウスだ。黒ずんだクリーム色のスタッコ塗りの、二階建ての建物で、格子扉のついた入り口の両脇にはねじれた柱が立っている。古い映画館の外装を思わせる、とってつけたようなムーア風、スペイン風、カリフォルニア風の趣がある。管理人は、部屋はとてもモダンにできていると彼女に言った。

「老齢の女性が住まわれていたんですが、入院しなくちゃならなくなりまして。亡くなったときに誰かがやってきて、私物を持っていきました。でも生活に必要な家具は部屋についていています。」

「オクラホマ」と彼女は言った。オクラホマから来たミセス・マッシー。

「アメリカのどちらから見えたんですか？」

管理人は七十歳くらいに見える。目が拡大されて見える厚い眼鏡をかけている。歩き方は速いが、不安定で、身体が前傾しているみたいに見える。彼は仕事の難しさについて話す。人口に占める外国人の比率が増加しており、優秀な修理工をみつけるのが簡単ではない。間借り人の中には不注意な人間もいる。通りがかりに芝生にゴミを捨てていくような不心得者が増えた。郵便局にもう通知は出したんですか、とゲイルは管理人に訊ねた。いや、そうしなくちゃとは思っとるんですが、前に住んでいたご婦人は郵便をほとんど受け取らない人でしてね。でも一通だけ手紙が来ましたよ。不思議なことに、それは彼女が亡くなった翌日のことでした。それは差出人に送り返しました。

「私が代わりにやっておきましょう」とゲイルは言った。「郵便局に知らせておきます」

「でも私が署名しなくちゃならないんですよ。所定の書類を持ってきてもらえませんかね。そうすれば私が署名しますから、あなたがそれを郵便局に届けて下さればいい。感謝しますよ」

部屋の壁は白く塗られていた。それがつまりはモダンということなのだろう。竹のブラインドがあり、小さなキッチンがあり、緑色のソファベッドがあり、テーブルとドレッサーと椅子が二脚あった。壁には絵がひとつ掛かっていたが、ひょっとして彩色された写真かもしれない。黄味がかった緑色の沙漠の風景だ。石があり、サルビアが繁って、遠くにぼんやりと山が見える。ゲイルには前にどこかで、それと同じものを目にした確かな記憶があった。

彼女は家賃を現金で払った。しばらくの間、彼女は何かと忙しかった。シーツやタオルや雑貨を買い、いくつかの調理用具と食器も揃え、タイプライターも手に入れた。銀行に口座も開かなくてはならなかった。それで旅行者ではなく、その国に居住する人間になった。一ブロックも離れていないところに何軒か店があった。食品雑貨店、中古品店、薬局、紅茶店《ティーショップ》。どれも見栄えのしない小さな店だ。入り口に細長い色つきの紙が暖簾《のれん》のように吊されて、正面の歩道には木製の日よけが張り出している。店に並べられた品物は限られている。紅茶店にはテーブルが二つしかなく、中古品店にはごく当たり前の一軒の家からかき集めてきた程度の品物しかなかった。食品雑貨店のシリアルの箱、薬局の咳止めの瓶、錠剤の包み、それらはみんな単独で棚にぽつんと置かれている。まるで特別な価値とか、特別な意味を持つ品物であるかのように。

それでも彼女は、必要とする品物をそこで手に入れることができた。中古品店で彼女はゆったりとしたコットンの花柄のドレスを何着か見つけ、食料品の買い物のために麦わらのバッグを見つけた。そのようにして彼女は近所で見かける普通の女性になった。日焼けしていない青白い手足をむき出しにし、早朝か夕方に買い物に出る中年の主婦たち。ぺらぺらの麦わら帽も買う。そしてそれでみんなと同じように、ぼんやりとした、そばかすのある、いかにも眩しそうな目をした柔らかな顔を太陽から隠す。

六時頃に夜は出し抜けにやってくる。日が暮れてからやることを見つけなくてはならない。部屋にはテレビはない。しかしいくつか並んだ商店の先に貸本屋がある。一人の年取った女が、自宅のフロント・ルームを店にしている。彼女はヘアネットをかぶり、この暑さにもかかわらず、灰色のライル糸のストッキングをはいている（当世、いったいどこで灰色のライル糸のストッキングなんてものが見つけられるのだろう？）。彼女の身体は栄養不足で、唇は色を欠いて堅く、微笑みを浮かべることはない。彼女は、ゲイルがキャサリン・ソーナビーに成りきって手紙を書くときに、モデルとして頭に留めておかなくてはならない人物だ。彼女はその貸本屋の女と顔を合わせるたびに、その名前で考えることにする。彼女はほとんど毎日その女と顔を合わせる。一日に一冊しか貸し出しが許されていないし、ゲイルは一晩で一冊を読んでしまうからだ。キャサリン・ソーナビーがここにいる、とゲイルは思う。彼女は死んで、数ブロック離れた場所の、新しい肉体に移動したのだ。

ソーナビー家の楯形紋章がどうのこうのという話は、本から得た。最近借りて読んだ本の一冊ではなく、もっと若い頃に読んだ本だ。主人公は楯形紋章を持たないのだが、大きな土地屋敷の相続人としてまさに相応しい男である。その本のタイトルは思い出せない。彼女は当時『荒野の狼』とか『デューン』みたいな本ばかり読んでいる人々と一緒に暮らしていた。あるいはクリシュナムルティ〔訳注・インド生まれの宗教的哲人〕の本とか。そして彼女は言い訳をしながらヒストリカル・ロマンスを読んでいた。ウィルはその手の本を読むこともないだろうし、そういう種類の情報を拾い上げることもあるまい。そしてキャサリンの非礼を糺《ただ》すために、しかるべき返信を彼が書かずにはいられないことも、ゲイルにはよくわかっている。

彼女は貸本屋で借りた本を読みながら待った。それらの本は、彼女が二十年前に読んでいたロマンス小説よりも、更に以前に書かれたものであるようだった。そのうちの何冊かは、彼女が家を離れる前に、ウィニペグの公立図書館で借りたことがあったが、それらは当時でさえ既に時代遅れに思えたものだった。『リンバーロストの娘』『青い城』『マリヤ・シャプドレーヌ』など。それらの本は当然ながら、ウィルに出会う以前の彼女の人生を思い出させる。かつてそういう人生もあったのだ。そしてもしそうしようと思えば、そこから何かを掬《すく》い上げることもまだ可能だった。ウィニペグには妹が住んでいる。施設に入っている叔母もいる。彼女はまだロシア語で本を読んでいる。ゲイルの祖父と祖母はロシアからやってきたし、両親もまだロシア語を話すことができる。彼女の本当の名前はゲイルではなく、ガリヤだ。彼女は十八歳のときに家族を切り捨てた。それとも向こうが彼女を切り捨てたのか。彼女は家を出て、国中をふらふらと放浪した。その時代、多くの人間が同じようなことをしていた。最初は何人かの友だちと、それからボーイフレンドと。そしてまた別のボーイフレンドと。彼女はビーズのネックレスを作り、スカーフを染めて、路上で売った。

ディア・ミズ・ソーナビー

楯形紋章つきソーナビー家と、楯形紋章なしソーナビーとの間の大きな相違について貴重なご教示を賜り、感謝するばかりです。貴女は私が後者の一員ではないかという強い疑念を抱いておられるようです。一言申し上げますと、私はそのような神聖な土地に足を踏み入れようとか、あるいはTシャツにソーナビー家の紋章を印刷しようとか、そんな目論見を持っているわけではありません。私の国ではそういうことをあまり重要問題とは見なさないのです。またオーストラリアでその手のことが重要に考えられているとも思いませんでした。しかしどうやらそれは私の考え違いであったようです。おそらくあなたは長いあいだ超然と暮らしておられて、価値観の移り変わりに気がつかれなかったのでしょう。私はまったくそうではありません。私は教職についておりましたし、また年若い妻のエネルギー溢れる主張に、絶え間なく立ち向かわなくてはならないからです。

私の意図は邪気のないもので、ただこの国で、アカデミックな演劇サークルの外部にいる誰かと触れ合いたいというだけのことでした。妻と私はその世界にどっぷり浸かりきっているようです。私はカナダに母を置いてきました。彼女のことを懐かしく思います。実を言うと、あなたの手紙は少しばかり母を思い出させました。彼女は冗談として なら、そういう手紙を書くことができそうです。しかしあなたの場合はおそらく、冗談で書いておられるのではありますまい。それは私には「高貴な家柄をめぐる訴訟事件」みたいに響きます。

自分が攻撃を受け、ある種の動揺をきたしたとき——どういうときにそうなるのか予測するのは困難だし、おおかたの人は彼が動揺していることにも気づかないのだが——ウィルはずいぶん嫌みな人間になる。アイロニーの精神が消え失せてしまう。派手な立ち回りを演じ、その結果人々に「みっともない」という気持ちを抱かせる。人々は（彼の意図に反して）自らを恥じるよりは、彼のことをみっともないと見るのだ。そういうことはたまにしか起こらないが、それが起こるのはいつも、「自分は正しく評価されていない」と彼が感じるときだ。そういうときには彼は、正しく自己を評価することさえやめてしまう。

それと同じことが起こったのだ。ゲイルはそう思う。サンディーと、嵐のごとき信念を有する彼女の若い仲間たち、彼らの頭でっかちな正義感、そういうものがウィルを惨めな気持ちにしているのかもしれない。彼のウィットは見過ごされ、彼の情熱は時代遅れになる。彼らの仲間入りをすることはできない。サンディーと結びついているという誇らしさは、だんだん苦みを増していく。

彼女はそう考える。彼は自信をなくし、不幸で、ほかの誰かと知り合いたいという気持ちになっている。そして彼は家系のことを考えた。花が咲き誇るのをしばしもやめず、鳥たちがどこまでも我が物顔に振る舞い、昼間が焼け付くように暑く、夜があまりに唐突に降りてくるこの国で。

ディア・ミスタ・ソーナビー

あなたは本気でこのようにお考えになったのでしょうか？　名字が同じだというだけで、私がうちのドアを大きく開き、にこやかに「ウェルカム・マット」を出してくれるだろうと。アメリカではたしか「ウェルカム・マット」と呼ばれているのでしたわね？　あなたはアメリカという中には、もちろん避けがたくカナダも含まれているわけですが。あなたは当地にもう一人の母親を求めておられるのかもしれませんが、私としてはそのような栄誉は願い下げです。もうひとつ、あなたは私の年齢について大きな思い違いをしておいでです。私はあなたよりもいくつか年下です。ですから私をヘアネットをかぶって、灰色のライル糸のストッキングをはいた年寄りの独身女として想像するのはやめてください。私も、たぶんあなたに負けず劣らず、今の世界を承知しております。私はよく旅行をします。大型店のためにファッションの買い付けをしてまわっているからです。ですから私の頭は、あなたがお考えになっておられるようには時代遅れではありません。

この家系的友誼《ゆうぎ》の中に、あなたの多忙にして活力に満ちた年若い奥様が含まれることになるのかどうか、あなたは述べておられません。あなたがご夫婦以外の人間関係を必要としておられるとは、私にとっては実に驚きです。そのような「五月と十二月」的カップルについては、日頃新聞や様々なメディアで、多くの話が喧伝されております。そのような関係がいかに刺激的であり、男の人たちがどれほど幸せに、温かい家庭や子供たちを手に入れていくかを。（自分たちと年齢の近い女性を相手にした「試験運転」についてはあえて申しますまい。またその女性たちが、どのように孤独な生活を手に入れるかについても！）ですからもし「家庭的な感覚」を欲しいとお思いなら、あなたご自身がパパになればおよろしいのでは！

そういう文章がすらすら書けることに、ゲイルは自分でも驚いてしまう。彼女は常々手紙を書くのが苦手だった。書き上げた手紙は退屈で、通り一遍のものだった。ダッシュの多用、不完全なセンテンス、時間が足りないことの詫び。この精妙でいかにも嫌みな文体を、自分はいったいどこで身につけたのだろう？　どこかの本からだろうか？　楯形紋章についてのナンセンスと同じように。彼女は公園に出かけて、その手紙を投函する。大胆な、満ち足りた気持ちで。しかし翌朝早く目を覚まし、あれはちょっとばかりやり過ぎたと思う。あの手紙にウィルは返事を書かないだろう。もう二度と彼から手紙を受け取ることはあるまい。

彼女は起きて、建物の外に出て、朝の散歩をする。店はまだ開いておらず、貸本屋の窓の壊れたベネチアン・ブラインドは、閉じられるだけ閉じられている。彼女は川まで歩く。ホテルのわきに細長い公園がある。午後遅くになると、その公園を歩くことはできなくなるし、腰も下ろせなくなる。ホテルのヴェランダはいつもビールを飲んでいる騒々しい酔っぱらいでいっぱいで、公園は彼らが罵声を浴びせかけられる距離にあるからだ。あるいはビール瓶が届く距離に。今はヴェランダは無人だ。ドアもすべて閉まっている。そして彼女は公園の樹木の下を歩く。マングローブの切り株のあいだを、川の茶色の水が物憂く広がって流れている。鳥たちは河面を飛び、ホテルの屋根に舞い降りる。彼女は最初それはカモメだと思ったのだが、やがてそうじゃないことがわかる。カモメより小さく、艶やかに真っ白な翼と胸には、ピンク色に染まった小さな部分がある。

公園には二人の男が座っている。一人はベンチに、もう一人はベンチの脇に置かれた車椅子に。二人の顔には見覚えがある。彼女と同じ建物に住んでいて、毎日散歩に出る。一度二人が通り抜けられるように、格子戸を押さえてあげたことがある。二人の姿は近所の店でも見かけたし、紅茶店のテーブルにいるのを窓の外から目にしたこともある。車椅子に座った男はずいぶん年老いて、病んでいるようだ。顔には、まるで古くなって膨らんだペンキのように、襞《ひだ》が寄っている。サングラスをかけ、真っ黒なかつらをつけ、その上に黒いベレー帽をかぶり、身体は毛布にぴったりくるまれている。太陽が高くなり、暑くなっても同じだ。彼女が二人を目にするとき、老人はいつも格子柄の毛布にくるまれている。

その車椅子を押す男は――今はベンチに座っているが――まだ若く、育ちすぎた少年のように見える。長身で手足は太いが、逞しくは見えない。幼い巨人というところだ。育ちすぎてしまった自分に戸惑っているようでもある。力はありそうだが、運動選手ではない。分厚い腕や脚や首には、どことなく不器用な印象がある。それは臆病さの表れかもしれない。赤毛は髪だけではなく、むき出しの太い腕にも、シャツからのぞく胸元にも密生している。

二人の前を通り過ぎるとき、ゲイルは足を止める。おはようございます、と彼女は言う。若い男は聞こえないくらいの声で挨拶を返す。世界を偉そうに見下ろすのが彼の流儀であるようだ。しかし自分の挨拶が相手をぴくっとさせたことがゲイルにはわかる。恥ずかしさのためか、あるいは不安のためか。それでも彼女は更に話しかける。「あれはなんという鳥かしら？　いたるところで見かけるのですが」

「ガラ・バード」と青年は言う。その響きは彼女の子供の頃の呼び名に似ている。彼女が「もう一度言ってくださらない」と言いかけたとき、呪詛の羅列のように聞こえる言葉を老人が大声で発する。単語はもつれあい、意味がつかめない。どこかのヨーロッパの言語のアクセントに、オーストラリアのアクセントが重なっているからだ。しかし凝縮された悪意がそこに込められていることに疑いの余地はない。そしてその言葉は彼女に向けられたものだ。老人は前屈みになり、自分を支えているストラップからまさに身をふりほどこうとしている。ゲイルに飛びかかり、襲いかかり、見えないところに追い払うつもりだ。若い男は詫びの言葉も口にしないし、ゲイルには目もくれない。老人の方に屈み込んで、優しく押し戻すだけだ。彼に向かって何かを口にするが、何を言っているのかは聴き取れない。説明が与えられる見込みはなさそうだ。だからそのまま歩き去る。

十日間、手紙は来ない。無言。どうすればいいか、彼女にはわからない。毎日散歩をする。それ以外にはほとんど何もしない。「ミラマール」はウィルの住んでいる通りからほぼ一キロ半しか離れていない。彼女はその通りには決して足を踏み入れないし、自分はテキサスから来たと店主に告げた店にも入らない。最初の日にどうしてそれほど大胆になれたのか、自分でも信じられない。彼女はその近辺の通りを歩く。それらの通りはどれも丘の尾根沿いに続いている。斜面に家屋がしがみつくように建つ尾根と尾根の間には、切り立った小さな峡谷があり、そこは樹木と鳥たちで溢れている。太陽が高く昇っても、鳥たちが鳴きやむことはない。カササギたちは賑やかなおしゃべりを続け、ときにはさっと現れて、彼女の明るい色の帽子のてっぺんめがけて威嚇的な飛行をおこなったりする。彼女自身の名前に似た名を持つ鳥たちは、飛び立つときに愚かしい声を上げ、空を旋回し、樹木の葉の中に潜り込む。頭がくらくらして、汗ばみ、日射病で倒れるのではないかと心配になるまで、彼女は歩き続ける。ウィルのあの何より見慣れた姿を目にするかもしれないと思うと、恐怖と期待とで、暑さの中にありながら身が震える。彼はどちらかというと小柄で、きびきびしている。自由闊達な足取りで歩く。その姿かたちはこの世界中の何にも増して、彼女を苦しめ、また癒してくれる。

ディア・ミスタ・ソーナビー
今回は短いお手紙になります。もし先日私があなたにお送りしたお返事が非礼で軽率なものであったとしたら（そのように私には思えるのですが）、そのことをお詫びしたく存じます。ここのところ、私はいささかのストレスを感じています。そしてそれを解消するべく休暇をとっております。そのような状況下にあっては、ときとして普段はとらないような行いをとってしまうこともありますし、ものごとを理性的な目で見るということも……

ある日、彼女は公園もホテルもそのまま通り過ぎて歩く。ホテルのヴェランダは午後の酔客で騒々しい。公園の木々は揃って開花を迎えている。その花の色あいは以前にも目にしたことはあるが、それが樹上に咲くなんて想像もできなかった。銀色がかった青、あるいは銀色がかった紫、とても繊細で美しい色なので、それはまわりのすべてに衝撃を与え、みんなを黙り込ませ、瞑想に耽《ふけ》らせるだろうとつい思ってしまう。でもそううまくはいかない。

「ミラマール」に戻ったとき、階下の廊下に赤毛の若い男が立っているのを彼女は目にする。彼と老人が住んでいる部屋のドアの外だ。閉まったドアの中からは激しい糾弾の声が聞こえてくる。

若い男は今回は彼女に向かって微笑みかける。彼女は立ち止まり、二人でそこに立って耳を澄ませる。

ゲイルは言う。「もし待っているあいだどこかに腰を下ろしたければ、二階にいらっしゃい。遠慮することはありませんから」

彼は微笑みを浮かべたまま、首を横に振る。まるでそれが二人の間だけに通じるジョークであるみたいに。彼をそこに残して立ち去る前に、何か別のことを口にした方がいいような気がする。だから彼女は公園で見た木のことを尋ねる。「先日の朝お目にかかった公園の、あのホテルの隣に生えていた木ですが」と彼女は言う。「今はちょうど花が満開になっています。あの木はなんていう名前でしたかしら」

青年の口にした言葉が聞き取れない。もう一度繰り返してくれと彼女は頼む。「ジャック・ランダ」と彼は言う。「あれはジャック・ランダ・ホテルです」

ディア・ミズ・ソーナビー

しばらく留守にしておりました。戻ってみると、あなたからの二通の手紙が届いていました。順番を逆にして開封したのですが、それでもとくに支障はありませんでした。私の母が亡くなりました。その葬儀のためにカナダに「帰郷」していたのです。あちらは秋で、冷え込んでいました。多くのことが変わっていました。どうしてこんなことをあなたに向かって書かなくてはならないのか、私にはそのわけがまったくわかりません。我々はお互いそもそも、出発点からしてすれ違っていたのです。最初の手紙を受け取ったあと、弁明の手紙を受け取らなくとも、最初の手紙をいただいた時点で、私はそれをいただいたことを、私なりの一風変わった思いで喜んでいただろうと思います。私はあなたに、とても横柄で不愉快な手紙を書きましたし、あなたは同じような手紙を私にお書きになりました。その横柄さと不愉快さと、喧嘩腰の姿勢には、どことなく覚えがあるような気がします。あなたの紋章付きの怒りを覚悟の上であえて申し上げれば、私たちはひょっとしてどこかで血が繋がっているのかもしれませんね。

ここで私は流浪の身になっているような気がします。私は妻と、演劇関係の彼女の友人たちのことを高く評価しています。その熱意とひたむきさと献身ぶりを。自分たちの才能を用いて、世界をより良い場所にしていこうとする彼らの希望を（その希望と熱意が、彼らの才能をしばしば上回っているように見えることを打ち明けないわけにはいきませんが）。でも私には彼らの仲間入りをすることはできません。そのことは、私がそれを知る前から、彼らにはわかっていたようです。私があなたのような人に向かって、手紙の中にこんなことを書くなんて、あのおぞましいフライトのあとで、そして時差のおかげで、頭が朦朧としているからに違いありません。あなたはご自分のいくつかの問題を抱え、そしてきわめて明らかに、私の問題にまで煩《わずら》わされたくないという意思を表明しておられます。ですから、私の頭の中にある戯言をこれ以上あなたに押しつける前に、手紙を終えてしまった方がいいのでしょう。ここであなたがこんな手紙はもううんざりだと、読むのをおやめになったとしても、それはきわめて当然のことであり……

ゲイルはソファに横になり、その手紙を両手でお腹に押しつける。多くのものごとが変わってしまった。つまり彼はウォリーにいたのだ。そこで彼女が店を売却し、長い世界旅行に出たということを知らされた。でも前もってそれをクリータから教えられていたということはあるだろうか？　いや、それはあるまい。クリータは口の堅い人だったから。そしてゲイルがそこを離れる直前、病院を訪れたとき、彼女はこう言った。「これからしばらくのあいだ、誰にも会いたくないし、誰かの声も聞きたくない。手紙なんかにも煩わされたくない。ここでの治療は、少しばかりメロドラマチックに成らざるを得ないからね」

そしてクリータは亡くなった。

クリータが死に向かっていることはゲイルにもわかっていた。しかし自分がここにいる間は、あちらでは大きな変化はあるまい、当分は今のままだろうと、なぜかゲイルは考えていた。クリータは死に、ウィルに残されたのはサンディーだけだ。そしてたぶんサンディーは彼にとって、もう以前ほどの意味を持っていない。

ドアがノックされる。ゲイルは息を呑み、飛び上がる。そして髪を覆うためのスカーフを探す。管理人だ。彼は彼女の名乗っている偽名を呼ぶ。

「あなたにお知らせしておきたいことがありましてね。人が来て、あれこれ質問をしていきました。その男は私にミス・ソーナビーについて尋ねたんです。ああ、あの方は亡くなりましたよ、と私は言いました。亡くなってしばらくになります。その男は、まさか、そんな、と言いました。いいえ、ほんとに亡くなったんです、と私は言いました、ふうん、そいつは妙だな、とその男は言いました」

「何が妙なのか、その理由を彼は言いましたか？」とゲイルは訊いた。

「いいえ。それで私は言いました。ミス・ソーナビーは病院で亡くなって、その部屋には今はアメリカ人のご婦人が住まわれていますって。あなたがアメリカのどこから見えたのか、場所をすっかり忘れてしまって。その人もやはりアメリカ人みたいな話し方をしておりました。だから興味を持ったのかもしれませんな。私は言いました。ミス・ソーナビーが亡くなったあと、彼女宛てに手紙が一通来たんですが、それはひょっとしてあなたの出した手紙ですかって。私はそれを差出人に戻るように投函したと言いました。ええ、たしかにそれは私が書いた手紙です、とその人は言いました。でもうちには戻ってこなかったな、と。どこかできっと手違いがあったのでしょう、とその人は言いました」

きっとそうでしょう、とゲイルは言った。「人違いみたいなことでしょう」

「ええ、きっとそんなところでしょうな」

ディア・ミズ・ソーナビー
あなたが既に亡くなっておられるということが私の関心をひきました。人生とは摩訶不可思議であるということを私は承知しています。しかしこれほど摩訶不可思議であるとは、これまで寡聞にして気づきませんでした。あなたは誰で、いったいどういうことになっているのですか？　ソーナビー家についての長談義は要するに、ただの意味のない長談義であったわけですね。あなたはどうやら暇と、空想を自由に操る才を、たっぷり持ち合わせておられる方らしい。私はかつがれるのは好きではありませんが、他人をかつぎたいという誘惑が理解できないわけではありません。さて、私はあなたに事情を説明していただく権利を有しているはずです。これは何かのジョークなのだという私の推測は正しいのでしょうか？　それとも私は墓場の向こう側にいるどこかの「ファッションの買い付け人」とやりとりをしている、ということなのでしょうか（あなたはどこでそんなアイデアを得られたのでしょう？　それともそれは真実なのですか）？

食料品の買い物に出るとき、彼女は建物の裏口を使い、店まで遠回りして歩く。同じ道を戻って、やはり裏口から中に入ろうとしたとき、ゴミ箱の間に立っている赤毛の若い男に出くわす。もし彼がそれほど長身でなければ、そこに隠れていると人は思ったかもしれない。ゲイルは彼に声をかけるが、相手は返事をしない。彼は涙越しに彼女を見ている。まるで涙なんて波ガラスと同じ、ごく通常のものだといわんばかりに。

「お父さんの具合が悪いの？」とゲイルは青年に言う。きっと二人は親子に違いないと彼女は決めていた。普通の親子よりは年齢が開きすぎていたし、見かけもまるで似ていなかったにしても。そして青年の我慢強さと忠実さは、息子が通例父親に対して見せる態度を遥かに超えたところにあったにしてもだ（昨今はそれと真反対の場合が多いのだが）。とはいえ二人の関係はまた、雇用された付添人が雇用主に示す態度を遥かに超えたところにあった。

「いいえ」と青年は言う。表情は物静かだが、赤毛の人特有の繊細な皮膚の下で、顔全体がまるで溺れるみたいに紅潮していく。

恋人同士なのだとゲイルは思う。彼女はそのことに突然思い当たる。同情心で身体が震える。そこには風変わりな満足がある。

恋人たち。

彼女は暗くなってから郵便受けのところに降りていって、新しい手紙を目にする。

あなたは「ファッションの買い付けの旅」に出ておられて不在なのだろうと考えるところでしたが、管理人の話では、その部屋に住まわれるようになってから、あなたは一度もそこを留守にしたことはないということです。つまり、あなたの「休暇」はまだ続いているということなのでしょう。また、あなたは黒髪だと彼は言っていました。どうやら私たちは、新聞広告で知り合った人々がやるように、ざっくばらんにお互いの外見を交換した方がいいみたいですね。そのうちにびくびくしながら写真を交換するとか。どうやら私はあなたを知ろうと試みることで、自ら進んで自分をまったくの愚か者にしているようです。もちろんそんなことは世間では決して目新しいことではなく……

ゲイルは丸二日、部屋を出ない。ミルクが切れて、コーヒーをブラックで飲まなくてはならない。コーヒーも切れてしまったら、いったいどうすればいいのだろう？　ありあわせのもので半端な食事をとる。パンがなくなってサンドイッチが作れなくなると、クラッカーに缶詰のツナを載せて食べる。それからチーズの乾いた端っこと、マンゴーをふたつばかり。彼女は部屋を出て「ミラマール」の階上の廊下に行き――まずドアを少しだけ開け、住人の気配がないことを確かめて――通りを見下ろせるアーチ型の窓のところに行く。遥か昔の感覚が彼女の中で蘇る。視野に入る限られた通りの一画を見つめているときの感覚だ。そこに一台の車が姿を見せるはずなのだ。いや、それは姿を見せるかもしれないし、見せないかもしれない。車そのものをひとつひとつ思い出すことだってできる、ブルーのオースチン・ミニ、えび茶色のシヴォレー、ファミリー・ステーション・ワゴン。それらの車での短い道行き。禁制を破る行為、目も眩《くら》むような大胆な承諾。ウィルに出会う遥か以前の話だ。

今のウィルがどんな服を着て、髪をどんな風にカットしているのか、どんな歩き方をし、どんな表情をしているのか、彼女には知るべくもない。この地で生活していれば、それなりの変化はあるはずだ。でも彼女ほど大きく変化しているとは思えない。浴室のもの入れについた小さな鏡を別にすれば、アパートメントの中には鏡というものがない。しかし鏡がなくても、自分がどれくらい痩せたかはわかる。顔の皮膚が屈強になったこともわかる。こういう気候の中では、色白の肌はしばしば生気を失い、皺がよってくるものだが、彼女のそれはまるでくすんだキャンバス地のような見かけになっている。でもこれは修復可能だ、と彼女は思う。しかるべくメイクアップを施せばなんとか、異国的憂愁みたいな雰気にもっていくことはできる。むしろ髪が問題だ。根もとの赤が見えてきている。白髪もあちこちで光って見える。彼女はほとんどいつも髪をスカーフで隠している。

管理人が再び彼女の部屋のドアをノックしたとき、一秒か二秒の間、狂気に満ちた期待がゲイルの頭をよぎる。彼は彼女の名前を呼び始める。「ミセス・マッシー、ミセス・マッシー！　ああ、あなたならいらっしゃると思っておった。ちょっと下に降りてきて、手伝っていただけませんか。下の階の男のことです。ベッドから落っこちちまって」

彼はゲイルの先に立って階段を降りていった。手すりをしっかり握り、震える足を一歩ずつ、もどかしそうに下の段に下ろしながら。

「彼の連れの姿が見えません。どうしたんでしょうな。昨日から見かけておりません。私は人の出入りをなるべく頭に入れるようにしていますが、口出しするつもりはありません。たぶん夜になれば戻ってくるだろうと考えておりました。それで玄関広間の外を掃除していたら、どすんという大きな音が聞こえたんで、いったい何が起こったのだろうと、駆けつけました。この人が一人きりで、床に倒れておりました」

そのアパートメントは、ゲイルの部屋とさして変わりない広さだ。家具の配置も同じ。竹のブラインドの上にカーテンがかかっていて、おかげで中はひどく暗い。煙草の匂いや、古い調理臭や、松の芳香剤みたいな匂いが漂っている。ソファ・ベッドが広げられ、ダブルベッドにしつらえられ、老人がその足もとの床に横たわっている。寝具を摑んだまま床に転落したらしい。かつらをつけていない頭は、汚れた石鹼みたいにつるりとしている。両目は半ば閉じられ、喉の奥から耳障りな音が聞こえる。エンジンが空しく始動を試みているような音だ。

「救急車は呼んだ？」とゲイルは言う。

「この人の向こう端を持ってもらえませんかね」と管理人は言う。「私は背中を痛めておりまして、またおかしくなってしまうとまずいんで」

「電話はどこにあるの？」とゲイルは言う。「脳溢血を起こしたのかもしれない。腰の骨を折っているかもしれない。病院に運ばなくちゃならないわ」

「そう思いますか？　この人のお友だちは一人で楽々とこの人を抱え上げておったんですがね。力のある人だったね。でもどっかに消えちまった」

ゲイルは言う。「私が電話してきます」

「ああ、それはだめ、だめ。私のオフィスの電話の上に番号が書き留めてあるんです。そこにほかの人を入れることはできません」

老人と二人であとに残されて、相手にはたぶん聞こえないと思いながらも、ゲイルは言う。「大丈夫ですよ。もう大丈夫。救急車を呼びますから」。彼女の声は愚かしいほど愛想良く響く。彼女は身を屈め、肩の上まで毛布をかけてやろうとする。すると驚いたことに、ふらふらと震える手が伸びてきて、彼女の手を探し求め、そしてぎゅっと握る。彼の手は細く骨張っているが、十分な温かみを持ち、恐ろしいほど力が強い。「ここにいますよ。ここにいますよ」とゲイルは言う。そして私はあの赤毛の若者のふりをしているのかしらと思う。あるいは他の若者のふりか、どこかの女のふりか、それともひょっとしたら彼の母親の真似かもしれない。

悲痛な鼓動を思わせる叫びとともに、救急車が早々に到着する。そして時を移さず、台付きの担架を持った救急隊員が部屋に入ってくる。管理人が彼らのあとからどすどすと足音を立ててやってくる。「……一人では動かせなかったんですよ。ですから、どうしようもなくて、こちらのミセス・マッシーに上から降りて来ていただいて」

彼らが老人を担架に乗せる間、ゲイルは手を引っ込めなくてはならない。老人は苦情を口にする。あるいはただ彼女の耳に苦情と聞こえただけか。ずっと切れ目なく続いている不随意の呻《うめ》きに、「ああ・うん・あんは」が余分に加わったというだけなのだ。それで彼女は、そうすることが可能になると、すぐにまた彼の手を取る。そして老人が担架で押されて運ばれていく隣を、それに合わせてちょこちょこと歩く。手を強く握りしめられていると、彼女はまるで自分が彼に引っ張られていくような気持ちになる。

「彼はジャカランダ・ホテルのオーナーだったんです」と管理人は言う。「ずいぶん前のことですが。あのホテルのオーナーだった」

何人かの人が通りにいたが、誰も立ち止まらなかった。誰も、自分がぽかんと見物しているところを人に見られたくはない。彼らはそれを見たくもあり、同時に見たくもない。

「この人と一緒に乗ってかまいませんか?」とゲイルは言う。「手を離したくないみたいなので」

「あなたのいいように」と救急隊員の一人が言う。そして彼女は救急車に乗り込む。というか、正確には、握った手が彼女をその中に引っ張り上げる。救急車の係員が彼女のために小さな補助席を下ろしてくれる。ドアが閉まる。救急車はサイレンを鳴らしながら出発する。

そのとき救急車の後部ドアの窓から、彼女はウィルの姿を目にする。彼は「ミラマール」から一ブロック離れたところにいて、そちらに向かって歩いている。彼は明るい色合いの半袖のジャケットを着て、揃いのショートパンツをはいている。サファリ・スーツなのだろう。ずいぶん白髪が増えている。あるいは髪が太陽で漂白されたのだろうか。しかしそれがウィルだと彼女には一目でわかる。いつだって、どこにいたって、彼だとわかる。そして彼の姿を見れば、声をかけずにはいられない。ちょうど今のように。彼女は席から飛び上がって、老人の握りしめた手をふりほどこうとさえする。

「あれはウィルだわ」と彼女は救急車の男に言う。「ああ、すみません。うちの夫なんです」

「あなたがスピードを上げている救急車から飛び降りるところをご主人は見たくないはずですよ」と男は言う。それから彼は言う。「あれあれ、いったいどうしたのかな?」。それから一分かそこら、彼は老人に職業的注意を注ぐ。やがて身体をまっすぐに起こして言う。

「亡くなりました」

「でもまだ私の手を握っているわ」とゲイルは言う。しかしそう言いながら、それが真実でないことに気づく。ついさっきまで、たしかに彼はすごい力でゲイルの手を握り締めていた。彼女がウィルの方に飛んでいこうとするのを引き留めんばかりに。しかし今では、むしろ彼女の方が彼の手にしがみついている。彼の指はまだ温かい。

彼女が病院から帰ってきたとき、彼女は郵便受けの中に短い手紙を見つける。それは彼女が期待していたものだ。

ゲイル。君だということはわかっている。

急ぐんだ。急げ。家賃はもう払ってある。管理人宛ての書き置きを残していかなくてはならない。銀行から預金を引きだし、空港に向かい、フライトを見つけるのだ。服はそのまま置いていけばいい。淡いブルーの安っぽいプリントのドレスも、ぺらぺらした帽子も。貸本屋から借りた最後の本が、ヨモギの花を描いた絵の下の、テーブルの上に載っている。置きっぱなしにして、遅延追徴金のかさむままにしておけばいい。

さもなければ、どんなことが起こるだろう？

彼女がまさに望んでいたことが起こるのだ。でもそれだけは回避しなくてはならない。彼女には唐突にそのことがはっきりわかる。

ゲイル、君がそこにいることはわかっている！　このドアの向こう側に君がいるということは。

ゲイル！　ゲイル！

口をきいてくれ、ゲイル。返事をしてくれ、君がいることはわかっているんだ。

君が聞こえる。君の心臓の鼓動を、鍵穴から聴き取れる。君のお腹がごろごろと鳴る音も、君の脳味噌が跳びはねる音も。

君の匂いもする。鍵穴を通して。そこにいるのは君だ。ゲイル。

喉から手が出るほど望んでいた言葉だって、やはり変化する。待っている間に、言葉にも何かが起こり得るのだ。愛――必要――永遠。愛――必要――永遠。そのような言葉の響きも、ただうるさいだけの騒音になるかもしれない。耳を聾《ろう》する路上のハンマーのような音に。そこでできることといえば、一目散に逃げ出すくらいだ。いつもの習慣で、かしこまってそれをありがたく頂戴したりしないために。

空港の売店で、彼女はたくさんの小さな箱を眼にする。オーストラリアのアボリジニの作ったものだ。丸く、一セント硬貨みたいに軽い。暗い赤の地に、黄色い点の模様が不規則についたものを、彼女は手に取る。その上にむっくりした黒い形象が描かれている。たぶん亀だろう。短い脚を広げている。仰向けにひっくりかえって、絶体絶命というところだ。

これはクリータへのプレゼントにいいわ、とゲイルは考える。まるでこの地で彼女の送った時間がすべて夢であり、そっくり忘れ去り、好きな時点に引き返して、そこからやり直せるみたいに。

クリータのためじゃない。ウィルへのプレゼント？

じゃあ、ウィルへのプレゼントということにしよう。ここから送る？　いや、カナダまで持って帰ろう。遠路はるばる。そしてそこから彼に送る。

黄色い点が勢いよく動き出し、それは去年の秋に目にした光景をゲイルに思い出させる。彼女はウィルと一緒にそれを見た。ある晴れた午後、二人は散歩をしていた。家を出て、樹木の茂った堤を川沿いに歩いた。そしてこれまで話に聞いてはいたが、まだ目にしたことのなかった光景に出くわした。

何百もの、おそらくは何千もの数の蝶々が木からぶらさがっていた。蝶たちはヒューロン湖の岸辺沿いに下り、エリー湖を渡り、更に南下してメキシコまで旅する。その長旅の前に羽を休めているのだ。彼らはまるで金属でできた葉のように木にくっついていた。金箔のようにも見える。宙に放り上げられた黄金の薄片が、そのまま枝にひっかかってしまったのだ。

「聖書に出てくる黄金の雨のようね」とゲイルは言った。

君はジュピターとエホヴァとを混同している、とウィルは言った。

そのとき既にクリータは死に向かっており、ウィルはサンディーとつきあっていた。この夢は既に始動していたのだ。ゲイルの旅行と、なりすましも。そしてドア越しに叫ばれたと彼女が想像した――信じた――いくつかの言葉も。

愛――許し。

愛――忘却。

愛――永遠。

路上のハンマー。

その小さな箱が包装されて遠くに送られる前に、いったい何を中に入れればいいのだろう？　ビーズ、羽根、精力剤？　あるいはつぶてのように小さく堅く畳まれたメモ？

私を追いかけるかどうか、今度はあなたが決める番。

「ジャック・ランダ・ホテル」

誰もが認める短編小説の名手、アリス・マンローの書いた奇妙な味わいのラブ・ストーリー。*Open Secrets* という短編集に収められている。主人公はもう若くはない女性。生活を共にしていた男が若い娘と恋に落ち、主人公を捨ててオーストラリアに駆け落ちをする。彼女は経営していた店を売り、男を追いかけてオーストラリアに渡る。そしてそこに部屋を借り、別人になりすまし、逃げた恋人を相手に奇妙な文通を始める。

この小説を読んでいて思うのは、出てくる人物がみんな「どことなくまともじゃない」ことだ。だから誰に対しても、不思議なくらい感情移入ができない。逃げた男はたしかにいい加減で身勝手なやつだけど、追いかける女にもただ「一途」というだけではすまないエキセントリックなところがある。でもそれでいながら、読者は物語の成り行きにどんどん引きずり込まれ、独特のリアリティーがそこに確立されていく。まるで壁に鋲《びょう》がしっかりと打ち込まれるみたいに。こういうのってやはり芸だよなあと感心してしまう。

ジャカランダは熱帯の樹木で、よく街路樹に使われる。青年がゆっくり音節を区切って発音したのを、ゲイルがジャック・ランダという人名と聞き違えたのだ。微かなすれ違いがこの作品のひとつのモチーフになっている。

【恋愛甘苦度……甘味 ★☆／苦味 ★★★☆】

恋と水素

ジム・シェパード

"Love And Hydrogen"
by
Jim Shepard

ジム・シェパード

1956年コネティカット州生まれ。ブラウン大学に学ぶ。これまでに刊行した7冊の長編小説には、好評を博した *Project X* などのヤングアダルト向け作品が含まれる。短編作品は「ハーパース」「エスクァイア」などに掲載され、短編集 *Like You'd Understand, Anyway* は全米図書賞最終候補となった。妻と3人の子供、2匹のビーグル犬とマサチューセッツ州在住。

想像していただきたい。都市の五ブロックか六ブロックが、ずしんと音を立てて持ち上がり、そのまま宙に浮かび、去っていくところを。全長八百四フィートの飛行船「ヒンデンブルク」号が地上の人々に与える印象は、「巨人たちによって建造されたにしても、彼らの目的にとってさえ、この巨大さはいささか度を越しているのではあるまいか」というものだ。羽布《はふ》を張った外殻と主構造は、カーブを描きながら十六階のビルの高さにまで達している。

マイネルトとグニュッスは、右舷一号エンジン・ゴンドラに降りる梯子の上にいる。二人は必要に応じて、機械工たちに手を貸している。グニュッスは高いところが苦手で、それはみんなを面白がらせる。なにしろ彼らがしがみついているのは、十八フィート下のゴンドラのハッチに繋がっている手すりが一本だけのアルミニウム製のむき出しの梯子なのだ。おまけに彼らは二千フィートの上空にいる。眼下の雲はちぎれながら、次々に消えていく。時は一九三七年、五月半ばの早朝だ。

革製の帽子は顎の下で、留め金でとめられている。しかしゴーグルはつけていない。時速八十五マイルの風が彼らに襲いかかる。船体から外に出るとき、その風に吹き飛ばされないために、どのように腕を梯子の前縁に絡めればいいかを、マイネルトはグニュッスに教える。プロペラ後流のせいで、金属はおそろしく冷たくなり、シープスキンの手袋をつけていてもどきっとするくらいだ。グリップ部分のスエードも、彼らが望むほど確固とした握り心地を与えてはくれない。なにしろ彼らは大西洋の海原の上に、身ひとつでぶらさがっているのだ。一段上がろうとするごとに足は梯子段から外れ、宙にはたはたと舞う。

丸天井つきの容器の中でエンジン相手の作業をしていると、強風からは逃れられるが、寒さから逃げられない。囲われた部分から頭を出すと、熊に平手打ちをくらったほどの衝撃がある。ありがたいことに、今やっているのは推進プロペラの調整だ。容器の後尾は、ブロックとエンジン・マウントのメインテナンスがやりやすいように、むき出しになっている。エンジンは千百馬力のディーゼルで、高さは四フィートある。プロペラは直径二十フィートだ。四つん這いになって振動吸収装置を調整しているとき、プロペラは目の前一フット半のところにある。その音たるや、神様がかんしゃくを起こしたくらいすさまじいものだ。あるいは洞の中のティンパニー、顔に叩きつけられた拳。

マイネルトとグニュッスはどちらもレーゲンスブルクの出身だ。インフレが猛威をふるった悲惨きわまりない時代にマイネルトは二十代、グニュッスは少年時代を送った。当時の人々はマスタードのサンドイッチと、煮たキャベツと、蕪《かぶ》のマッシュを食べて生きていた。グニュッスが一年半にわたって何より大事にしていた玩具は、一本の洗濯ばさみ（父親がそこに顔を描いてくれた）だった。それが今ではこんな立派な職に就けて、二人とも天にも昇る心地だった。その仕事は彼らを高揚感で満たし、疑似特権的なプライド――自らは不死ならざるツアーガイドが、オリュンポス山を案内しながら感じるであろう類いのものだ――で満たす。食事は目がくらむほど豪勢なものだ。ソーセージが山と盛られた皿、何種類かのスープの壺、鹿肉や鱒やバター・ポテトが並べられた大皿。毎日、船客の食事が終わったあとにそういう料理が供される。ツェッペリン飛行船会社の用意する待遇は申し分ない。乗船中も下船時も、乗員に与えられる寝台は、彼らがそれまでに身体を横たえてきたどんな寝台よりも上等だ。

マイネルトとグニュッスは愛し合う仲だ。おかげで何から何まで、話はややこしいことになる。彼らはできる限り機会をみつけ、人目を避けて密会する。この前のフランクフルト発リオ行きの便では、二人は上部気球の内部の、高さ百三十五フィートのところで、濃厚なアクロバット並の抱擁を重ねた。マイネルトはその場所で、ガス袋のひとつの縫い目に損耗がないか点検する仕事を命じられていた。二人の下げた糊の壺はぶつかって、かたかたという派手な音を立てた。しかしおおむね彼らの恋情は、地下の水流として巧妙に隠されているので、たとえ二人の兄弟姉妹だって、彼らの仕事ぶりを目にすれば、その実直清廉さに満足したに違いない。

マイネルトはグニュッスの細部への拘泥ぶりを愛する。すべてのスケジュールと計画についていちいち気をもむ、彼のいじらしい様子を愛する。何か楽しいことがあれば、その気持ちを大事にとっておいて、乗組員の仲間にお裾分けするようなところも好きだ。グニュッスが食事のたびに見せる儀式的なまでの喜悦を、マイネルトは愛する。そして愛好家が『アイーダ』の崇高なる数時間に対して抱くような、期待を込めた熱狂をもって、彼の姿をじっと見つめるのだ。グニュッスは内気で控えめなユーモアの感覚を持っていて、それはいくつか組み合わさると、とりわけ真価を発揮した。首の付け根に、8の字のかたちのロープの入れ墨をしていたが、それは普段は襟で隠されている。無限の記号だ。そして素晴らしく均整のとれた体つきをしている。

グニュッスはマイネルトの肩幅を愛し、ジョニー・ワイズミュラー気取りの素振りのひとつひとつを愛し、無責任きわまりない、向こう見ずな真似をしながら、まわりの非難やもっともな憤りを、涼しい顔で受け流す様子を愛する。マイネルトがそのいかがわしく、狡猾な魅力をひけらかす様を目にして（世の母親が自分の子供たちから最も遠ざけたいと願う類のものだ）、グニュッスは言葉を失ってしまう。夜に自分の寝床の中で、グニュッスはしばしば「彼のよくないところを数え上げるのはもうやめにしなくては」と考える。

そんなことをしていたら、頭がおかしくなってしまう。彼はマイネルトを「やくざじいさん」と呼ぶ。二人は年齢差を好んで冗談のたねにする。

こういう場所で同性愛の行為が見つかったとき、それに対する罰が、職を失うというだけではすまないことは言うまでもない。プルックス船長は公正な人間であり、優れた船長だが、一か月ほど前、グニュックスも居合わせた場所で彼はこう発言した。もし船内で同性愛者を発見するようなことがあったら、文字通りこの司令ゴンドラから放り出してやる、と。

マイネルトは寝床をエックと分け合っている。グニュックスはトーレンと隣り合った寝床だ。それは決められたことだ。グニュックスは寝床の配置換えを願い出ようとしたことがあった。友人同士がより長い時間を一緒に過ごしたいと思って、何がいけないのだ？ しかし日頃は怖いもの知らずのマイネルトがそれに反対した。そいつは危険すぎると。毎晩マイネルトは自分の寝床に横になりながら、それでもあえて危険を冒すべきだったかなと考える。どんなにそうしたかったことか。ひとつの慰めとして彼は、祖父からもらった時代物の銀の懐中時計をグニュックスに渡す。そこにはもともと「私の可愛い坊やに」という銘が刻まれている。

エックは太った小男で、おできができている。実にその名前にふさわしい男だとマイネルトは思う。この男は夜の消灯の前に、いつも同じ十三音の旋律を口笛で吹く。

人はいったいどれくらい、幸福になる資格を与えられているのだろう？ 暗闇の中で、アルミニウム製の寝床に横になって、グニュッスはそれについてああでもないこうでもないと考える。飛行船は魚のように滑らかに空を泳ぎ抜けていく。そこには振動もなければ、移動しているという感覚すらない。

彼はマイネルトに対する自分の思いを誇りに思っている。そのような「天にも昇る心地」を味わうことのできる人間は、彼の知っている限り五人とはいないはずだ。

一方のマイネルトは、乗客の一人といちゃつくようになっていた。グニュッスとの同性愛よりも厳しく罰せられるものがあるとすれば、それは乗客との恋愛関係だ。そのいちゃつきはグニュッスを苛立たせたり、怯えさせたりする。

相手は、いかにも偉そうにしらけた顔をしている、世間によくいる十代の娘だった。男の子のような髪型をして、胸も男の子並みだ。口紅は塗っているが、それ以外には化粧をしていない。彼女の両親は乗組員に対しては丁寧だが素っ気ない態度で接し、初めての飛行船での冒険に、見るからに気を昂ぶらせている。でも娘は違う。彼女はテレスカという東欧風の名前だ。

娘の一家が最初に飛行船に乗り込んできたとき、二人が意味あり気に目と目を合わせるところを見て、グニュッスの胸は痛んだ。乗客たちはタラップのたもとで、おとなしく列を作っていた。グニュッスとマイネルトは、チーフ・スチュワードが乗客のスーツケースや手提げバッグを点検する作業を手伝うために、そこにかり出されたのだ。マッチやライターやカメラのフラッシュや懐中電灯、それに子供の玩具の火薬ピストルまでもが取り上げられた。飛行船の七百万立方フィートに及ぶ水素と、それらの火花が混じり合えば、地獄の光景がもたらされる。地上では二百人の作業員が、飛行船の周辺を取り囲んでいた。彼らはそれぞれ十フィートくらいの距離を開けて配置され、風向きの変化にあわせて、手にしているロープを僅かに引いたり緩めたりした。まるで女王蜂を引っ張っている雄蜂みたいじゃないか、とマイネルトは冗談を言った。午後遅く、雨と霧のために、あたりは青くくすんで見えた。ぐしょ濡れになったヒットラー・ユーゲントの代表団が少人数で、雨で重くなったナチ党の旗を二本立てて、飛行船を見送るべく、気をつけの姿勢でそこに立っていた。

マイネルトはテレスカの旅行鞄を受け取った。テレスカは彼と肩を並べて、中の荷物を細かく改めながら、それを早く奪い返そうとつとめた。二人はお互いにふざけて身体をぶっつけあっていた。

二人は荷物検査の役目を終え、すべての乗客がタラップを渡り終えるまで、気をつけの姿勢で待機していた。「ちょいと不良っぽくて、いけてる女の子だね」とグニュッスは言った。

「小言はごめんだよ、伯母さん」とマイネルトは答えた。

最初の合図の鐘が鳴った。旅行者たちを見送りに来ていた親しい人々が、手を振り、大声で叫んだ。一人の乗客が腕時計を外し、別れの贈り物として物見用の窓から放った。マイネルトとグニュッスが最後に乗船し、タラップを収納した。二千ポンドの重さの水のバラストが落とされ、そのしぶきがヒットラー・ユーゲント代表団の列を総崩れにさせた。高度百五十フィートのところで、船橋・機関室交信機の信号ベルがうるさい音で鳴り出した。そしてエンジンがひとつまたひとつと、轟音をあげて息を吹き返していった。高度三百フィートで再びベルが鳴り、エンジンの高速回転を指示した。

次なる作業に向かう途中で、二人の親友は空いている物見窓のところに寄り、遠くに去って行く地上にしばし目をやった。乗客たちはスイスやオーストリアの山々が、その姿を広い湖面に逆さに映しながら、南の方に過ぎ去っていくのを目にして、口々に驚嘆の声を上げていた。まるで軌道を描く惑星のように滑らかに、飛行船は空に浮かんでいた。

いったん空中に浮かんでしまうと、彼らの生活は文字通り、一対の茫然とする物語と化した。フランクフルトからリオまで三日半。フランクフルトからニューヨークまで二日。A甲板にある二十五の乗客船室には特等室並の快適さで二人が宿泊できて、羽根のように軽く、ほとんど音を立てずに開閉するスライディング・ドアがついていた。B甲板では乗客は、世界最初の空に浮かぶシャワーで身体を洗うことができた。バーに付属して喫煙室があり、そこはまわりを二重にシールされていた。最後の客がおやすみを言って出て行くまで、喫煙室は開けられていた。ラウンジとパブリックエリアの布地の張られた壁は、手描きの絵画で装飾されており、どの部屋もそれぞれのテーマを与えられていた。メイン・サロンには世界地図が描かれ、そこに有名な探検家の辿った足取りが、淡い陰影として書き込まれていた。読書室には、郵便配達の歴史のいくつかのシーンが描かれていた。主通路のてっぺんにある窪みには、黒檀の台座の上に、フォン・ヒンデンブルク将軍のアルミニウム製の上半身像が、後光のような明かりを受けて鎮座していた。二人用にセットされたディナーの席には、その数五十八に及ぶドレスデン陶器と銀器が用意された。バターナイフの柄は、小さなツェッペリン飛行船の形をしていた。サービスでついているスリーピング・キャップの縁には「An Bord Des Luftschiffes Hindenburg〔飛行船ヒンデンブルク号乗船記念〕」という字が入っていた。荷物タグには「Im Zeppelin Über Den Ozean〔ツェッペリン号にて渡洋〕」というスタンプが押され、そこには大洋の真ん中で、「サンタ・マリア」号〔訳注・インド航路発見を目指したコロンブスが乗船した旗艦。この帆船でアメリカ大陸に到達した〕とおぼしき船にのしかかるように浮かんでいるヒンデンブルク号の姿が描かれていた。

なんとかテレスカのことを頭から追い払うことができても、今度は自分の直面する危険と、状況の壮絶さに、グニュッスの頭はくらくらしてしまう。旋回軸の作業用通路は幅十インチしかなく、その全長は七百八十二フィートに及ぶ。そしてそれは、乗客と乗員のコンパートメントから、百十フィート高いところにある。乗組員は、高層建設労働者のような身軽さを要求される。ガス袋の上部を点検するには、ガス吸入パイプに沿って縦に延びる環状の梯子をつたって、十六階ぶんの高さまで登らなくてはならない。そのてっぺんには放射状、らせん形に張られた筋交いワイヤと、主肋材《ろくざい》がある。そこまで高いところに行くと、飛行船の内側はそれ独自の気象を具えているみたいだ。そこには霧がかかっている。七百万立方フィートの水素を支える巨大なガス袋の壁は、膨らんだり、たわんだりしている。

二度目の朝の巡回のとき、四番梯子のいちばん上で、マイネルトは片手で梯子段からぶら下がっている。彼はグニュッスの頭上でゆっくりと回転している。グニュッスは彼の下に、糊の壺を持って控えている。それは、あまりに遠いところで演じられているために感動をもたらさない綱渡りの芸のようだ。マイネルトは戦争中の唄を歌う。戦争のとき、彼は十七歳でLZ98〔訳注・第一次大戦で用いられたドイツ海軍の飛行船〕に乗務し、風向きの良い日にはロンドンを爆撃した。彼の歌う声は上の方で、漂うこだまとなる。

パリでは誰もが身震いし
俺らが来るのを待っている。

伯爵〔訳注・ツェッペリンのこと〕は夜の外出がお好みで
お着きは八時半になるはずだ！

グニュッスはそこに身を落ち着け、耳を澄ませている。作業用通路の両側には大きなタンクがいくつもあり、十四万三千ポンドのディーゼル油と水を貯蔵している。タンクの脇には食品や積み荷や郵便物を入れた隔室が並んでいる。そこはグニュッスのお気に入りの場所のひとつだ。適当に仕事をサボるにはうってつけだ。彼とマイネルトはときどき、ここで二人きりの時を過ごす。積み荷を点検したり、何かを取りに行ったり、貯蔵スペースに足を運ぶための口実はいくらでもある。
良いニュース。へたった継ぎの部分を見つけたという信号を、マイネルトが送ってくる。手助けが必要だ。グニュッスは新たな糊の壺を持って上に行く。ゼラチン状のラテックスを入れた壺も持って行く。厚織りの帆布をガス漏れしないように補強するためのものだ。梯子段を登りながら、彼の勃起はますます硬くなっていく。

修理は完了し、二人とも梯子のてっぺんに近いところにストラップを引っかけている。薄い闇と、カーテンのようになったガス袋の襞が、二人の姿をほとんど見えなくしている。グニュッスは性行為のあとのぼんやりした物思いの中で、マイネルトに尋ねる。これまでの人生でいちばんうっとりした瞬間をあげることができるかい、と。マイネルトはあげることができる。カレー上空の夜間攻撃で偵察員を務めたときだよ。

グニュッスはまだマイネルトの温かい性器を手の中に持っている。そのLZ98はレーマンが艦長を務めていた、とマイネルトは回想する。彼らは霧のせいで、英国内の目標を探し当てることができなかった。しかしカレー上空の状態は、吊りバスケットに乗って偵察をおこなうには理想的だった。四千フィートの高さに厚い雲がかかっていたが、その下の空は水晶のように澄み渡っていた。巨大な飛行船は雲の上にいた方がずっと安全ではあるが、そんなことをしていたら攻撃目標を見つけられない。

その解決法は実に心躍るものだった。目標に近づくと飛行船は、操舵可能なだけのパワーを確保しつつ、モーターをぎりぎりまで減速する。ツェッペリンは雲の層から五百フィート上に浮かび、空中偵察員マイネルトを乗せた偵察用バスケットを、ウィンチとワイヤを使って二千フィート降ろす。バスケットは金属製のカプセルで、内部が空洞になり、上の部分が開いている。彼はそこから眼下を鮮明に見渡すことができる。しかしそのゴンドラは飛行船に比べれば遥かに小さく、地上から姿を見られることはない。

ちっぽけなバケツ同然のものに入れられ、空中に吊り下げられるのは、マイネルトがそれまで味わった中ではもっとも恐ろしく、またもっともわくわくさせられた体験だった。雲の天井の下、都市の明かりの上を、彼はたった一人で流されていった。あたかも神の使者のように。

　要塞の守備隊は飛行船のモーター音を耳にし、その方向に盛んに軽砲の砲撃をおこなった。でも近くで砲弾が破裂してマイネルトを驚かせたのは一度きりだった。

　彼を吊したケーブルはまっすぐ上に延びて、深い暗黒に吸い込まれていた。ケーブルは前のめりになり、カプセルは引っ張られて傾いていた。風は水流のように彼のまわりを流れた。眼下の明かりが行き過ぎていった。枝編み細工の椅子の上から彼は、目には見えない頭上の巨大な母船と無線で連絡をとり、目視とコンパスで針路を指示し、修正した。そして飛行船に四十五分ばかりその要塞の上を行き来させ、小型爆弾と黄燐焼夷弾を投下するタイミングを教えた。雷光を好きなところに投げつけることのできる、魔術師か妖術家になった気分だった。その夜の彼はまさにレーゲンスブルク出身のゼウスだった。爆弾と焼夷弾は鉄道駅で、倉庫で、弾薬集積場で爆発した。爆弾は頭上の暗闇からぬっと現れ、無音の螺旋《らせん》を描きながら、彼のカプセルの脇を過ぎて落ちていった。そして爆発音はいつも背後に運ばれていった。要塞が発する探照灯の楕円形の光が時折、雲の下側を舐めた。テーブルクロスの下を懐中電灯で照らすみたいに。

　グニュッスは固定具でぶら下がったまま、その話に困惑させられている。彼はマイネルトの性器を、開いたままのズボンの中に戻す。

「その感覚は今でもおれに戻ってくるんだ。最高に幸福だと感じているときにな。たとえばハイキングをしているときとか、一人きりでいるときとか」とマイネルトは考えに耽《ふけ》りながら言う。「そしておまえと一緒にいるときにも」と彼はグニュッスの顔を見たあとで付け加える。

グニュッスは自分のズボンのバックルを締め、固定具を外し、用心深く梯子を降り始める。「僕があんたをゼウスのような気分にさせているとは思えないね」と彼は言った。いくぶん悲しげに。

「まあ、パン〔訳注・山羊の耳、角、足を持った牧人の神。性的なシンボルでもある〕みたいな気分にはさせてくれる」とマイネルトは上から声をかける。

その夜、眼下の海上には闇が降りても、物見窓の枠にはまだあかあかと太陽の残光がある。マイネルトとグニュッスはいつもの夕刻の、ウェイターの職務をこなしている。二人の控える位置は、部屋をはさんで向かい合わせだ。ダイニング・ルームは一流ホテルのレストランそのままの光景だ。ただしキャンドルは抜き。夕食のあとも、まだ飲み足りない乗客のために、彼らはB甲板のバーからラウンジや読書室に酒のグラスを運ぶ。窓から見える雲の上側は月光に照らされ、砕ける波のように明るい。テレスカの姿はどこにも見えない。

乗客たちは部屋に引き上げるとき、客船の例にならって、靴を廊下に残しておく。新聞社の特派員たちはサロンで遅くまで起きていて、無線でアメリカに送るニュース原稿をせっせとタイプしている。暗闇と静けさの中で、床に入る前にグニュッスはマイネルトを再び四番梯子の真ん中あたりまで誘う。あの十代の娘とどんなかたちであれ接触をしなかったご褒美として。果てのない彼らの無謀さ、それ自体が愛であるかのように。

空を飛んでいないときの二人の住居は飛行船そのものと同じく、フリードリッヒシャーフェンにある。波ひとつない穏やかなコンスタンス湖の畔だ。その会社の存在が、小さな町を一変させてしまった。それに謝意を表するべく、町の長老たちは町役場の中庭にツェッペリン噴水を造った。噴水の中央には、地球にまたがったツェッペリン伯爵の像がある。その両腕は丸太ほどのサイズの飛行船を抱えている。

フリードリッヒシャーフェンは湖の北側にある。湖を隔てた南側はスイスで、雪をかぶった標高八千フィート余りのセンティス山が望める。マイネルトはグニュッスに山歩きのコツを伝授し、グニュッスはマイネルトに樹木限界線を超えた高地でのオーラル・セックスのコツを伝授した。まるで死への願望をつきつめるかのように、二人は様々な場所で危険な真似を繰り返した。高名なインゼル・ホテルのエレベーターの中で、木彫りで知られたユーバーリンゲンの町の貸間で、歴史を七世紀に遡る古い城のあるメーアスブルクの町で。丘の南斜面に開けた葡萄園で。一度はなんと、マイバッハ・エンジン工場の、ギア製造工程のすぐ近くにある洗面所で。

自分たちの手にしているすべてをふいにするかもしれないリスクを確たる理由もなく冒しつつ、そういう倒錯的な行為に及んでいるときを別にすれば、二人は地元の人々と変わりない普通の生活を送った。日曜日の午後にはコーヒーとケーキをとり、すべての食事の前には、判で押したように生のスモークハムを前菜として食べた。彼らは週末のハイカーとして、二人だけの世界を持った。そしていろいろな登山ルートの得失について限りなく蘊蓄《うんちく》を傾けるという、南部ドイツ人の性癖を身につけていった。フリードリッヒシャーフェンに住んで三年になる頃には、「週末ごとにひとつの山」が二人のモットーになった。彼らは山小屋で夜を過ごした。冬になると、他の誰にも出会わないような辺鄙《へんぴ》な場所で一日スキーをした。もしマイネルトが彼の友人に「君の若き日にいちばんうっとりした経験って、どんなことだ?」と尋ねたなら、グニュッスはこう答えたことだろう。あるクリスマスの休暇に、山小屋で二人きりで過した一週間だと。

二人ともレーゲンスブルクにはもう何年も帰っていなかった。その街についてグニュッスが最も鮮明に覚えているのは、どうしてかはわからないのだが、ある三月の雨の朝に、彼のかかりつけの歯医者が手にした器具が、こりこりと歯をひっかくやるせない音だった。マイネルトは自分の故郷を通常「活力の墓場」と表した。彼の弟は今でも週に二回、手紙を書いてきた。グニュッスは故郷にいる父母と妹たちに給料の一部をずっと送金し続けていた。

グニッスは自分がまだ未熟な若輩者であることを承知しているが、それでも自分のマイネルトに対する恋情の比類ない真摯さと、飛行船に乗務することの誇らしさとを秤《はかり》にかけないわけにはいかない。この乗り物は二つの大洋を同時に征服しているのだ。ひとつは雲海、もうひとつは眼下の海だ。この飛行船は、南北アメリカ大陸に乗客や郵便や荷物を送り届けることに関して、彼らの祖国に優位をもたらしている。それもヴェルサイユ条約締結後、まだ十七年しか経過していないにもかかわらずだ。

対数やキャブレーターに関わる仕事をしている、常に冷静沈着で実務的な人間だって、重力から自由になり、空中に浮かんでいることの晴れがましさ、不思議な喜び、得も言われぬ魅惑、そういうものとは無縁でいられない。姉妹船「グラーフ・ツェッペリン」号が、ある晴れた朝に離陸するのを、彼らは見ていた。太陽がそのアルミニウム塗料を光らせ、まるで光の中に浮かんでいるみたいに見えた。まさに地上から解き放たれ、宙を漂うジャガナート〔訳注・巨大な山車《だし》に載せられたインドの神像〕だ。ある夜、彼らは波に触れられそうなほど低いところまで降りた。そして霧の中にいた漁船を驚かせた。そして漁船の乗組員たちがそのとき味わったであろう気持ちについて、後日冗談を言い合った。ふと後ろを振り返ると、暗い空から巨大な真っ黒な怪物がうなりを立て、エンジン音をごろごろ轟《とどろ》かせ、のしかかるように姿を現したのだ。

二人はどちらもナチ党員だった。ラインラント進駐〔訳注・ヴェルサイユ条約で非武装と定められた地域への軍隊移動。一九三六年三月七日に行われた〕の賛否を問う国民投票が行われたとき、彼らはアーヘンの上空にいて、チーフ・スチュワードが左舷のプロムナード甲板に投票所を設置する手伝いをした。乗客と乗務員の投票を合わせて、一〇三対一で賛成票が優位を占めた。

飛行中の食事はまったく形式張らないものだったので、乗客の中にはパジャマ姿のまま朝食をとりに来るものもいる。テレスカもそんな一人だ。グニュッスは自分の持ち場から、マイネルトが彼女とおしゃべりをしたり、いちゃついたりするのをじっと見ている。あんなのは些細なお邪魔虫に過ぎない、と彼は自分に言い聞かせる。しかし彼の頭脳は急に立ち止まったり、勢いよく飛び出したりして、グニュッスをくらくらさせる。

飛行船の多くの領域は、ガイド付きのツアーを別にすれば、一般乗客は立ち入り禁止になっている。朝食のサービスが終わってまもなく、マイネルトはグニュッスに言う。テレスカの一家に飛行船の案内を頼まれたんだと。その声にはとくにやましさは感じられない。一時間後、ツアーが始まったとき、姿を見せたのはテレスカ一人だけだ。ボーイッシュなシャツに、水兵風のズボンという格好をしている。彼女はマイネルトに冗談を言い、彼の腕に手を置いている。彼も冗談を言い返す。

グニュッスは逆上する。何とか理由をこしらえて、右舷の物見窓のそばで日光浴をしている彼女の両親のところに行き、ひょっとしてツアーの予定をお忘れではありませんかと尋ねる。それで真相が明らかになる。その性悪娘は両親を前もって脅していたのだ。大変な上り下りがあるし、目も眩む高いところを歩きまわらなくちゃならないのだと。

彼は下の甲板をつまずきながらよろよろ歩き回る。現在こなすべき職務の半分も思い出せない。おれの自立性はいったいどこに消えてしまったのか？　マイネルトの立ち居振舞いとは無関係に、喜びと満足を自発的に生み出せる能力にいったい何が起こったのか？こうなる前には、自分はゆくゆく一等航海士になれる器だと思っていた。少なくとも縫帆長にはなれるだろう。冷静な判断力と強固な自制心を具えた孤高の人として、誰にも一目置かれる存在になるはずだった。ところが今の彼は頭に血が上って、自分を制御することができない。まるで犬小屋に繋がれ、頭が混乱しまくっている犬のように。

彼は進行中のガス袋検査の現状報告をおこなう。「おまえ、なんで泣いているんだ？」と主任技師のザウターに訊かれる。

責任感は窓の外に飛び去ってしまっている。彼はマイネルトの祖父の懐中時計をズボンの中に入れて持ち歩くようになる。彼のブリーフはその重みを支えきることができない。

それは彼の性器にぶつかり、こすれる。外から見えるだろうか？　かまうものか。

その午後、彼はマイネルトを一度だけ見かける。そして遠くから一度。自由な時間があれば、彼は血眼で友人の姿を追い求める。昼食時にチーフ・スチュワードが、気合いを入れるために彼の後頭部を一発はたく。

最後尾のガス袋の検査に三時間を要する。作業のあいだずっとひとりぼっちで、心は沈みきっている。作業を終えても、自分がそこで何を目にしたのか、ろくすっぽ思い出せない。ガス袋が丸ごと消滅していても、ひょっとしてそれに気がつかなかったかもしれない。

最後の夕食はライン川産の鮭だった。そしてシュヴァルツヴァルトで獲れた新鮮な鱒。アメリカ到着を祝う乗客たちのパーティーが夜通しおこなわれた。バーでは、離陸時に記念品として腕時計を投げ捨てた男が、万年筆の平たい部分を底にして立てて、面白がっている。

その夜の大半、二人はずっと離ればなれになっている。夜は氷河のように遅々としか進まない。グニュッスは着陸に備えて、ガラス食器を整理し、収納する。マイネルトはエンジン・ゴンドラで作業を手伝う。燃料の消費量を記録する。時間の進み方がおかしくなってしまったみたいだ。そしてグニュッスはついにその理由を発見する。どこかの悪戯者がバーの時計の針を戻していたのだ。祝宴を少しでも長引かせるために。

三交代目でグニュッスは休憩を取る。彼は下に行って、乗務員控え室に立ち寄る。幸運には恵まれない。彼はみんなの話に耳を傾ける。ツェッペリンで飛行中に受胎した子供にどんな名前をつければいいかという論議だ。女の子なら「シェリウム」がいいというのが、みんなの一致する意見だ〔訳注・ヘリウムにかけた名前〕。

誰かが彼に尋ねる。おい、どこかでマイネルトを見かけなかったか、と。はっと息を呑み、グニュッスはその質問した相手をじっと見つめる。どうやら船長がマイネルトを探しているらしい。二人の機械工が視線を交わす。

おまえはマイネルトを見かけたのか、見かけなかったのか、どっちなんだ、と質問者は重ねて尋ねる。そういえば、まだ返事をしていない。部屋にいるもの全員が、グニュッスがそこに凍りついてしまっていることを察知する。いや、見かけてないな、とグニュッスは答え、そのまま部屋を出て行く。

マイネルトが作業用通路を船尾に向かって歩いて行くのを、彼は目にする。安堵と怒りとフラストレーションが、彼の頭の中でぐるぐる渦巻く。前頭葉の中でひと騒動起こっているみたいな気分だ。彼が口をきけるようになる前に、マイネルトは言う。大きな声を出すんじゃないぞ、パーティーはもうおしまいかもしれない、と。それはいったいどういう意味なんだ？　とグニュッスは尋ねる。しかし友人は返事をしない。

彼らは二人きりになれる場所を探すが、なかなか見つからない。後尾部分の底のかすがいはカードゲームに使われている。

また前部に戻ろうとしているときに、彼らは二人のルームメイトに道を塞がれる。エックとトーレンだ。二人はまるで同盟でも結んだみたいに、作業用通路をしっかりブロックしている。おそらく彼らは自分たちが無視されたように感じているのだろう。「おまえら、別々になるってことがないのか?」とエックが尋ねる。「夜も昼もずっとくっつきっぱなしじゃないか」。トーレンは面白くなさそうに肯く。一人はハンブルクの出身で横柄な性格で、もう一人はブレーマーハーフェンの出身でいつも頭に霧がかかっている。

「やかましい。このデブの使い走りが」とマイネルトは言う。

彼らは邪魔者を押しのけるようにして通り過ぎる。エックとトーレンは彼らの後ろ姿を見ている。

「私は、あなたに、首ったけ!」とエックは歌う。トーレンは笑う。

グニュッスは無言のまま友人のあとをついて、B甲板に降りる階段まで行く。そこは活気あふれる中枢部だ。乗務員たちが慌ただしく行き来している。マイネルトは躊躇《ちゅうちょ》する。彼は埋め込み式の照明器具に意識を集中しているように見える。そうやってじっと考え込む彼の姿を目にして、そこに滲み出ている深い悲しみに、グニュッスの胸は激しく痛む。

「パーティーはもうおしまいかもしれないというのは、いったいどういう意味だよ?」とグニュッスは静かな声で尋ねる。

「プルッス船長がおれを呼んでいる。規律上の問題について話があるらしい。それが何を意味するか、おまえにもわかるだろう」とマイネルトは言う。

無線主任と船医が、階段の下の廊下を歩いて抜けていく。そのときにちらりとこちらを見上げるが、小声の会話を中断することはない。

グニュッスが言葉を失っていると、マイネルトは付け加えるように言う。「ただ制服をもっとぴしっと着ろというだけの注意かもしれないけどな」

途方に暮れて、グニュッスは最後にマイネルトの腕の上に手を置く。マイネルトは微笑み、囁く。「今のおれにとって、おまえは世界中で何より大事なものだよ」

唐突にそんなことを言われて、グニュッスの瞳に涙が浮かぶ。食堂勤務の白服に着替えなくちゃならない、とマイネルトはもそもそ口にする。三巡目の朝食を出す時刻が近づいている。食堂ではランチが二巡、夕食が二巡、そして朝食は三巡出される。

二人は一緒に階段を降りる。既に服装を整えているグニュッスは、もう一度友人の腕を強く握り、心配するなよと言う。そして厨房に直行する。目はまだ涙に潤んでいる。そしてリネンのナプキンをワゴンに積む。彼の胸には不安が竜巻のように立ち上っている。マイネルトが話してくれた、もうひとつの戦争の懐旧談を彼は覚えている。二人が初めて一緒の夜を過ごした翌朝早く、その話はそっと囁かれるように語られた。二人は汗だくになり、寝具を湿らせ、そのまま眠り込んでしまった。グニュッスは耳元で囁かれる言葉で目を覚ました。そして初めのうち、寝床を共にした友人が寝言を言っているのだと思った。それはマイネルトが乗務した飛行船の艦長についての話だった。彼らは月のない夜に英仏海峡に攻撃をかけたのだが、無惨な結果に終わった。マイネルトは司令ゴンドラに配備されていた。艦長は独り言を口にしていた。彼は言った。二つの無線機はどちらも破壊された。でもそれはもう問題じゃない。なぜなら無線係は二人とも死んでしまったからだ。そして二基の船外エンジンは手の施しようがない状態だ。でもそれもまたとくに問題にはならない。なぜならもう燃料が残っていないからだ。

午前四時頃、乗客たちはロング・アイランドの灯火を目にして歓声を上げ始める。夜通しおこなわれたパーティーもようやく下火になり、今では人々が遊歩甲板に三々五々集まって、時間を潰しながらおしゃべりをしているだけだ。グニュッスとマイネルトは朝食用の陶器を用意する。心配のために胃がむかむかする。セッティングが正しく整っていることを確認してから、これでもうよかろうと、開いた窓の外の風景を眺めることにする。そして眼下を見渡し、自分たちの飛行船が客船「スターテンダム」号を追い抜いたのを目にする。その船は今からニューヨーク港に入っていくところだ。飛行船はサイレンを轟かせ、船に挨拶を送る。船の乗客たちは甲板に鈴なりになり、ハンカチを振っている。

飛行船は雷雲群を避けて、北に向きを変える。午前中はニューイングランドの上空を漂っている。それから徐々にロング・アイランド海峡に向けて戻っていく。

昼食時にプルッス船長は戸口にちらりと姿を見せるが、すぐにいなくなる。二人は食器をテーブルから下げる係をしている。乗客たちはみんなニューヨーク市を眺めるために席を離れている。彼らの歓声からすると、夜景はさぞや見事なものなのだろう。ハドソン川やイースト・リヴァーからは汽笛が聞こえる。窓際にいた乗客の一人が、それが歓迎の挨拶を響かせる前に、「ブレーメン」号を見つける。ヒンデンブルク号の乗客たちは、愛国心をむき出しにし、激しく手を振ってそれに応える。

テーブルはきれいに片付けられ、ウェイターたちもぞろぞろと窓際に戻っていく。グニュッスは片腕をマイネルトの肩に回している。絶望が彼を大胆にさせている。切れ切れの雲の隙間から、危険な浅瀬や、衝突する潮流が見える。

ペリカンたちが群れをなして彼らの航跡を追う。鯨のように見えるものが、飛行船の影と速さを競っている。

ニュージャージーでは何マイルにもわたる発育不全の松と沼地の上を、飛行船は旋回する。水面に浮上した巨大な魚のように、その影は地上を走る。

着陸の配置に就く時間だ。

主任技師のザウターが、作業用通路に向かっている二人とすれ違い、四番梯子の近くにある筋交《すじか》いワイヤをちょっと見に行ってくれないかと言う。微かなうなりを耳にしたんだ。二人が四番梯子の底部に着いたとき、それはもう「微かなうなり」では済まない音になっている。グニュッスは自分が行って見てくると言う。気落ちしている愛する相手に、自分がしっかりしているところを見せるためだ。彼は涙をぬぐい、マイネルトを作業用通路に残して、一人でするすると梯子を登っていく。

梯子を登っていくあいだ、マイネルトの祖父の懐中時計が彼の睾丸のまわりをごそごそとはねまわる。途中で一度か二度立ち止まって、その位置を直さなくてはならない。そのうなりはてっぺんのあたりから聞こえてきたが、場所を特定するのは難しい。二人のお気に入りの止まり木のところでいったん停止し、グニュッスは固定具をフックに留める。彼の身体はそこで支えられる。耳を方向探知機のようにして、頭を少しずつ回転させる。でも音の出所はなかなか特定できない。振動の有無を確かめるために、彼は近くのケーブルに親指と人差し指を這わせる。ケーブルは火花が散らないように、グラファイトで被覆《ひふく》されている。そのつるりとした感触は性的に感じられる。ひとつのことしか考えられない頭に、彼は自分でもあきれてしまう。

衝動に駆られて、彼はズボンの中から心地よく温もった時計を引っ張り出す。それを見ることができるように、ケーブル・ボルトのひとつに環にして結ぶ。短い鎖は、重みのためにつるつると滑る。彼はビームの裏側のナットに、それを一度巻き付ける。そのナットは少し緩んでいるみたいに見える。彼は時計を外し、ポケットに収め、ベルトから可変式のスパナを取り出す。それをナットのサイズに合わせ、締め付ける。それから念のために、もう一度ぐっときつく締める。短い、ピッチの高い音が聞こえる。金属が圧力を受けているか、あるいはちぎれそうになっている音だ。

梯子の下では、あらゆる種類のカメレオン的自己修復に途方もなく長《た》けた彼の恋人が、その年若い恋人に対する空前の情愛（と本人が考えるもの）で胸をいっぱいにして、自らにこう言い聞かせていた。「良い方に想像するんだ。おまえは完璧に幸福だったんだと」。まるで冷え切ったがらんとした飛行場に腰を下ろしているみたいに、彼はコートの襟を立て、身を震わせ、ワイヤのゆりかごに身をもたせかけ、そこにじっとして、想像を超えた見事な光景を頭の中に再現する。この世のものとは思えない軽さ、高みで星の光に照らされた船体、雷光の嵐、雲の白熱放射、彼の喉につけられるグニュッスの唇。弟が小さな頃、シャボン玉を吹いて、そのあとの指が虹色に光っていたこと。

飛行船の下では怯えた馬たちが、まるで黄色い草原の海から飛び出すトビウオのように、一斉に駆け出す。何マイルか彼方では、稲妻のネックレスが輝き、大地を突き刺す。

プルッス船長が繋留用マストに向けて、飛行船を急旋回させて近づけていくとき、格納庫のようにがらんとした船体の中で、人々は重力がかかっていることを身に感じる。回転の鋭さが船体後部の構造体に過度の圧力をかけ、そのために、グニュッスが固く締めすぎた筋交いワイヤのボルトが、ライフルの弾丸のように勢いよくはじけ飛ぶ。その反動ではねかえったワイヤが、向かいのガス袋をざっくり切り裂く。まずいと思うグニュッスの頭上七フィートか八フィートのところで、洩れ出た水素が、飛行船のてっぺんで盛んに光っているセントエルモの火と接触する。

ニュージャージー州レイクハーストの上空で、ヒンデンブルク号はまるでいやいやながら体を動かす人のように、落ち着きのない大気の中で、落ち着きのない最後の大きなサークルを描く。

火の玉が上に向け、外に向けて吹き出す。その中心にいたグニュッスはひとたまりもない。百フィート少し下の、旋回軸の作業用通路にいるマイネルトは、目も眩む光が下方にあるすべてを包み込む中で、こう思う。たとえどのような時代がもたらされたにせよ、それは我々のものだ。そしてそれは、そう、まさにこういうものでなくちゃならない。

四百八十フィート離れたところにある、ぼそぼそと雑草が生えた、わびしい吹きさらしの砂浜の平地をうろうろと歩きながら、ツェッペリン飛行船会社の米支社代表であり、グッドイヤー社との提携担当も務めるゲルハルト・フィヒテは不吉な音を聞く。洞窟の中で波が砕けるような音だ。そして飛行船の船体が、日本の提灯のように内側からあかあかと輝くのを目にする。そして飛行船そのものが爆発するのを待たずして、彼の会社に破局がもたらされたことを悟る。彼は思う。「生命そして運行、すべては制約もなく限界もなく、まさに前人未到、我らのもの」だったのにと。

「恋と水素」

タイトルもどことなく変だけど、内容も負けず劣らず奇妙だ。一九三七年に実際にアメリカでおこったドイツ飛行船爆発事故。そこに乗務員として乗り込んでいる、ナチ党員のゲイのカップル（これはおそらくフィクションだろう）。年上の恋人が乗客の若い娘にちょっかいを出すので、彼を一途に想う年下の青年はかりかりしている。そして平常心を失った青年の僅かな不注意が結果的に大惨事を引き起こすことになる。

歴史的事件に題材をとったこの話を、単純に「ラブ・ストーリー」とくくってしまっていいのかどうかいささか判断に苦しむところではあるが、飛行船の狭い、そして危なっかしい隅っこで、人目を忍んで持たれる二人の密会がなにやら切なく愛おしい。僕は高所恐怖症なので、とてもこんなところで逢い引きはできそうにないが、「危険であるほど燃えるんだ」という人々も世間にはいるようだ。飛行船マニアには——世の中にどれくらいおられるのか想像しようもないが——こたえられない話だろう。

同名のタイトルの短編集が出ている。雑誌初出は二〇〇二年。

【恋愛甘苦度……・・・・甘味 ★★／苦味 ★★★】

モントリオールの恋人

リチャード・フォード

"Dominion"
by
Richard Ford

リチャード・フォード

1944年ミシシッピ州に生まれる。76年に長編小説 *A Piece Of My Heart* でデビュー。86年の *The Sportswriter* が「タイム」誌のベストブックス5作に選ばれ、95年の *Independence Day* ではピュリッツァー賞とPEN／フォークナー賞を受賞。安定した執筆活動を続ける傍ら、コロンビア大学などで創作を教えている。妻と共にメイン州在住。

マデレイン・グランヴィルは「クイーン・エリザベス二世」ホテルの高い窓の前に立ち、眼下のウェリントン・ストリートに小さく見える車の中から、自分の黄色のサーブがどれか見分けようとしていた。ヘンリー・ロスマンは鏡の前でネクタイを結んでいた。ヘンリーは二時間後には飛行機に搭乗する。マデレインはモントリオールに残る。そこが彼女の住んでいる街なのだ。

ヘンリーとマデレインはこの二年間、ただの友だちという以上の関係を続けてきた。それは本人たち以外にはわからない種類の関係だった（でももし知られてもかまわないと二人は考えていた。それが本当にどういうことなのか、誰にもわかるわけはないのだから）。二人は仕事の同僚だった。彼女は公認会計士で、「ウェスト・コンソリデイティッド・グループ」の経理を受け持っている。彼はその会社のために活動しているアメリカ人のロビイストだ。会社は植物性食品の保存添加物を専門としており、海外に手広く事業を展開していた。ヘンリーは四十九歳で、マデレインは三十三歳、仕事の同僚として二人は何度も一緒に旅行をした。しばしばヨーロッパに飛び、数多くのホテルの数多くのベッドで、朝遅くまで共に過ごした。幾多の最高級レストランで食事を共にし、幾多の日々を明るい真昼の陽光の中でゆっくりと開始し、その後ほかのホテルの部屋の中で、あるいは空港で、駐車場で、ホテルのロビーで、タクシー乗り場で、バス停で「さよなら」を言い合った。離ればなれになっているときには（それが通常だったのだが）、二人はお互いを求め合い、しばしば電話で話をした。手紙は書かなかった。しかし再び顔を合わせて相手を見るとき、二人はそのたびに驚きと興奮を覚え、心が満たされ、安らかな救われた気持ちになった。ロスマンはワシントンDCに住んで、そこで離婚経験のある独身の弁護士として不足のない生活を送っていた。マデレインは緑の豊かな郊外で、子供一人と建築家の夫と共に暮らしていた。彼らの同僚たちはみんなもちろん二人の関係を承知しており、陰ではあれこれ噂をしていた。とはいえ二人の仲はそれほど長続きはするまいというのが一般的な見方だったし、何はともあれ他人の私生活に口出しは無用と心得ていた。自分ができればやりたいことをやっている他人についての屈折したゴシップは、カナダ人が得意とするところなのよとマデレインは言った。

しかしそろそろこの関係は切り上げなくてはならないと、二人は決断した。彼らは互いに愛し合っていた。どちらもそのことはよくわかっていた。でも「恋をしている」というのではない（これはマデレインの定義による区別だ）。しかし彼女の理解するところでは、二人は何かの渦中にあったし、それはおそらくは恋よりもひとつ上にあるものだ。それ自身の強烈な、時間に左右されない組成を持ち、濃密に荒ぶれる内部と、目も眩む高さを有する何かだ。ぼんやり霞《かすみ》がかかっていて、実のところその姿はよくは見えない。しかしそこにはたしかに何かがあった。

話の常として、そこにはほかの人々が巻き込まれていた。ロスマンの人生には巻き込むべき誰かはいない。間違いなく。しかしマデレインの側には二人の家族がいた。そしてその二人は、人生はこのまま平穏に継続していくものと信じ切っている。だからただの行きずりの情事として片付けられない関係には、ここらあたりで終止符を打たなくてはならない——そこで二人の意見は合致した。さもなければ、状況はますます深まり、二人はやがて境界線も標識もない大地に足を踏み入れることになるだろう。そこには恐ろしい危険が満ちている。そしてどちらも、そういう事態がもたらされることを望まなかった。

六か月前のロンドンでなら、二人の関係を終えることはそれほどむずかしくはなかっただろう。二日前にここに向かう飛行機の中で、ヘンリーはそう思った。ある春の朝、タクシーが脇を通り抜けていくスローン・スクエアの路上のカフェで、隣り合って座っているとき、普通であれば何か口にするべきこと（たとえばどこで昼食を取るか楽しく計画を練るとか、問題あるクライアントの査定の予行演習をするとか、二人で見に行く予定の映画のレビューをチェックするとか、二人にしかわからない用語を使って前夜の愛の行為について語り合うとか――そういう彼らのような立場の人々に相応しい短期間限定の、心愉しくも込み入った段取り）があるはずの瞬間に、話題がうまく見つけられないことに、二人は突然気づいたのだ。恋愛というのは（と彼はそのとき思ったことを覚えている）長い一連のさして意味のない質問に似ている。ただし相手からそれに対する回答が返ってこないことには、うまくやっていくことができない。しかしそのような質問に対して、彼らはもう興味深い回答を与えることができなくなっていた。とはいえ故郷から、住み慣れた環境から遠く離れた場所で二人の関係に終止符を打つというのは、あまりに情を欠いた行為だ。そんなところで関係を終えれば、彼ら自身に関する何かが――二人には認めがたい何かが――明らかになってしまう。それはつまり、二人の関係が大した意味を持たなかったという事実であり、自分たちがそれほど大した意味を持たないことに手を染める人間であったという事実であり、彼らはそれを承知でやっていたか、あるいは自らのことがよくわかっていなかったか、どちらかだということだ。それらはどれをとっても真実とは思えない。

そんなわけで、二人はそのまま関係を続けた。しかしその期間、彼らの電話での会話は回数が少なくなり、時間も短くなった。ヘンリーは一人で二度パリに行った。彼はワシントンに住む女性と関係を持つようになったが、マデレインがそれに感づく前に関係を断った。彼女の三十三回目の誕生日は、彼から何の連絡もないままに過ぎた。そのあとでヘンリーはマデレインに、サンフランシスコに行くことになっているんだが、モントリオールでストップオーバーしようと思うと言った。そこで君に会える。それが何を意味するか二人にはよくわかっていた。

彼が到着した日の夜、二人はバイオドームの近くで夕食を取った。新しくできたバスク料理店。マデレインはその店の記事をどこかで読んだことがあった。彼女はボックス型の、いささか愛想のない黒いウールのドレスを着て、黒いタイツをはいていた。二人はノニーノをいささかいささか飲み過ぎ、冷え込む十月の夜、手をつないで言葉少なにセント・ローレンス川まで歩いた。寡黙に歩きながら、自分たちを呑み込み、気を紛らせてくれるように段取りされた未来がなければ、人生はあっという間にただの反復に堕してしまうのだという事実に思い当たった。それでもなお、彼らはクイーン・エリザベス二世ホテルの彼の部屋に戻り、午前一時までベッドの中で共に過ごした。本物の情熱を込めて愛を交わし、一時間ばかり暗闇の中で話をした。それからマデレインは車を運転して、夫と息子の待つ自宅に帰った。

そのあと、温かいベッドに横になり、暗闇の中に時計が時を刻む音を聞きながら、ヘンリーは思った。未来を誰かと分かち合うというのは要するに、反復をより巧妙にこなしていかなくてはならないことを意味している。もしそれができなければ、未来を誰かと分かち合うのは、あまり愉快なこととは言えなくなる。おそらくそのことを頭に入れ始めた方がいい。

マデレインは窓際で泣いていた（彼女は泣きたい気持ちだったから）。そのあいだヘンリーは服を着ていた。彼女を無視していたわけではないが、かといっていっときも目を離さなかったというのでもない。彼女は彼を空港まで車で送るために、朝の十時に再び部屋を訪れていた。ヘンリーが商用でこの街を訪れたときには、空港まで車で送るのが習慣になっていた。彼女は白い小さな丸襟のついたもっさりとした赤いジャンパーの下に、ぴったりした青いコーデュロイのズボンをはいていた。まるでアメリカの国旗みたいな配色だな、とヘンリーは思った。

部屋の中で二人ともできるだけベッドには近寄らないように気をつけていた。彼らは立ったままコーヒーを飲み、こまごました仕事上のやりとりをし、秋の気候について話した。朝には靄《もや》がかかるが、午後になると空が晴れ渡る。典型的なモントリオールの天気、とマデレインは言った。ヘンリーがバスルームで支度をしている間、彼女は「ナショナル・ポスト」を読んでいた。

マデレインが泣くのをやめて、十二階下の通りを眺めていることに彼が気づいたのは、ネクタイを締めるためにバスルームから出てきたときだった。

「ちょっと考えていたのよ」と彼女は言った。「あなたが知らない、カナダに関する興味深いいろんなものごとについて」。彼女はたぶん涙のあとを隠すためだろう、透明な縁の眼鏡をかけていた。あるいは学究的な印象を与えるためかもしれない。マデレインの髪は豊かで、濃い麦わら色で、乾くと手に負えなくなる傾向があった。だからしばしば――その朝もそうしていたのだが――大きな銀のクリップで後ろにまとめていた。あまりよく眠れなかったみたいに顔が青白かった。そして表情豊かでふくよかな唇と、濃い色合いのたっぷりした眉が目立つ、愛嬌のある柔和な顔立ちは、おおむね髪の中に埋もれて見えた。

ヘンリーはネクタイを結ぶことに意識を集中していた。窓の向こうに広がる都市の光景の中に、大きなT字型の建築用クレーンが見えた。その長く横に延びたアームは、まるでマデレインの頭を貫通する矢のように見えた。クレーンにはオペレーター用の緑色の小屋《ハウス》がついていて、その中に明るい小窓を背にして小さく人影が見えた。

「あなたがカナダ人だなんて思わないような有名人が、実はカナダ人なのよ。たとえば」、彼女は彼の方を見なかった。じっと下を向いていた。

「Par exemple（たとえば）?」彼の知っているフランス語はそれくらいのものだ。ここでは人々は英語をしゃべっていた。英語だけでやっていける。「名前をあげてみてくれ」

マデレインはうかがうようにちらっと彼の顔を見た。「ママズ・アンド・パパスのデニー・ドハーティー。彼はハリファックスの出身よ。ドナルド・サザーランドは沿海州《マリタイムズ》のどこかの出身だったと思う。プリンス・エドワード島だったかしら」

マデレインは本来の姿がなかなか表面に出ない女性だった。彼はそういうところに妙に心を惹かれた。相手をうまく読みとれないからだ。彼の考えによれば、人々はおおむね見かけどおりのものだ。たとえば、取り澄ました人は取り澄ました見かけをしている。マデレインの見かけはその名前が示唆するとおりのものだった。いくぶん古風で、フォーマルで、落ち着きがあり、反応が控えめで、自分自身や自分に与えられたキャラクターに満足しているみたいに見える。

しかし実際の彼女はまったくそんな人間ではなかった。彼女もまた北ハリファックス出身、農家育ちのたくましい娘で、十代のときにはカーリングのチャンピオンであり、夜遅くまでセックスに耽ることが好きで、声をあげて笑い、シュナップスを好んで飲み、ときどき精神が不安定になった。それが外見とそぐわなく見えるのはきっと年齢差のためで（彼女が生まれたとき、彼は既に十六歳だった）、彼女を知る他の人々はそういうのをおそらく「外見とそぐわない」とは全然思わないのだろうと彼は考えた。一般的に言って今の若い人々には、とりわけカナダ人には、ものごとをあるがままますらすらと受け入れていく傾向がある。彼はそう思っていた。彼はそのようなあれこれを懐かしく思い出すことだろう。

マデレインは窓の下にまた目をやり、道路のマリー・レイヌ・デュ・モンド大聖堂側に並んだ車の列をしげしげと眺めた。「飛行機が飛ぶには靄がかかりすぎてる」と彼女は言った。「私ならここに留まっているけど」

十一時になっていた。朝食のトレイは乱れたベッドの、散らばった新聞の上に置かれていた。ヘンリーはカナダの新聞を読むのが好きだった。様々な憂慮すべき問題についての記事。しかし自分はそれについて心を悩ませる必要はない。

ヘンリー・ロスマンは眼鏡をかけた大柄な男だ。若い頃は映画「ボブとキャロルとテッドとアリス」に出ていたエリオット・グールドに風貌が似ていた。それは彼自身認めるところだ。しかし自分はエリオット・グールドがその映画の中で演じた役（テッド）よりも気楽な性格だと思っていた。ロスマンはロビイストであると同時に弁護士で、世界中でビジネスを展開しているいくつかの大きな会社の顧問をしていた。彼はエリオット・グールドと同じくユダヤ人だったが、ヴァージニア州ロアノークで育ち、ヴァージニア大学に、更にヴァージニア・ロースクールへと進んだ。彼の両親はどちらも小さな町の医者だったが、今はフロリダ州ボカ・グレンデのコンドミニアムで引退生活を送り、その場所に夢中になったり、退屈したりというのを交互に繰り返している。ヘンリーは彼の二人の兄、デヴィッドとマイケルが在籍する法律事務所で弁護士の仕事をしたことがあった。兄二人はそこで事実審弁護士をやっている。彼は十年前に離婚し、娘が一人いる。娘はマサチューセッツ州ニーダムで学校の教師をしている。

マデレイン・グランヴィルはすべてのものごとのコストを把握していた。殺虫剤、列車での移送、大豆やトウモロコシを満載したコンテナ船。そして彼女は先物取引や、人件費や、通貨や、貨幣価値に精通していた。彼女はマギル大学で経済学を学び、五カ国語を話し、ギリシャで暮らしたことがあり、画家になることを夢見ていた。しかしアテネからソフィアに向かう列車の中でハンサムな若い建築家に出会い、あっという間に結婚してしまった。二人は建築家の仕事場があるモントリオールに居を定め、そこがすっかり気に入った。ロスマンにはそういうのはいかにも青臭く、向こう見ずで、波乱に満ちたことに思えたが、同時にまた抜け目なく、堅実で、賢明なことのようにも思えた。彼はそういうところにとても興味を惹かれた。いかにもカナダ人らしい。カナダという国は多くの面でアメリカ合衆国よりも優れている。より正気に近いし、より寛容だし、よりフレンドリーだし、より安全だし、アメリカ人ほど訴訟好きではない。引退したあとカナダに住むことも考えた。ケープ・ブレトン島なんかはどうだろう？ まだ行ったことはないが。彼とマデレインは海のそばで一緒に暮らすことについて話し合ったものだ。それは胸の躍る話題だった。一週間そのことだけ考えて暮らせそうな話題だ。地図を買い、不動産屋に問い合わせをし、冬期の平均気温を調べる。そしてあとになると、どうしてそんなことを真剣に考えたりしたのか、自分でもまるで理解できない。

実を言えば、ロスマンはワシントンが根っから好きだった。そこでの生活、キャピトル・ヒルの裏手にある大きな家、ロースクール時代の友人たち、兄たち、街の少しばかり滑稽なところ、あちこちに散見される微かな南部性、ポーカー仲間たち、コスモス・クラブ〔訳注・科学や文芸、美術分野で功績を上げた男性を対象として一八七八年にワシントンDCに設立された社交クラブ〕のメンバーシップ。広いつきあい。彼はときどき別れた妻のローラと夕食を共にすることさえあった。彼女はヘンリーと同じく弁護士で、再婚はしていない。

あなたが本当はどういう人物であり、何を信じているか、それはあなたが何を維持しているか、何があなたにとって変更不能であるかに表われている、というのがロスマンの考え方だ。それがきちんと呑み込めている人間はきわめて少数だ。彼の階層に属するたいていの人間は、いつだってどんなことだって可能だと考えており、自分以外の何ものかになろうと試み続けていた。しかしある程度の時間が経つと、何を言おうと、どのように抵抗しようと、そんなものにはおかまいなく、個人の真実は否応なく露見してくるものだ。格言が浮かび上がってくるみたいに。それでおしまい。それがすなわちその人の姿だ。ヘンリー・ロスマンは、自ら観ずるところによれば、もともと一人で生きていくのに向いた人間だった。そうではない何かに時として心を強くそそられることがあったとしてもだ。それはそれでまあ悪くないものだが。

彼が服を着終わるのを待ちながら、マデレインは指でガラスに何かを書いていた。もう泣くのはやめていた。感情を乱しているような人間はもうここにはいない。彼女はただ一人で遊んでいるだけだ。まとめられた彼女の髪を通して淡い日の光が差していた。

「男たちは女たちがいつまでたっても変わらないと考えているし、女たちは男たちが常に変わり続けていると考えている」と彼女は意識を集中しながら言った。まるでその言葉をそのままガラスの上に記しているみたいに。「でも実はどちらも間違っている」。彼女は指先でガラスをとんとんと叩いた。そして何かを確信するようにぐいっと下唇を突き出し、目を見開き、振り向いて彼を見た。実に心が読み取りにくい娘だ、とヘンリーは思った。彼女の人生はようやく今、閉じられたものとして見え始めたところだ。おそらく一年も経たないうちに、彼女はここからもっと遠く離れたところにいるだろう。この情事はそのひとつの徴候に過ぎないのだ。苦痛こそ伴わないものの。

彼は糊のきいたシャツ姿で窓際にやってきた。そして背後から彼女の身体に腕をまわしたが、その仕草は予期せず父性的なものに感じられた。彼女はその腕に身を委ね、それから振り返って、鼻先から顔を彼のシャツにつけた。両腕は彼の柔らかな腹部に軽くまわされていた。そしてキスされるために眼鏡を外した。彼女の身体からは温かい石鹼の匂いがした。彼が手を触れた耳の下の首の部分は、ガラスのように滑らかだった。

「何が変化して、何が変化しなかったんだろう?」と彼は優しい声で言った。

「そうねえ」と彼女は彼のシャツの折り目に向かって言って、首を振った。「ああ、どうかな。私は決心をしようとしていたところなの……」

彼はその大きな指を彼女の張りのある体軀に食い込ませ、抱き寄せた。「言ってごらん」

と彼は優しく言った。彼女が何かを言えば、それに対して良き返答を与えることができる。手の甲に窓ガラスが冷ややかに感じられた。

「なんていうか」、彼女は息を吐いた。「このことをどんな風に考えるべきか、それを決めようとしていたの」。彼女は自分の靴の底を、彼のきれいに磨き上げられた黒いウィングチップ・シューズに、気怠《けだる》くこすりつけた。「ある種のものごとって、ほかのものよりも、よりリアルに見えるものよ。将来になれば、このことだってものすごくリアルに見えるんじゃないかしら。そう思わない？」

「そうなるだろうね」とヘンリーは言った。二人の考えは今のところそれほどかけ離れてはいなかった。もしかけ離れていたら、どちらかが自分はひどい扱いを受けていると感じたかもしれない。

「思うんだけど、もしあなたがリアルなものに対してもっと敬意を持ったなら」、マデレインは息をふうっと吸い込み、それをまた吐いた。「偽物はおのずと消えていく」。彼女は彼の背中を指で軽くとんとんと叩いた。「でもこれが記憶からただすっと消えてしまうのだとしたら、私は我慢できないわ」

「そいつはない」と彼は言った。「それは断言できる」。そろそろ二人で部屋を出て行く潮時だ。あまりに数多くの別れにつきまとう問題が、急にまわりで重みを持ち始めた。「ランチを食べないか？」

マデレインはため息をついた。「うん」と彼女は言った。「そうね、ランチなんて最高じゃない。ランチを食べたいわ」

そのときベッド・テーブルの電話が鳴り出した。その甲高い音が二人を驚かせた。そしてなぜかヘンリーは窓の外にはっと目をやった。まるでその騒音がそちらからやってきたものであるかのように。それほど遠くないところに、樹木の繁った小ぎれいな郊外の丘陵地があり、散り残った最後の紅葉が見えた。深いオレンジ色と、濃い緑、そして勢いのない茶色。ワシントンあたりではまだ夏がすっかり終わってはいないというのに。

電話のベルが四回も鳴ったとき、彼は不審に思った。この部屋に入って以来、電話のベルが鳴ったのは初めてだ。彼がここにいることを誰も知らない。ヘンリーはベッドの脇の白い電話機をじっと見つめた。「電話に出たくないのね」と彼女は言った。二人ともその白い電話機を見つめていた。

電話のベルは五回鳴った。とても大きな音で。そして止んだ。

「間違い電話だろう。それともホテルの人間が電話をかけてきたか。もう部屋を出たかどうか確認するために」。彼は眼鏡のフレームに手をやった。マデレインは彼を見て、何度か瞬きをした。それが間違い電話だと彼女は思っていない、とヘンリーは推測した。不都合な誰かからかかってきた電話だと思っている。ほかの女。自分の後釜に座る予定の誰か。でもそれは思い過ごしだ。そんな女はいない。

電話のベルが再び鳴ったとき、ヘンリーは急いで白い受話器を取り、耳に当てた。「ロスマンだ」と彼は言った。

「ヘ、ヘ、ヘンリー・ロスマンか？」、聞き覚えのない男の声。相手を小馬鹿にした響きがある。

「イエス」と言って、彼はマデレインの顔を見た。彼女は興味津々という顔をしようと努めていたが、実際にはそこには責めるような色が浮かんでいた。

「つまり、アメリカ合衆国からお越しになった、大物弁護士のヘンリー・ロスマンさんだね？」

「そちらは？」、彼は電話機に書かれているホテルの名前をじっと見た。クイーン・エリザベス二世。

「どうしたい、おっさん？　何だかびくついているみたいだが」。男はくすくす笑った。とくに楽しくもなさそうに。

「べつにびくついちゃいない」とヘンリーは言った。「そちらの名前を聞かせてもらえないかな」。彼はまたマデレインを見た。彼女は責めるような顔で彼を見ていた。まるで電話はもう切れてしまっているのに、彼が一人芝居を続けているんじゃないかと疑っているみたいに。

「あんたはタマなしのへなちょこ野郎だよ。掛け値なしにな」と電話の相手は言った。「そこにいったい誰を連れ込んでいるんだ？　誰があんたのモノをしゃぶっているんだ、ゴキブリおやじ？」

「ゴキブリ云々は抜きにして、まずそちらの名前を名乗ってくれないか」とロスマンは辛抱強く言った。本当はそのまま電話を叩きつけて切ってしまいたかったのだが。しかし彼の機先を制するように、相手が何も言わずに電話を切った。

小さな緑色のハウスがついた黒い巨大なクレーンは、まだマデレインの頭の両脇から突き出しているみたいに見えた。骨組みのひとつに「セント・ヒヤシンス」という文字が記されていた。

「あなた、なんだかショックを受けているみたいだけど」と彼女は言った。それからはっと気づいたように言った。「ああ、まさか、そんな」と彼女は言って、窓の方を振り向き、両手を頬に当てた。「まさかジェフじゃないわよね。そうなの？　ああ、まったくもう、なんてこと」

「僕は何も認めちゃいない」とヘンリーは言った。激しい苛立ちが彼をとらえていた。今にも廊下からドアをどんどんと叩く音が聞こえてきそうだ。それから怒鳴り声と、ドアを蹴る音。激しい殴り合いになり、部屋がむちゃくちゃになる。よりによってこれから空港に向かおうという間際に。こちらは何ひとつ認めてはいないと彼はあらためて思った。

「僕は何も認めちゃいない」と彼は繰り返した。そして愚かしい気分になった。

「考えなくちゃ」とマデレインは言った。彼女の顔は青ざめていた。彼女は両方の頬をぱたぱたと柔らかく手で叩いていた。そうすれば考えがすっきりしてくるとでも言わんばかりに。なんとなく芝居がかっているなと彼は思った。「少し落ち着かなくちゃ」と彼女はまた言った。

ヘンリーは狭く味気ない、散らかった部屋を見回した。朝食の食器が置かれた乱れたベッド、赤いバラが挿さったクリスタルの花瓶、ドレッサーと少し埃をかぶった鏡、青い紫陽花の模様のついたアームチェア、のっぺりとした白い壁にはモネの「睡蓮」の複製画がふたつ、向かい合う格好で掛けられている。そこにある事物は何ひとつ、「ものごとはすべてうまく運んで、あなたはちゃんと無事に飛行機に乗ることができますよ」と請け合ってはくれなかった。しかしまた「そんなことはどう転んでも無理です」とも告げていなかった。そこはただの場に過ぎなかった。声を持たない場所だ。そこには心を慰めるものなどない。部屋というものがもっと心地良く感じられたときがあったことを、彼は思い出すことができた。モントリオールにやってきたのはまったく意味のない行為だった。ただの格好づけ、そのおかげでにっちもさっちも行かなくなってしまった。彼は状況がひどく悪化したときに――たとえば今がまさにそうだ――しばしば考えることを考えた。「おれはやり過ぎたのだ」と。そう、彼はいつもやり過ぎた。若い時にはそれが長所になった。それは野心的であるのと同義であり、上昇志向であるのと同義だった。しかし四十九歳ともなると、そう単純にはいかない。

「彼が今どこにいるか、考えてみなくちゃ」、マデレインは振り向いて、電話機をじっと見つめた。まるで夫がその中に潜んでいて、今にも勢いよく飛び出してくるんじゃないかというように。それはマデレインが見かけどおりの女性ではなくなるひとつの例だった。彼女はギブソン・ガールのような端整な髪型をした、フォーマルで物静かな女性ではない。窮地に陥った一人の子供なのだ。何をすればいいか思いつこうと必死にもがいている。そこには複雑なところはない。

「ロビーかもしれない」とヘンリーは言った。そのあいだも言葉が彼の頭を駆け回っていた。ジェフ。このドアの外の廊下をうろついている男。部屋に入って、一騒ぎ起こそうと手ぐすね引いている。それを考えると、なにしろ気が滅入った。全身に疲弊を感じた。

また電話のベルが鳴った。ヘンリーは受話器を取った。

「女房を電話に出してくれないか、ゴキブリおやじ?」と前と同じ嘲《あざけ》るような声が言った。

「それくらいの時間、中断して引き抜いていられるかな?」

「誰を出してほしいって?」とヘンリーは言った。

「マデレインと話をしたいって言ってるんだよ、この野郎」と男は言った。

マデレインの名前が彼の頭の中に小さな騒乱のようなものを引き起こした。「ここにはマデレインはいない」とヘンリー・ロスマンは嘘をついた。

「なるほど。彼女は今ちょいと手を離せないってことなんだな。了解。またあとでかけなおそう」

「何か思い違いがあるらしい」とヘンリーは言った。「ここにはマデレインはいないって言ったんだ」

「あいつは今、あんたのモノをしゃぶっているところなのか？」と男は言った。「ご遠慮なく。またあとでかける」

「彼女には会っていない」とヘンリーは嘘を続けた。「昨日一緒に夕食を取った。そして彼女は家に帰った」

「そうだとも、そうだとも」と男は皮肉たっぷりに声を上げて笑った。「あんたのモノをたっぷりしゃぶったあとでな」

マデレインはまだ窓の外に目をやっていた。そして会話のこちら側半分に耳を澄ませていた。

「君は今どこにいるんだ？」とヘンリーは言った。気持ちがかき乱されていた。

「なんでそんなことを知りたいんだ？　その部屋のドアの前に立って、携帯から電話しているとでも思っているのか？」、金属が当たるような、こすれるような音がして、ジェフの声が遠くなり、聞こえにくくなった。「じゃあ、ドアを開けて確かめてみればいいだろう」、男の声がまた聞こえるようになった。「思ったとおりかもしれないぞ。そのときにはあんたのケツを思い切り蹴飛ばしてやれるな」

「もし話があるのなら、そちらに出向いてもいい」。ヘンリーはそう言ってから、言葉を失った。どうしてそんな馬鹿なことを口にしてしまったのか。そんなことを言う必要はなかったのだ。彼はそのとき、鏡に映った自分の姿を目にした。シャツとネクタイという格好の大柄な男。腹が少し出ている。自分がそんな見かけの人物であることが情けなかった。彼は目を逸らせた。

「おれと会って話をしたいってか？」と男は言った。そして笑った。「そんな度胸はあるまい」

「どうだろうな」とヘンリーは惨めな気持ちで言った。「それでどこに行けばいいんだ？尻込みはしない」

「じゃあ、喜んでケツを蹴らせていただこうか」と男は見下したように言った。

「さあ、それはどうだろうね」

「マデレインはどこにいる？」、男の声は昂ぶっていた。

「私にはわからない」、おれの言っていることはひとつ残らず嘘っぱちだとヘンリーは思った。一片の真実も含まれていない状況を、実際にあることのように口にしている。どうしてそんなことができるのか？

「それは本当なのか？」

「ああ、本当だ」と彼は嘘をついた。「それで君は今どこにいる？」

「車の中。あんたのホテルから一ブロック離れたところだよ。このイタチ野郎」

「それじゃ場所がわからない」とヘンリーはマデレインを見ながら言った。彼女はまっすぐヘンリーを見つめていた。彼はなんとか再び場を掌握していた。あるいはほとんど掌握しかけていた。彼女の表情にそれを読み取ることができた。その青ざめた顔には、切羽詰まった賞賛の色が浮かんでいた。

「あんたのホテルに五分で行くよ、弁護士先生」とマデレインの夫は言った。

「私はロビーにいる」とヘンリーは言った。「背が高くて、服は――」

「わかってる、わかってる」と男は言った。「何を着ていようが、クソ野郎は一目見りゃわかる」

「オーケー」とヘンリーは言った。

夫は無言で電話を切った。


マデレインは青い紫陽花の柄の椅子のアームに腰掛け、両手を握り合わせていた。ヘンリーは自分が彼女より遥かに年上で、遥かに優位に立っているように感じた。それというのも、彼女がいかにも切なそうに見えるからだ。彼はそう思った。だから彼がものごとの処理にあたることになる。いつもそうしてきたように。

「君はここにいないと相手は思っている」とヘンリーは言った。「だから君は出て行った方がいい。僕は下で彼に会う。そのあいだに裏口を見つけて外に出るんだ」。彼はスーツの上着を探した。

マデレインは微笑を彼に向けていた。どことなく不可思議な印象のある微笑だった。

「私がここにいることを言わないでいてくれて、とても助かったわ」

「君はここにいる」とヘンリーは言った。彼は上着のことは忘れて、札入れや小銭やハンカチやポケットナイフといった、常に持ち歩いている必需品一式を探し始めた。チェックアウトはそのあとだ。今ではすべてが馬鹿馬鹿しく思えた。

「あなたは悪い人じゃない。そうよね？」と彼女は優しい声で言った。「これから先、自分がひとりぼっちだと感じるときもあるでしょうし、あなたをじっと待っているときもあるでしょうし、ただあなたに対して頭に来て、なんていいかげんな男だと思いたくなることもあるでしょう。でも本当はそうじゃない。あなたには勇敢なところがある。そして自分の方針をしっかり持っている」

それらの言葉――方針、勇敢、いいかげんな男、待っている――はどうしてかはわからないが、彼を予期せず、胸がどきどきするくらい神経質にさせた。よりによって、いちばんそうなりたくないときに。今ここで神経質になっているわけにはいかないのだ。部屋の中に彼女と一緒にいると、自分がいかにも図体が大きく、不格好で、正気を失いかけているみたいに思えた。ちっとも優位に立ってなんかいない。今にも彼女に向かって怒鳴り出しそうだ。彼女が落ち着いた涼しげな顔をしていることが、彼には耐えがたかった。

「そろそろ行った方がいい」と彼は言った。そしてあれこれ考えているうちに、自分が上着を探していたことをはっと思い出した。気持ちを落ち着けなくては。

「そうね、もちろん」とマデレインは言った。そして青い椅子の脇に置いたハンドバッグに手を伸ばした。彼女は目をやらずにハンドバッグの中の鍵を探し、しなやかな黄色いプラスチックの車のキーリングを取りだした。そのキーリングが彼女を椅子から立ち上がらせたみたいに見えた。「このあといつまた会えるかしら？」と彼女は言って、後ろにまとめた髪に手をやった。あっという間に人が変わる、と彼は思った。「こういうのって少しあっけなさすぎない？　私はもう少し愁嘆場みたいなものを思い浮かべていたんだけど」

「何もかもうまくいくさ」とヘンリーは言って、自分の心を落ち着けるために微笑をなんとかひねり出した。

「私とこのあといつまた会えるかということは別問題として」

「それは別問題として」と微笑を浮かべたまま彼は言った。

彼女はしなやかな黄色いキーリングを指の間でぱたぱたとひっくり返しながら、ドアの方に向かった。ロスマンが彼女を見送るべく待っている前をそのまま通り過ぎた。キスもなく、ハグもない。「ジェフは暴力的なタイプじゃない」と彼女は言った。「あなたたちはお互いを気に入るんじゃないかしら。なんといっても、あなたたちは私を共有したわけだし」。彼女はドアを開けながら微笑んだ。

「だから友情が生まれるというものでもないだろう」

「こんな風に終わってしまって残念だわ」とマデレインは静かな声で言った。

「僕もだ」とヘンリー・ロスマンは言った。

彼女は奇妙な微笑を浮かべて彼の顔を見ながら、部屋の外に出た。ドアが自動的にかしゃりという小さな音を立てて閉まった。自分の言ったことは彼女の耳に届かなかったのだろうと彼は思った。


エレベーターのある廊下の一画には葉巻の残り香が漂っていた。そこでエレベーターを待ちながら彼は考え込んだ。自分が寝ていた女の夫とこれから対面しようとしている。その女を愛していたわけではなかったが、とにかくベッドは共にしていた。そして夫は頭に血が上っている。まるで映画みたいだ。まったくどうしてこんな羽目になってしまったのか？　相手の男のことは何も知らない。しかし相手には自分を憎むだけの十分な理由があるし、殺したいと思っても不思議はない。彼はその相手の人生に招かれもせずに踏み込んでいって、好き勝手なことをして、おそらくは台無しにしながら、知らんふりをしていた。そして今ではあっさり立ち去ろうとしている。そんな男の身に何が起ころうと自業自得じゃないかと誰だって考えるだろう。どんな目に遭おうと文句を言う資格なんてないだろう、と。アメリカではこの手の争いごとが起きると、人は損害賠償を求める。しかしカナダではたぶんそれはあるまい。

彼は父親がよく口にしていた言葉を思い出した。父親は大柄な男で、禿げていて、がっしりとした太い腹をしていた。そして反ユダヤ主義に染まった肺癌持ちのヴァージニアの貧乏白人たちを長年にわたって治療してきたおかげで、何事によらず辛辣なものの見方をした。「炭鉱のいちばん深い底にかぎって、明かりがほとんど用意されてないものだ」と彼は好んで口にした。それがまさに彼が今感じていることだった。真っ暗な闇の中にいて、これからどうすればいいのかまともな考えが浮かんでこない。しかし今では混乱は収まっている。頭はまともに働いている。いつまでも混乱をきたし続けられない性質なのだ。

なんでも承知しているような顔をして出かけていって、行き当たりばったりにことに当たるのは、賢いやり方ではない。ジェフについて多くを知る必要はない。そんな必要性はこれまで感じなかった。しかしまるで何も知らないというのは弁護士らしくない。その一方でなぜか、この騒動には全体に何かしらひどく滑稽なところがあるようにも思える。おかげで、鏡張りのエレベーターの扉が開いたときには、彼は錯乱に近い衝動に駆られ、腹を抱えて大笑いしたくなったほどだった。何はともあれマデレインがホテルの外にいるかぎり、そしてジェフがドアを蹴破って中に入ってきて、二人が親密な行為をしている現場を押さえでもしないかぎり（それは回避された）、世間的には何の問題にもならない。弁護士ヘンリー・ロスマンなら、これはまったく面識のない男が頭の中ででっちあげた妄想に過ぎないと主張する。何ひとつ事実として認めない。それで話はまったくの水掛け論になってしまう。彼は必要とあらば涼しい顔で徹底的に嘘をつくだろう。それが弁護士というものだ。見せかけの善意を示すことは、何の意思をも示さないよりずっと良い。事実上の善意は、そもそもマデレインと関係を持ったという良からぬ意思を打ち消すための嘘を、苦心してでっちあげることで代行されるはずだ。そしてマデレインとの関係は今ではもう終わっているのだから、ジェフとしては自分がその幕引きをしたのだと信じ、満足感を得ることもできよう。彼が勝利を収めたと誰もが考えるだろう。本当は誰も勝ってなんかいないのだが。そういうのはきわめて弁護士らしいではないか。

ヘンリーは広く眩しいロビーに足を踏み出し、その明るさに目を慣らせた。ロビーは今ではずいぶん混雑していた。たくさんの宿泊客がキャスターつきのスーツケースを引いて、回転ドアの方へと、外の通りへと向かっていた。大半は笑みを浮かべた動きの遅い高齢者で、首からプラスチックのカードを下げ、貴重品を詰めた小さなポーチを腰に着けていた。その多くはよく聞き取れないフランス語をしゃべっている。自分はどこまでも冷静だと彼は思った。

ロビーはどことなく紛《まが》いものっぽい、陽気で祝祭的な空気を漂わせていた。金とガラスでできた大きなシャンデリアがあり、人々のざわめきに満ちていた。そこには照明のついた、しかし主役級はまだ姿を見せていないミュージカルの舞台を思わせるものがあった。彼はロビーの中央に向けてゆっくり歩いて行った。その先には高級衣服を売る店や、ギフト・ショップのウィンドウが見える。それらの店は通りに面して並んでいる。ウィンドウを熱心に眺めている人々はいかにも楽しげで、憂いなく見える。間もなく何か幸せなことが起こることを待ち受けているみたいだ。彼がよく依頼人と会っていたワシントンのメイフラワー・ホテルに雰囲気が似ているが、同時にそこには、カナダを訪れたときにいつも感じる心地よい、半ばミステリアスな異国風の雰囲気もあった。床はいつも馴染んでいるものより三度くらい傾いでいるみたいに思えるし、ドアも違う方から開く。交渉の余地のないものはない。マデレインの言を借りれば、カナダは「スイスによって経営されているアメリカ」なのだ。

混み合ったロビーの真ん中に立って見渡したが、ジェフに該当しそうな人物は見当たらなかった。アメリカ人っぽいしゃべり方をする小さな子供たちのグループが、不揃いな列をつくって通り過ぎていった。全員がテコンドーの白いキルト風の試合着を着て、手を握り合っていた。彼らも回転ドアの方に向かっていた。そのあとを大柄な、中年の黒人女性たちがついていった。全部で八人。全員が黒い大きなキルトの秋もののフロックコートを着て、それに合った高価そうな羽根つきの帽子をかぶっていた。南部人だと彼は見て取った。彼女たちは場違いに大きな声で、その日の午後にメイン州まで南下するバス旅行について語り、昨夜持ち上がったスキャンダラスな何かを話題にして、みんなで大笑いしていた。

それから彼は一人の男が、入り口の脇、英国のセーター・ショップの近くに立って、こちらを見ていることに気づいた。でもそれがマデレインの夫であるはずはない、とヘンリーは思った。あまりに若すぎる。せいぜい二十代半ば、ブラック・ジーンズと白いスニーカーと、黒い革ジャケットという身なりだ。ざっくりした金髪のクルーカットで、黄色い飛行士用サングラスをかけている。大学生みたいに見える。建築家には見えない。もしその男がそれほどまじまじこちらを見つめていなかったら、おそらくその存在を目にとめることもなかっただろう。

ヘンリーと男の目が再び合ったとき、男は唐突に彼の方に向かって歩き出した。両手は黒いジャケットのサイド・ポケットに突っ込まれている。まるでそこに何かを隠し持っているみたいに。間違いなくこれがマデレインの夫だとヘンリーは思った。疑いの余地はない。たとえマデレインより十歳は若く、彼自身より二十五歳は若く見えたとしてもだ。彼が予期していたのとは少し違った出会いになりそうだった。これなら話は簡単かもしれない。相手の体格は大男からはほど遠かった。

ヘンリーから三メートルほどの距離まで近づき、緋色のカーペットの縁で男は立ち止まった。そしてポケットに両手を突っ込んだまままじっと彼を睨んだ。まるでロスマンには何か不確かなところが――彼のアインデンティティーにうまく結びつかない何かが――あり、それをはっきりさせておく必要があるというように。

「私がたぶん君の探している相手だと思う」とヘンリーはその距離を隔てて声をかけた。テコンドーの子供たちが列を組んで、まだ手を握り合いながら外の通りに向う光景に、彼はもう一度目をとめた。

マデレインの夫は、あるいは彼がマデレインの夫と見なしている男は、何も言わなかったが、彼の方に向けてまた歩き出した。ただしさっきよりずっとゆっくり、まるで自分が何かに困惑しているという印象を与えようとしているみたいに。これは馬鹿げている。あまりに芝居がかっている。二人でランチでも食べるべきなのだ。そうすれば彼は好きなだけ嘘を並べ、最後に勘定書を取ることができる。どうしてそれじゃいけないんだ。

「あんたの写真は見た」と若い男は言った。鼻で笑うみたいに。両手はまだポケットの中だ。彼は予想していたより遥かに小柄だったが、ひどく張り詰めた顔をしていた。おそらく気持ちが昂ぶっているのだろう。その飛行士用サングラスが神経の尖り具合を如実に表していた。首のところまでジッパーを上げた黒いジャケットも同じだ。おかげで彼がその下に何を潜ませているのか、相手にはわからない。マデレインの夫はハンサムだったが、そのハンサムさには一段縮小されたというか、線が細く、いくぶん生命力を欠いたところがあった。まるでかつて何か重要な意味を持つものごとでしくじり、その後遺症からまだ十分に回復できていないというような雰囲気があった。マデレインがその二人の男を――ヘンリーのような不格好な大男のユダヤ人と、この押し出しの弱いフランス人風の小柄な男を――どちらも魅力的だと見なしたのは筋の通らない話だ、とヘンリーは思った。

「ヘンリー・ロスマンです」。彼はその大きな手を差し出した。しかし相手はその手を無視した。どんな写真を彼は目にしたのだろう？　彼女がどこかで写真を写して、そのまま軽率に残しておいたのだろう、と彼は思った。迂闊《うかつ》な話だ。

「マデレインはどこにいるんだ、くそったれ」と若い男は尋ねた。

言葉遣いは電話のときと同じだった。でも若者はそんな汚い言葉を口にする人間には見えなかった。本当にこの男がそんなことを言ったのだろうか？　ゴキブリおやじとか、モノをしゃぶるとか。それほどやくざなタイプとは思えない。どうも話がちぐはぐだ。今では自分は完全に冷静になっているとヘンリーは感じた。「マデレインが今どこにいるか、私は知らない」と彼は言った。それは嘘ではない。そのことが彼を更にリラックスさせた。部屋まで実際に一緒に行ってみることを提唱しようかとも思った。しかしマデレインには行く先々で忘れ物をする癖がある。イヤリングとか、化粧品とか、下着とか。それはいささか危険すぎる。

「おれには八歳の息子がいる」と目を血走らせた、サングラスをかけた若い男は言った。そしてボマー・ジャケットの内側で肩に力を入れたようだった。目をぎゅっと細めてヘンリーを睨み、体重を母指球に乗せて前屈みになった。それは彼を更に一段小柄に見せることになった。黄色いレンズの奥の目はどこまでも穏やかな、癖のない茶色で、口は小さく薄かった。皮膚は柔らかく、オリーブ色がかって、両方の頬には感情の高まりを表す紅潮が微かに浮かんでいた。まるで顔立ちの良い小柄な俳優のようだとヘンリーは思った。髭はきれいに剃られ、役者によくあるように引き締まった身体をしていた。マデレインはプリティー・ボーイと結婚したのだ。もしこの男が気に入ったのなら、いったいどうしてまたヘンリー・ロスマンのような男とあえて関わったりしたのだろう？　自分のもっとも人間らしい資質が、自分が是認していない目的のために供されてきたような感じがした。それはあまり良い気持ちのするものではなかった。

「そのことは聞いているよ」とヘンリーは言った。子供のことだ。

「だからあんたには、とっとと消えてもらいたい」と若い男は顔を赤くしながら言った。「おれたちの結婚生活をぶち壊してもらいたくない。息子には両親揃った家で育ってほしいんだ。おれの言うことは理解できたか？　もちろんできたよな」、彼の柔らかな少年のような口がいきなり引きつった。ほとんど歯をむき出すみたいに。そこには小さな、四角い歯が密に詰まっていた。それは彼の顔立ちの良さを損ない、その憤怒を帳消しに、どことなく汚らしく見せていた。「もし子供のことがなければ、あんたとマデレインが何をしようがおれの知ったことじゃない」と彼は続けた。「この惑星中のホテルの部屋で好きなだけファックすりゃいい。そんなことどうだっていいんだ」

「言い分はよくわかった」

「言い分だと？」とマデレインの夫は言った。そして馬鹿げたレンズの奥で目をむいた。「言い分なんてあるものか。おれとしてはただあんたに、人生の事実を説明していただけさ。あんたはその手のものにずいぶん疎《うと》そうだからな。おれはあんたに何か頼んでるわけじゃないんだ。言ってることはわかるか？」、青年はヘンリーの目から目を逸らそうとはしなかった。安物の革の匂いが黒いジャケットから漂ってきた。まるで今日買ったばかりのもののようだ。そういえばおれは黒の革ジャケットなんて、生まれてこの方一度も持ったことがないなとヘンリーはふと思った。ロアノークでは、裕福な医者の息子はそんな服は着ない。マドラスのジャケットに白のバックスキンの靴というのがお決まりのスタイルだ。ユダヤ人のカントリー・クラブではみんなそういう格好をしている。

「言わんとすることはわかったよ」とヘンリーは、いかにも疲れているという印象を与える声で、言った。

マデレインの夫は怒りに燃える目で彼を睨みつけた。しかしそうされても、自分がこの一件を少しも真剣に受け止められないでいることにヘンリーは思い当たった。なんだか他人事《ひとごと》みたいに感じられる。だいたいマデレインの夫だって、どうも本当に思い詰めているわけではないようだ。それについては大金を賭けてもいい。ただし当人はそう見えることにどうやら気づいておらず、自分はこのどたばたに身も心も打ち込んでいると思い込んでいる。でも実際には二人とも、自分たちの役割にさして必死になってはいない。彼らがやっていることすべて、彼らが自ら選んでなしていることのすべて——ヘンリーはこの場に臨むことを選び、ジェフはすさまじい怒りの表情を顔に浮かべることを選んだ——についてそれが言える。二人はもっと別のことについて語り合うべきなのだ。たとえばアイス・ホッケーとか。

「私は許される以上にマデレインに対して好意を持ったかもしれない」とヘンリーは認め、自分でもそのことに満足した。「いくつかの点で君の利益に合致しない行いをしたかもしれない」

それを聞いて、若い男は艶のない茶色の目をよりぎゅっと細めた。「なるほどね」と彼は言った。「それがあんたの大いなる告白というわけか?」

「言うなれば」とヘンリーは言った。そして初めて微笑を顔に浮かべた。マデレインは実際に今どこにいるんだろうと、ヘンリーは考えた。彼女のこの若々しい夫に向かって、自分が彼女とファックしていたことを——たとえ持って回った言い方であるにせよ——認めたこの瞬間に。彼がそうしたのは、彼自身とこの若者との間に持ち上がった何かに、ほんの僅かでも実質を与えるためだった。ただそれだけのためだ。「君はどういう建築に携わっているのかな?」と彼は友好的に尋ねた。すぐ近くにフランス語をしゃべっている人がいた。それが誰なのか彼は見回してみた。今ここでフランス語を話し始めるのも悪くない。あるいはロシア語でも。何でもいい。マデレインの夫が何かを言ったが、うまく聞き取れなかった。「失礼?」と彼は我慢強く、微笑みをもう一度浮かべて言った。

「ファック・ユーって言ったんだよ」と若者は言って、一歩前に踏み出した。「これをこのまま続けるなら、あんたの身に困ったことが持ち上がるぞ。青ざめるようなことがな。はったりだと思うなよ。おれは間違いなく実行するからな」

「ああ、君はきっとそうするだろう」とヘンリーは言った。「誰かにそういうことを言われたときには、相手の言い分を信じた方がいい。それがルールだ。だから私は君の言い分を信じる」。彼は自分の白いシャツの前の部分を見下ろし、そこにマデレインのマスカラの小さな黒い跡をみつけた。彼女が泣いたあと、窓際で顔をそこに押しつけたときに着いたのだ。彼は再び全身に疲弊を感じた。

若い男は一歩後ろに下がった。顔の紅潮は引いて、あとは青白くまだらになっていた。両手はまだポケットの中だ。銃を持っているのかもしれない。しかしここはカナダだ。浮気されたくらいで人を殺したりしない。

「あんたらアメリカ人は間抜けだよ」とマデレインの夫は言った。「あんたらは内的自己が分割されているんだ。歴史的にずっとそうだった。すべてに選択肢がある。あほらしい。あんたらは何かひとつに腰を落ち着けるってことができない。だからすべてに批評的になる。国そのものがそういう仕組みになっているんだ」。彼は首を振り、うんざりだという顔をした。

「言いたいことがあれば、好きなだけ並べ立てればいい。私はここで黙って聞いているよ」

「いや、もう十分だ」と若い男は言った。彼も疲れ切った顔をしていた。「必要なことは既にわかってもらえたはずだ」

「実に」とヘンリーは言った。「君はポイントを明確にしてくれた」

マデレインの夫は何も言わずに振り向き、赤と金メッキに彩られた祝祭ムードに溢れるロビーを横切り、回転ドアに向かった。テコンドーの子供たちは既に外に出て、通行人たちの中に姿を消していた。ヘンリーは腕時計に目をやった。全部で五分もかからなかった。

部屋に戻ってシャツを着替え、服と洗面用具をスーツケースに詰めた。部屋は冷えていた。まるで誰かが暖房を切るか、廊下の窓を開けたかしたみたいだ。メッセージの紙片が二枚、カーペットの上にあった。ドアの下から半分差し込まれている。たぶんマデレインからのものだろう。そうでなければ、あの夫があとから思いついた脅迫のメッセージを滑り込ませたのかもしれない。そのまま放っておくことにした。それでもメッセージの紙片が発する強要的な空気が引き金になったのか、彼はベッドをメイクしなおし、部屋を片付け、朝食のトレイを片付けたいという強い衝動に駆られた。それはきっと、彼の人生が雑然としたものになっていることを示唆しているのだろう。その気持ちはおそらく飛行機に乗るまで収まるまい。

それでも彼はさっきまでマデレインが立っていたのと同じ、窓際の場所に立ち、T字型の大きなクレーンがコンクリートの詰まった巨大なバケツを、未完成のビルの灰色のシルエットのてっぺんまでゆっくりと持ち上げるのを眺めていた。この見知らぬとりとめのない都市の、いったいどこにマデレインは今いるのだろうと彼は再び考えた。心おきなく一日を過ごせる女友だちと一緒にコーヒーでも飲んでいるのか、子供の学校が終わるのを待っているのか、それとも夫が帰宅して惨めな口げんかが始まるのを待っているのか。いずれにせよそこにはうらやむべき要素はなかった。ガラス窓には彼女が指で書いた字が残っていた。部屋が冷えてきた今、その字が浮かび上がってきたのだ。それは「Denny」と書かれているようだった。デニーっていったいどこの誰だ？　あるいはそのメッセージは誰か別の人間のものかもしれない。以前この部屋に宿泊していた誰かの。

それからこれという理由もなく突然、頭が眩むほどの疲弊を感じた。おまけによりによってこのややこしいときに、気がついたら臼歯がけっこう大きくぼろりと欠けていた。そのぎざぎざになった跡が、ただでさえ敏感な舌先に触れた（どうやら彼は欠けた部分を呑み込んでしまったようだ）。その一日は既に彼にかなりの圧力をかけていたのだ。彼は眼鏡をはずし、新聞紙の上に横になった。どこかの部屋からテレビの音が微かに聞こえた。スタジオの聴衆が笑っていた。うたた寝をするくらいの時間はありそうだ。

でもマデレインのことをつい考えてしまう。ヘンリーが彼女を愛したときもあった。愛していると口にしたときもあった。かなり真剣にそういう気持ちになったときもあった。でも愛がどうこうとか、恋に落ちて頭がおかしくなったとか、そういうことではない。アイルランドのコネマラ地方にある、ラウンド・ストーンという小さな村の近くの、小石敷きの海岸に彼女と二人でいたときのことを彼はよく覚えている。ダブリンから車でそこまで遠出をした。二人はダブリンで投資家たちと会い、彼らのクライアントに大きな利益をもたらすべく交渉をおこなったのだ。

二人は石だらけの海岸にピクニックの装備を広げ、ゆっくり日が暮れていくのを眺めた。そして向こうに見える光はケープ・ブレトン島の明かりだと思うことにした。そこがマデレインの父親の生まれた場所なのだ。生活が楽しめそうなところだ。しかし地理的にいえば、二人は実際は北を向いていたので、彼らが目にしていたのは入り江の対岸に過ぎなかったのだが。背後の村ではささやかな巡回見世物が開かれていた。照明つきのメリー・ゴー・ラウンドがあり、暗くなるにつれて小さなアーケードの列があかあかと浮かび上がっていった。そこでそのとき、彼はマデレインをたしかに愛していた。ほかにも幾度かそういうことがあった。疑問の余地はない。

しかしなお、そこにはいつも「それで満足なのか？」という疑問がつきまとっていた。それについて考えると、彼はまた父親のことを思い出してしまう。父親は生まれながらのニューヨーカーで、ニューヨーカーの気質をいつまでも失わなかった。「で、ヘンリー、それで満足なのか？」と父親はよく小馬鹿にするように言ったものだ。それくらいではまだまだ足りないんだ、彼の父親はいつもそう考えていた。ヘンリーに対しても、彼の兄たちに対しても、彼らの手にしているものに対しても、彼らが収まっている環境に対しても、それくらいのことで甘んじていてはいけないのだと。そこに甘んじて、先に進まないというのは即ち、十分なものを手にできないことに他ならない。すべてがいかに素晴らしく比類なきものであれ、あるいはそのように見えるにせよ、そこには必ず、更に向上する余地があるはずだ、というのが父親の考え方である。人生は常に良きものへと改良されてきたのだし、今よりも更に良きものになるはずなのだ。

でもヘンリーは四十九歳になって、自分では気がつかない変化が出ていた――肉体的、頭脳的、精神的な変化だ。人生のいくつかの部分は既に「生きられて」しまったし、もう戻ってはこない。おそらく秤《はかり》は既に一方に傾いてしまったのだ。今日起こったことをずっとあとになって何かの拍子に思い起こし、「今になって思えば、あの日がものごとが悪い方に傾きだしたポイントだったんだな」と気づくことになるのかもしれない。あるいはものごとはもっと前に既に悪い方に傾いていたのかもしれない。あるいはものごとはそこでまさに「頂点に上り詰めていた」ということだってあるかもしれない。そして言うまでもなく更に後日、人は何かに行く手を塞がれることになる。運命に定められたポイントに直面するのだ。そこには興味深い選択の余地なんてものはない。あるのは気が滅入るような惨めな選択肢だけだ。

　とはいえこの時点において、ヘンリーはそのことを知らなかった。もしそれを知っていたら、彼はマデレインと共にここに留まることを選んでいたかもしれない。しかし言うまでもないことだが、ここに留まることは現実の選択肢の中にはなかった。マデレインは人妻だし、彼と結婚したいと口にしたことはない。彼女の夫が選択について言ったことは正しかった。ただ彼は選択というものについて誤った評価をしていた。選択こそが世界を興味深い場所にし、人生を操作可能な場所に変えるのだ。もし選択の余地が消されてしまったら、人は変化というものを作り出せないではないか。それではすべてがカナダになってしまう。ただし選択に直面する機会を最小限にしておくこと、それが単純なコツなのだ。あんな若造に何がわかるものか、とヘンリーは思った。

　外の廊下から女たちのしゃべる柔らかなフランス語が聞こえた。彼が出て行くのを待っているハウス・キーパーたちだ。彼女たちが何を言っているのかは理解できない。女たちの意味不明な、いつ果てるともない長いおしゃべりを子守歌がわりに、彼は短く眠った。

彼がホテルの会計を済ませ、領収書を手に振り返ったとき、マデレイン・グランヴィルの姿が見えた。彼女は鞄が積み上げられた赤い大きな柱のそばで、彼を待っていた。彼女は服を着替え、湿り気のある髪をぎゅっと後ろにまとめ、たっぷりとした口と黒い目を目立たせていた。きれいにフィットした茶色のツイードのズボンに、千鳥格子のジャケット、高価そうな編み上げのウォーキング・シューズという格好で、とても生き生きして見えた。すべてが彼女の若々しさと、すらりとした体型を強調していた。彼女は革のナップザックを肩にかけ、まるでこれから旅行に出ようとしているみたいに見えた。これまでに何度かあったことだが、彼女は飛び抜けて美しく見えた。彼女はおれと一緒にここを出て行くつもりなんだろうか、とヘンリーは思った。夫との話し合いでそういう成り行きになったのだろうか？

「あなたにメッセージを二つ残した」と彼女はからかうような笑みを浮かべて、楽しそうに言った。「あなたを空港までタクシーで行かせたりしない。もちろん」

さっきロビーで見かけた人たちが何人か、まだそこにいた。テコンドーの白い試合着を着た子供が、玉座のような大きな椅子に一人で腰掛けていた。セーター・ショップでは紋織りの秋向けのスーツを着た黒人の女が、プレゼント用の包装をしてもらっていた。もう正午を過ぎていた。彼はランチを食べ損ねた。

「キツネ狩りにでも行くのかい？」と彼はスーツケースを持ち上げながら言った。

「学校が引けたら、パトリックを連れて、今年最後の紅葉を見に行くつもりなの」。パトリックは彼女の息子だ。彼女は片腕を突き出し、片脚をスタイリッシュに伸ばした。「どう、秋っぽく見えない?」

「君が今立っているのは、一時間ばかり前に僕がとことん馬鹿げた会話を交わしたまさにその場所だよ」と彼は言った。そして回転ドアの方を見やった。外の通りを車が音もなく移動していた。ジェフはまだこの近辺にいるのだろうか。

「じゃあ、ここに記念碑でも建てなくちゃね」、マデレインは陽気な気分になっているようだった。「この場所において邪悪なる軍勢は行く手を……どうしたの?」。彼女はそのしっとりとした髪を手のひらで軽く叩いた。

「僕はタクシーで行ってもいい」とヘンリーは言った。

「つまらないことを言わないで」と彼女は朗らかな声で言った。「あなたが叩き出されるのは私の国なんだから」。彼女は振り向いて出口に向かった。「いらっしゃい……『邪悪なる軍勢は、退屈な会合《コンベンション》により行く手を阻まれた』、なんてね」

マデレインの運転する黄色いサーブの助手席から、いくつもの巨大な工事用のクレーンが動く様が見えた。ホテルの窓から見えていたより遥かにたくさんのクレーンや高層ビルがあった。都市はますます成長を続け、そのためにますます味けのないものになっていった。タクシーに乗った方がよかったかもしれない。一人でタクシーに乗って空港に向かえば、こんなにあちこち眺めたりはしない。その方が気持ち的には楽だっただろう。

「あなたはぐったりして見える。でも本当はそうじゃないんでしょうね」とマデレインは言った。必要以上に速く車を運転することは、彼女をいつもアグレッシブで上機嫌にした。二人が一緒に車に乗るとき、行き先はいつもどこか素敵な場所だった。そういうときはスピードを出すのも楽しかった。しかし今は遅い方がありがたかった。彼としてはなんとか無事に空港に到着したいだけだ。

「ぐったりして見える」ことについては、言うべきことはなかった。ヘンリーはマデレインをよく知っていた。しかし今では彼女のことがどうもわからなくなってきた。それも二人が演じている変化の一部だった。二人の気持ちが盛り上がっているとき、マデレインは運転しながらひっきりなしに彼の顔を見たものだ。そうしないわけにはいかないみたいに。微笑みかけたり、彼の優れた資質や気のきいた冗談について述べたり、彼の意見をほめたり。でも今では彼はごくありきたりの同乗者になっている。母親を美容院まで送ったり、司祭を葬儀場まで送ったりするのと変わりない。

「あさってが何の日か、あなたは知ってる？」とマデレインは、刻々変化する車の流れのあいだを巧みにすり抜けながら言った。彼女は香水をつけていて、それが車内を濃密なバラの香りで満たし、彼はその香りにいささか辟易していた。

「知らないね」

「あさってはカナダの感謝祭なの。アメリカのより、私たちの方がちょっとだけ早いの。先手を打てるようにね。カナダが感謝祭を発明したんだって。カナダが感謝祭を発明したのよ。どう?」。彼女はカナダを笑いものにするのが好きだったが、彼が同じことをすると気を悪くした。彼は彼女をカナダ人だと意識したことは一度もなかった。ごく普通のアメリカの若い女と同じに見えた。人が誰かをカナダ人として意識する意味が、彼にはよくわからなかった。問題にするべきどのような違いがそこにあるというのか?

「君たちがそれを祝うのは、僕らが祝うのと同じ意味合いなのかな?」とヘンリーは車の流れに目をやりながら言った。まだ頭が微かにくらくらしていた。

「そういう祝日があるというだけ」とマデレインは幸せそうに言った。「あなた方は何のために祝うの?」

「入植者とインディアンたちとのあいだに結ばれた協定を祝うためだよ。そうでなければ、入植者たちは彼らに皆殺しにされたかもしれなかった。もともとは国民がみんなで救済を喜ぶためのしきたりなんだ」

「あなたの国ではどうやら殺害が大きなテーマになっているみたいね」とマデレインは嬉しそうな顔をした。「私たちの国ではただ気持ちよく祝うべきものなの。カナダにはそれで十分なわけ。ただ幸福に、謝意を表す。殺し合いはとくに大きな役を演じない」

フランス系大学の古い校舎が眼下を左に過ぎていった。フランス語だけを使うささやかな幻想世界だ。自分とマデレインは今日から先、どのようにつきあっていけばいいのだろうと彼は考えた。それについてきちんと考えたことがなかった。言うまでもないことだが、誰だって過去を持っている。二人の関係を知る人々は、その関係が終わったことでおそらくほっとすることだろう。それに加えて、彼がいなくなってしまえば、彼女の人生はより過ごし易いものになるだろう。余計なことに頭を悩ませずに済む。双方にとって再び世界が開けることになる。

「あなたにひとつ言うことがあるの」とマデレインは言った。彼女の両手はしっかりとハンドルの上にあった。

「君が何を言いたいか、僕にはわかっていると思う」とヘンリーは言った。彼の舌先は欠けた臼歯の尖ったぎざぎざを探し求めていた。ぎざぎざによく触れる舌の部分がひりひりした。サンフランシスコに着いたら治療を受けよう。

「あなたにわかっているとは思えないけど」と彼女は言った。日本の航空会社の巨大な白い747型機が真っ青な空からゆっくりと降りてきて、前方の高速道路の上を横切っていった。「私の口からそれを聞きたい？」と彼女は言った。「別に言わなくてもいいのよ。べつにずっと言わないままでもいいことだから」

「あの男は君のご亭主じゃない」とヘンリーは言って、静かに咳払いをした。それはたった今、ふと頭に浮かんだことだった。どうして今なのか、彼にもわからない。弁護士の直観というやつだ。「君は僕がそれほど愚かだと思っているのかい？　つまり……」、彼はそのセンテンスを終わらせようとはしなかった。あえて終わらせるまでもない。言わずもがなのことがあまりに多く語られた。

マデレインは一度彼の顔を見て、それから目を逸らせ、また彼を見た。彼女は感心した顔をしていた。そして自分が感心させられたことを喜んでいるように見えた。まるで今回の一連の出来事のうちでそれが最良の成果であるみたいに。巨大なジェット機が、見栄えのしない工業地帯の風景に身を沈めるように、その姿を消した。空に轟く大爆発がそれに続くことはなかった。乗客は全員無事だった。「それはあなたの推測に過ぎないでしょう」と彼女は言った。

「僕は弁護士だぜ。推測と事実にいったいどれほどの違いがある？」

彼女はその台詞も気に入ったらしく、微笑みを浮かべた。たとえ何があろうと、結局おれのことが嫌いにはなれないんだ、とヘンリーは理解した。「どうしてそれがわかったの？」

「あれやこれや」、空港出口に向かうあたりで車は渋滞し始めた。「彼の演技は本人の意図を超えて深刻だった。口にされた言葉も……『あんたらは内的自己が分割されているんだ』とかね。普通そんなことは言わないよ。だいいちいかにも俳優らしく見えた。君は彼とも寝ているのか？　いや、ともというのはよくないな。忘れてくれ」

「ノー、今はね」とマデレインは言った。彼女は小指でヘア・クリップに触れ、頭を軽く傾けた。何かに思い当たったようだった。それがどのようなことなのか知る価値はあるかもしれない、とヘンリーは思った。「あなたが彼と会おうとすることはわかっていた」と彼女は言った。「そうしないわけにはいかないだろうと。あなたは常にひるむことなく勇敢な人だもの。それがあなたの偽装なのよ」

　ヘンリーは面白みを欠いた高速道路の光景がゆっくりと背後に過ぎていくのを見ていた。貨物集積場、トラック会社、レンタカー営業所、ガソリン・スタンド。どこでも同じ眺めだ。緑色の標識が見えた。AEROGARE/AIRPORT（空港）。何もかもが二回繰り返される。ご苦労なことだ。

「彼はアメリカ人よ」とマデレインは言った。「名前はブラッドリー。実際に俳優なの。彼がカナダ人じゃないとあなたが見破るんじゃないかと、私たちは心配していたんだけど」

「その心配は無用だった」とヘンリーは言った。彼女はAEROGARE/AIRPORT　SORTIE/EXIT（出口）というところに入り、彼の顔を正面から見た。彼女は今では僅かに心を乱しているように見えた。彼女はきっと、ホテルの部屋で自分の頬をぱたぱたと叩いたり、「私はもう少し愁嘆場みたいなものを思い浮かべていたんだけど」と口にしたときのことを思い出しているのだろうと彼は思った。あれはちょっと演技過剰だったかもしれない。

彼は手を伸ばして彼女の手を取り、緩く握った。彼女は神経質になっていた。その手は温かく、湿っていた。今回の出来事は彼女の中からも何かを奪っていったのだ。二人はかつて恋し合っていたし、おそらく今でもまだ恋し合っているのだ。

「一部始終を誰かがフィルムに収めているとか？」と彼は言って、隣にちらりと目をやった。ハイウェイの隣の車線には、ピックアップ・トラックが追走するようについていた。その荷台にはカメラや音響器機が満載され、にこにこと微笑む若い撮影スタッフたちが乗り込んでいるのではないか、すべての焦点が彼にしっかり合わせられているのではないか？　そんな考えが彼の頭をよぎった。

「そこまではやらない」と彼女は言った。

前方のD'EMBARQUEMENTS/DEPARTURES（出発口）は車が混み合っていた。一般車、リムジン、タクシー、エンジンを吹かしたままのヴァンの荷台から、ゴルフバッグや、折りたたみ式のベビーベッドや、テープを張り付けたクーラーボックスなんかをおろす人々。白い袖カバーをつけた警官たちがみんなに早く移動するようにと手を振って指示していた。彼の荷物はスーツケースが一個、ブリーフケース、それにレインコートだけだ。みごとな秋晴れだった。雲と靄は空から消えていた。

彼はマデレインの手を握り続けていた。彼女はその手を握りかえした。その感触を大切なものとして慈しむように。女性に関心が持てなくなってしまうというのは、いったいどんな感じのものなのだろうとヘンリーは思った。何をするにせよ——あっちに行く、こっちに行く、あれを決める、これを決める——彼の頭の中には常に女性がいた。彼女たちの存在がものごとを活性化してくれた。彼女たち抜きではいろんなことが様変わりしてしまう。このような一刻だって、もう持てなくなってしまうのだ。おおよその真実と思えるものが活気づき、理を説き、下した選択に沈黙の根拠を与える一刻。そんなことには関わりを持たなくなった人々の身に何が起こるのだろう？　女のことなんか考えなくなった人間の身に？　たしかに彼らも何かを達成するだろう。彼らの方が優れているのだろうか、そちらの達成の方がより純粋なのだろうか？　もちろん自分が女性たちとまったく無縁なものになってしまえば——早晩そうなるだろうが——そんなことはもう気にかけもしないのだろう。

歩道の間際で、ポーターやら乗客やらがずかずかと行き来し、荷物を載せたカートが乱暴な角度で突っ込んでくる中、ある一家——二人の年輩の大人と、成人に近い三人のブロンドの子供たち——がそこに立って小さな堅い円陣を作り、両腕を隣の人の肩にかけ、頭《こうべ》を垂れていた。間違いなくアメリカ人の一家だ、とヘンリーは思った。アメリカ人だけが自分たちの信仰に関してかくも独りよがりになれる。アーメンをしっかり唱えることだけが自分たちの安全を保証してくれると信じ切っている。まわりのことなんか気にもかけず、態度はプライドに満ちている。そういう特質が国を偉大にするわけでもないのに。

「ねえ、もしお願いしたら、私たちもあの小さな輪に入れてもらえるかしら?」、歩道の際に、祈りを捧げているアメリカ人たちのすぐそばに車を停めながら、マデレインは二人のあいだに降りた沈黙を破るように言った。彼女は彼らにちょっかいを出すつもりなのだ。

「僕らは既にあそこに参加しているよ」、ヘンリーは巡礼者たちのたくましい背中を見ながら言った。「僕らはまさに、彼らが懸命に思い描いている邪悪なる軍勢なんだ。おぞましい姦通者たちだ。僕らはあの人たちをもう十分悩ませている」

「人生とは不品行の記録に過ぎないのね。違う?」とマデレインは言った。祈りを捧げる人々が邪魔になって、ヘンリーはドアを開けることができなかった。

「そうは思わないな」、彼は女の温かく湿った柔らかい手をさりげなく握りながら言った。

彼女はもうひとつの話題をどこかにやってしまいたいだけなのだ。嘘をついたこと、トリックを仕掛けたこと、彼をひっかけて笑いものにしたこと。でもそれをどこかにやってしまっていけないわけはない。

彼は車から出られないまま、前方を見ながら、しばらくそこに座っていた。彼は言った。「君はもう僕を愛さないって決めたのかい?」。ここには大いなる謎がある。これが彼なりの祈りのかたちなのだ。

「いいえ、そんなことはない」とマデレインは言った。「私はずっとこの仲を続けたいと思っていた。でもそれはできないのよ。それだけのこと。そして私たちの関係を封印するには、こうするのがいちばんいいように思えたの。本当のものと、本当じゃないものとの違いを誇張する。わかる？」、彼女は弱々しく微笑んだ。「そこで起こっていることが実際に起こっているとは信じられないけれど、それでも信じなくちゃならないということがときどきあるでしょう。でもごめんなさい。ちょっとやりすぎたわね」、彼女は身体を傾けて、彼の頬にキスをした。それから彼の両手をとって自分の唇にあて、キスした。

ヘンリーは彼女のことが好きだった。彼女に関するすべてが好きだった。しかし今それを口にする時ではない。それはきっと偽善っぽく聞こえることだろう。いろんなことをことさらうまく収めようとしているみたいに。しかし進んで求めないことには、その一刻を十全に意味あるものにすることなどかなわないではないか。

車の外ではアメリカ人たちが互いをハグしあっていた。クリスチャンらしい大きな笑みが全員の顔に浮かんでいた。祈りは満ち足りた終わりを迎えたのだ。

「何か素敵な別れの言葉を思いつこうとしているの？」とマデレインは明るい声で尋ねた。

「いや」とヘンリーは言った。「そうしないように努めている」

「それもいいかもね」と彼女は微笑みながら言った。「ほかの人なら不満に思うかもしれないけど、私は理解してる。まだ完全に始まってもいないものをうまく終わらせるって、簡単なことじゃないもの」

ヘンリーは重いドアを押し開け、後ろからスーツケースを取り出し、ひやりとした秋の陽光の中に足を踏み出した。そして車の中にいる彼女に素早く目を向けた。マデレインは開いたドアの奥から彼に微笑みかけていた。今ではもう話すこともなかった。言葉は既に使い尽くされていた。

「それについてはあなたも同意してくれるんじゃないかしら、ヘンリー」と彼女は言った。「もしあなたが同意してくれたら、それだけで素敵な別れの言葉になると思うんだけど」

「いいよ。オーケー」とヘンリーは言った。「同意するよ。進んで同意する。君の言うことならすべて同意する」

「じゃあ、アメリカ人のお仲間のところに戻りなさい」

彼はドアを閉めた。マデレインはもうこちらを見ていなかった。彼女がそろそろと離れていくのを彼は見ていた。それから車はスピードを上げ、街へと向かう車の列の中に素早く消えていった。

「モントリオールの恋人」

今ではアメリカ文学界の重鎮の一人となった感のあるリチャード・フォードの短編集 *A Multitude Of Sins*（二〇〇一年）から選んだ。フォードは故レイモンド・カーヴァーと無二の親友だったが、書くものはかなり傾向が違う。文体も違う。余計な装飾をさっぱりと削ぎ落とした直線的なカーヴァーの文体に比べると、フォードのそれは実に緻密で、曲がり角が多く、洗練された企みがある。そのニュアンスを翻訳するのはなかなかむずかしいときがある。

原題は「Dominion（支配権）」。含みのあるタイトルだが、日本語としていささか馴染みにくいので、ここではあっさりと「モントリオールの恋人」という訳題にした。ひとことで言えば、大人の練れたラブ・ストーリー。もし自分がこんな目にあったら……と思わず考え込んでしまう男たちが世間にどれくらいいるのか、ちょっとわからないけど。

【恋愛甘苦度……甘味★★／苦味★★★】

恋するザムザ

村上春樹

"Samsa In Love"
by
Haruki Murakami

村上春樹

1949年生まれ。翻訳家としてカーヴァー、オブライエン、ペイリーら同時代作家を日本に紹介するほか、『グレート・ギャツビー』『キャッチャー・イン・ザ・ライ』『ティファニーで朝食を』などの古典的小説、音楽に関するノンフィクションや絵本など、幅広い作品を手がけている。その他の訳書に「村上春樹 翻訳ライブラリー」シリーズ、マーセル・セロー著『極北』など。時に小説も書く。

目を覚ましたとき、自分がベッドの上でグレゴール・ザムザに変身していることを彼は発見した。

あおむけの姿勢のまま彼は、部屋の天井を見つめていた。目が部屋の薄暗さに慣れるまでに時間がかかった。見たところそれはどこにでもある、ごく当たり前の天井だった。もともとは白か淡いクリーム色か、そんな色に塗られていたのだろう。しかし歳月がもたらす埃だか汚れだかのせいで、今では腐りかけた牛乳を思わせる色合いになっている。装飾もなければ、これという特徴もない。主張もメッセージもない。天井としての構造的役目はいちおうつつがなく果たしているようだが、それ以上の意欲は見出せない。

部屋の一方の壁（彼の位置からすれば左手）には丈の高い窓があったが、その窓は内側から塞がれていた。もともとあったに違いないカーテンは取り払われ、何枚もの厚い木材が横渡しに、窓枠に釘で打ちつけてある。板と板の間には——それが意図的なものかどうかまでは不明だが——それぞれ数センチの隙間が空いており、そこから朝の陽光が部屋の中に差し込み、床に何本かの眩しい平行な線を引いていた。何のためにこれほど頑丈に窓が塞がれているのか、理由はわからない。この部屋に誰かを入れないためだろうか？　あるいはここから誰かを外に出さないためだろうか（その誰かとはひょっとして彼のことなのか）？　それとも大嵐か竜巻が間もなく襲来しようとしているのだろうか？

あおむけの姿勢を維持したまま、目と首だけをそっと動かして、彼は部屋の内部を点検した。

部屋には、彼が寝ているベッドを別にすれば、家具と呼べそうなものは何ひとつなかった。チェストもなく、机も椅子もない。壁には絵も時計も鏡も掛かっていない。照明器具も見当たらない。そして視線が届く限り、床にはカーペットも絨毯も敷かれていないようだ。木の床がそっくりむき出しになっている。壁には古い色褪せた壁紙が貼られ、そこには細かい柄がついていたが、貧弱な光の中では——あるいは明るい光の中でも同じことかもしれないが——何の図柄なのか見きわめることはほとんど不可能だ。

窓とは反対側の、彼の右手にあたる壁にはドアがひとつある。ドアには部分的に変色した真鍮《しんちゅう》のノブがついている。この部屋はおそらく、本来は通常の居室として使われていたのだろう。そういう雰囲気がうかがえた。しかし今では、居住者の気配はそっくりきれいにそこから剝ぎ取られている。彼が今横になっているベッドが、部屋の中央にぽつんと残されているだけだ。しかしベッドには寝具がセットされていない。シーツも掛け布団も枕もない。古いマットレスがむき出しで置いてあるだけだ。

ここがどこなのか、これから何をすればいいのか、ザムザには見当もつかない。かろうじて理解できるのは、自分が今ではグレゴール・ザムザという名前を持つ人間になっているということだけだ。なぜそれが彼にわかるのだろう？ 眠っているあいだに誰かが彼の耳元でこっそり囁いたのかもしれない。「おまえの名前はグレゴール・ザムザなのだ」と。

それでは、グレゴール・ザムザになる前には、自分はいったい誰だったのだろう？ 何だったのだろう？

しかしそれについて考え始めると、意識がどんよりと重くなった。そして頭の奥の方に暗い蚊柱のようなものが立ち上がった。それは次第に太く濃密になり、軽いうなりを上げながら、脳の柔らかな部分に向けて移動していった。それでザムザは考えるのをやめた。何かについて深く考えることは、今の彼にはきっと負担が大きすぎるのだ。

何はともあれ、身体の動かし方を習得しなくてはならない。いつまでもここに横になって無為に天井を見上げているわけにはいかない。これではあまりに無防備すぎる。このような状態で敵に遭遇したら――たとえば獰猛《どうもう》な鳥たちに襲いかかられたら――生き残れる見込みはまずあるまい。手始めに彼は手の指を動かしてみた。左右二本の手に五本ずつ、全部で十本の長い指がついている。そこには数多くの関節が具わっていて、その作動のコンビネーションは複雑だ。おまけに身体全体が痺《しび》れたようになっていて（比重の大きい、粘性のある液体に身体が浸けられてしまったかのようだ)、末端部分に有効に力を伝えることができない。

それでも目を閉じて意識を集中し、辛抱強く試行錯誤を重ねているうちに、両手の指がだんだん自由に動かせるようになった。関節の動かし方もゆっくりとではあるけれど要領が呑み込めてきた。指先が動き出すと、それにつれて身体全体を覆っていた痺れも次第に薄らいで後退していった。しかしそのあとを埋めるように――まるで潮の引いたあとに暗い不吉な岩が姿を現すみたいに――激しい苦痛が彼の身体をじわじわと苛み始めた。

それが空腹感であることが判明するまでにしばらく時間がかかった。これまで一度も経験したことのない、というか、少なくとも経験した記憶を持たない、圧倒的なまでの空腹感だ。もう一週間も食べものをひとかけらも口にしていない――そんな感じだった。身体の中心に真空の洞《ほら》が生じてしまったみたいだ。身体中の骨が軋み、筋肉が絞りあげられ、内臓があちこちで痙攣《けいれん》した。

ザムザはその苦痛に耐えかねて、マットレスに両肘をついて少しずつ上半身を起こしていった。背骨が何度かごりっというおぞましい音を立てた。いったいどれくらい長いあいだこのベッドに横になっていたのだろう? 身体のあらゆる部分が、起き上がることに対して、今ある姿勢を変更することに対して、声高に抗議の意思を表明している。それでもなんとか痛みに耐え、あるだけの力をかき集めて身体を持ち上げ、ベッドの上に座る格好になった。

　なんという不格好な身体だろう、自分の裸の肉体をざっと眺め、見えない部分は手で触ってみて、ザムザはそう思わずにはいられなかった。不格好なばかりではない。あまりにも無防備だ。つるつるとした白い肌（申しわけ程度に体毛で覆われている）、まったく保護を受けていない柔らかな腹部、あり得ないほど奇妙なかたちをした生殖器、二本ずつしかないひょろりとした腕と脚、青い筋になって浮き上がった脆《もろ》い血管、簡単に折れてしまいそうな不安定な細長い首、大きくいびつな頭部。その頂上を覆っている硬くもつれた長い毛、貝殻のように左右に唐突に突き出した耳。こんなものが本当の自分なのだろうか？　こんな不合理な、そして簡単に損なわれてしまいそうな身体で（防御する殻も、攻撃する武器も与えられていない）、この世界をうまく生き延びていけるものだろうか？　どうして魚にならなかったのだろう？　どうしてひまわりにならなかったのだろう？　魚やひまわりになった方がまだ筋が通っている。少なくともグレゴール・ザムザになるより、遥かに筋が通っている。彼はそう思わずにはいられなかった。

　それでも思い切って両脚をベッドから下ろし、足の裏を床につけた。むき出しの床は予想していたよりずっと冷たく、彼は思わず息を呑んだ。それから手ひどい失敗を何度も繰り返し、身体をあちこちにぶっつけた末に、ようやく両脚を使ってそこに立ち上がることに成功した。片手でベッドの枠を握りしめ、しばらくそのままの姿勢を保っていた。しかしじっとしていると頭が異様に重く感じられてきて、首をまっすぐに立てておくことができない。脇の下から汗が流れ、極度の緊張のために生殖器が縮みあがった。何度も大きく深呼吸をし、緊張しこわばった肉体を宥《なだ》めなくてはならなかった。

　床の上に立っていることに身体がある程度慣れると、次は歩行を学習しなくてはならない。しかし二本足で歩くことは、ほとんど拷問に近い苦役であり、その動きは激しい肉体的苦痛を彼にもたらした。左右の足を交互に出して前に進むのは、どのような観点から見ても自然の法則に反した、不合理な行為だったし、視点が高く不安定な位置にあることが彼の身をすくませた。腰骨と膝の関節の連動性を理解し、そのバランスを取ることが最初のうちはひどく難しかった。一歩前に進むたびに、転倒の恐怖のために膝がしらが震え、両手で壁にしがみつかなくてはならなかった。

　しかしだからといって、この部屋にいつまでも留まっているわけにはいかない。どこかでまともな食物を見つけ、それを口に入れないことには、この痛烈な空腹は早晩彼の体を食いつぶし、滅ぼしてしまうだろう。

　壁につかまりながらよろよろと進み、ドアに到達するまでに長い時間がかかった。時間の単位もその測り方もわからない。でもなにしろ長い時間だ。のしかかる苦痛の総量が彼にそれを実感として教えてくれる。それでも移動しているあいだに、関節と筋肉の使い方を彼はひとつひとつ呑み込んでいく。速度はまだ遅々としたものだし、動きもぎこちない。支えも必要だ。しかし身体が不自由な人間としてなら、なんとか通用するかもしれない。

ドアのノブに手を触れ、それを手前に引いてみた。ドアはぴくりとも開かなかった。押しても駄目だ。次に右に回して引いてみた。ドアは微かな軋みを立てて内側に開いた。鍵はかかっていない。彼はドアの隙間から顔を小さく外に出してみた。廊下には人影はない。あたりは深い海の底のように静まりかえっている。彼は廊下にまず左足を踏み出し、ドアの縁を片手でつかんだまま半身を部屋の外に出し、それから右足を廊下に出した。そして壁にぴったり手をつきながら、そろそろと裸足で廊下を進んだ。

廊下には、彼が出てきた部屋のドアを含めて、全部で四つのドアがあった。同じような見かけの、暗い色合いの木製のドアだ。それらの内部はどうなっているのだろう？　誰かがそこにいるのだろうか？　ドアを開けて中を覗いてみたいという気持ちは強くある。そうすれば彼の置かれたこの不可解な状況も、少しは解明されるかもしれない。条理の糸口のようなものが見いだせるかもしれない。しかし彼はそれらの部屋の前を、足音を殺してそのまま通り過ぎていった。好奇心より先に、まず空腹を満たさなくてはならない。体内に巣くっているこの峻烈《しゅんれつ》な空洞を、一刻も早く実のあるもので埋めなくてはならない。

そしてその実のあるものを手に入れるためにどこを目指せばいいか、今ではザムザにも行き先がわかっていた。

この匂いを辿るのだ、と彼は鼻孔を蠢《うごめ》かせながら思う。温かい食べものの匂いだ。調理された食品の匂いが、微細な粒子となって空中を音もなく漂い上ってくる。その粒子は鼻の粘膜を狂おしく刺激する。嗅覚の情報は一瞬にして脳に伝えられ、その結果、生々しい予感と激しい渇望が、手慣れた異端審問官のように消化器を一寸刻みにねじりあげる。口の中が唾液でいっぱいになる。

しかしその匂いの源に辿り着くには、まず階段を降りなくてはならない。平らな場所を歩くのでさえ、彼にとっては難行なのだ。全部で十七段ある急な階段を降りていくのは悪夢そのものだ。手すりに両手でしがみつきながら、彼は階下へと向かった。一段降りるごとに細い足首に体重がかかり、うまく身体のバランスを保つことができず、何度か下まで転げ落ちそうになった。不自然な姿勢をとるたびに、身体中の骨と筋肉が悲鳴を上げた。

階段を降りるあいだ、ザムザはおおむね魚とひまわりについて考えていた。魚やひまわりであればおそらく、こんな階段を上り下りする必要もなく、平穏に一生を終えることができたはずだ。それなのに自分はなぜ、このように不自然にして危険きわまりない作業に携わらなくてはならないのだろう？ 筋の通らないことだ。

十七段の階段をなんとかやっと下まで降りてしまうと、ザムザはもう一度姿勢を立て直し、残された力を振り絞って、食物の匂いが漂ってくる方に向かった。天井の高い玄関のホールを抜け、開いた戸口から食堂に足を踏み入れた。食堂の楕円形の大きなテーブルには料理の皿が並べられていた。テーブルには五つの椅子が置かれていたが、人影はない。皿からはまだ微かに白く湯気が立ち上っていた。テーブルの真ん中にはガラスの花瓶が置かれ、白い百合の切り花が一ダースほど挿してある。テーブルには四人分のカトラリーと白いナプキンが用意されていたが、手をつけられた形跡はない。朝食の用意が整い、人々がさあこれから食事にとりかかろうとしたところで突然、予期しなかった何ごとかが持ち上がり、みんなが立ち上がってそのままどこかに消えてしまった——そんな気配があとに残っていた。それが起こってからまだ長い時間は経っていない。

いったい何が持ち上がったのだろう？　人々はどこに行ったのだろう？　あるいはどこに連れて行かれたのだろう？　彼らはまた朝食をとりにここに戻ってくるのだろうか？

しかしザムザには、それについて長く考えをめぐらせている余裕はなかった。彼は倒れ込むように手近な椅子に腰を下ろし、ナイフもスプーンもフォークもナプキンも使わず、テーブルに並べられた料理を次々に手づかみで食べていった。バターもジャムも塗らずにパンをそのままちぎって口に入れ、茹でた太いソーセージを丸ごと貪り、殻をむくのももどかしくゆで卵を囓《かじ》り、酢漬けの野菜をわしづかみにして食べた。温かいマッシュポテトは指ですくって口に運んだ。口の中でいろんなものをひとまとめに咀嚼《そしゃく》し、嚙み残したものは水差しの水で喉の奥に流し込んだ。味のことまではとても気が回らない。うまいのかまずいのか、辛いのか酸っぱいのか、そんな区別もつかない。とにかく体内の空白を満たすこと、それが先決だ。まるで時間と競争するみたいに、彼は無我夢中で食べた。手についたものを舐めるときに、間違えて指を思い切り嚙んでしまったほどだ。食べものの滓《かす》がぼろぼろとテーブルの上にこぼれ、大皿が一枚床に落ちて粉々に割れたが、そんなことは気にもとめなかった。

食卓は見るも無惨な有り様だった。まるで開いた窓からカラスの大群が入り込んできて、そこにあったものを争って食い散らかし、そのまま飛び去って行ったかのようだ。彼が食べられるだけ食べてやっと一息ついたとき、テーブルの上には料理はほとんど何ひとつ残っていなかった。手がつけられていないのは花瓶の百合の花くらいだ。もし料理がこれほどたっぷり用意されていなかったら、あるいは百合の花だって残らず食べられていたかもしれない。それくらいザムザは深く腹を減らしていたのだ。

それから長い時間、ザムザは食卓の椅子に腰を下ろしたまま、放心状態に陥っていた。両手をテーブルの上に置き、肩で息をしながら、半ば閉じた目で、テーブルの中央に置かれた白い百合の花を眺めていた。岸辺に潮が満ちるように、ゆっくり充足感がやってきた。体内の空洞がじわじわと埋められ、真空の領域が狭められていく感触があった。

それから彼は金属製のポットを手に取り、白い陶器のカップにコーヒーを注いだ。コーヒーのきっ、とした強い香りは彼に何かを思い出させた。直接的な記憶ではない。あくまで間接的な、いくつかの段階をくぐり抜けてきた記憶だ。今こうして経験していることを、記憶として未来から覗いているような、そんな奇妙な時間の二重性がそこにはあった。経験と記憶とが閉じたサイクルの中で循環し、行き来しているみたいだ。彼はコーヒーにクリームをたっぷりと入れ、指でかきまわして飲んだ。コーヒーは冷めかけていたが、それでもまだ微かに温かみが残っていた。彼はそれを口に含み、少し間を置いてから用心深く、少しずつ喉の奥に流し込んだ。コーヒーは彼の高ぶりをいくらか落ち着けてくれた。

それから彼は唐突に寒さを感じた。身体がぶるぶると大きく震えた。それまでは空腹感があまりに強烈だったために、ほかの身体感覚に気を回す余裕もなかったのだろう。しかしようやく空腹が満たされ、ふと気がつくと、朝の空気は冷えびえとしていた。暖炉の火も消えて冷たくなっている。おまけに彼は全裸で裸足だった。

何かを身にまとう必要がある、とザムザは認識した。このままではいささか寒すぎる。そしてまた人前に出るには、この姿は適切なものとは言えない。いつなんどき人が玄関に姿を見せるかもしれない。少し前までここにいた人々は――まさに朝食を食べようとしていた人々は――ほどなく戻ってくるかもしれない。そのとき自分がこんな姿のままでいたら、おそらく何か問題が持ち上がるだろう。

彼にはなぜかそれがわかった。それは推測でもなく、知識でもなく、まったくの純粋な認識だった。そのような認識がどこからどのような経路を辿って訪れてくるのか、ザムザにはわからない。それもまた循環する記憶の一部なのかもしれない。

　ザムザは席を立ち、食堂を出て玄関ホールに行った。まだかなりぎこちなくはあるものの、そして時間は要するものの、今では何かにしがみつかなくても、いちおう二本足で立って歩行できるようになっていた。玄関ホールには鉄製の傘立てがあり、そこにはこうもり傘と一緒にステッキが何本か突っ込まれていた。彼は黒い樫《かし》のステッキを選んで取り、それを歩行の補助具として使うことにした。ステッキの握りの堅牢な感触は、彼に落ち着きと励ましを与えてくれた。鳥に襲われたりしたときには武器として使えるかもしれない。それから彼は窓際に立ち、白いレースのカーテンの隙間からしばらく外の様子をうかがった。

　家の前は通りになっていた。それほど広い道路ではない。人通りはほとんどなく、いやにがらんとしている。ときおりそこを急ぎ足で通りかかる人々は、みんなそれぞれに隙なく衣服をまとっていた。様々な色合いの、様々な格好の衣服だ。ほとんどは男だったが、女も一人か二人いた。男女によって着ているものが違う。そして足には硬い革で造られた靴を履いていた。よく磨かれた長靴を履いているものもいた。その靴底は丸石敷きの路面にこつこつと、素早く硬い音を立てた。みんな帽子をかぶっていた。誰もが当然のことのように二本足で立って歩いていたし、誰も生殖器を外に出したりしていなかった。ザムザは玄関にとりつけられた等身大の鏡の前に立ち、通りを行く彼らと、自分の姿を見比べてみた。鏡の中の彼は、いかにもみすぼらしく弱々しく見えた。腹には肉汁やソースが垂れ、陰毛にはパンくずが綿のようにこびりついていた。彼はそのような汚れを手で払って落とした。

衣服を身にまとう必要がある、と彼はあらためて思った。それからもう一度街路に目をやり、鳥たちの姿を求めた。そこには一羽の鳥も見えなかった。

一階には玄関と食堂と台所と居間があった。しかし衣服とおぼしきものはどこにも見当たらなかった。一階はおそらく人が服を着替えるための場所ではないのだ。衣服は二階のどこかにまとめて置かれているのだろう。

彼は心を決めて階段を上っていった。意外なことに、階段を上るのは降りるときよりずっと楽だった。手すりにつかまって、恐怖も苦痛もさして感じることもなく、途中ところどころで息をつきながらも、十七段の階段を比較的短い時間で上りきることができた。

幸運なことにというべきなのだろう、どのドアにも鍵はかかっていなかった。ノブを右に回して押すと、内側にドアは開いた。二階に部屋は全部で四つあったが、彼がそこで目覚めたあのむき出しの寒々しい部屋を除いて、どの部屋も居心地良く整えられていた。清潔な寝具を与えられたベッドがあり、チェストがあり、書き物机があり、照明器具がとりつけられ、複雑な模様の絨毯が敷かれていた。よく整頓され、掃除も行き届いていた。本棚には本が美しく並び、壁には額に入った油絵の風景画が掛かっていた。どれも白い断崖のある海岸の絵だった。菓子のような形をした白い雲が濃紺の空に浮かんでいる。ガラスの花瓶には鮮やかな色合いの花がいけられていた。無骨な木材で窓が塞がれているようなこともなかった。レースのカーテンが引かれた窓からは、恵みに満ちた陽光が静かに差し込んでいた。それぞれのベッドには、少し前まで誰かが寝ていた形跡があった。白い大きな枕には、まだ頭の窪みが残っていた。

いちばん広い部屋のクローゼットの中で、彼の身体に合ったサイズのガウンがみつかった。それならなんとか身にまとえそうだ。それ以外の衣服はどうやって着ればいいのか、どのような組み合わせで着用することを求められているのか、複雑すぎて見当もつかない。ボタンが多すぎたし、前と後ろ、上と下の違いもよくわからない。下着と上着の違いも不明だ。衣服に関しては、学習しなくてはならないものごとがあまりに多すぎる。それに比べればガウンはずっと単純に、実用的にできていて、装飾的な要素も少なく、彼にもなんとか着用できそうだった。軽く柔らかい布地で作られており、肌に優しかった。色は紺色だった。それと揃いらしい同色のスリッパもみつけた。

彼は裸の上からそのガウンをまとい、幾多の試行錯誤をかさねたのちに、紐を身体の前で結ぶことに成功した。そしてそのガウンを着て、スリッパを履き、姿見の前に立った。少なくとも丸裸で歩き回るよりは遥かにましだ。まわりの人々がどんな身なりをしているかをもっと詳しく観察すれば、普通の衣服の正しい着方も徐々に判明してくるだろう。それまではこのガウンでやっていくしかない。十分温かいとはとても言えないが、それでも家の中にいるかぎり寒さはある程度しのげた。そして何より、自分の柔らかいむき出しの肌が無防備に鳥たちにさらされていないことが、ザムザの心を落ち着かせてくれた。

ベルが鳴ったとき、彼はいちばん広い寝室のベッドで（それはまた家中でいちばん大きなベッドでもあった）、布団をかぶってうとうとまどろんでいた。羽毛布団の中は温かく、まるで卵の殻の中に入っているように心地良かった。彼は夢を見ていた。どんな夢だったか思い出せない。でも好感の持てる、何かしら明るい夢だ。しかしそのとき玄関ベルの音が家中に響き渡り、その夢をどこかに蹴って追いやり、ザムザを冷えびえとした現実に引き戻した。

彼はベッドを出てガウンの紐を締め直し、紺色のスリッパを履き、黒塗りのステッキを手に取り、手すりをつかんで階段をゆっくりと降りていった。階段を降りるのも、最初の時よりはずいぶん楽になっていた。しかしそこに転落の危険があることには変わりはない。油断はできない。彼は慎重に一段一段、足もとを確かめながら階下に向かった。そのあいだもドアベルはひっきりなしに、大きな耳障りな音で鳴り響いていた。そのベルを押す人間は短気にして、同時に執拗な性格の持ち主であるようだった。

ようやく階段の下まで降りると、彼は左手にステッキを握りしめ、玄関のドアを開けた。ノブを右に回し、内側に引くとドアは開いた。

ドアの外には小さな女が立っていた。とても小さな女だ。よくドアベルのボタンまで手が届いたものだ。しかしよく見ると、女は決して小さいわけではなかった。背中が折れ曲がって、姿勢が深く前屈みになっているのだ。だから小さく見える。でも体格自体は小柄なわけではない。女はゴム紐を使って髪を後ろでひとつにまとめ、それが顔に垂れかからないようにしていた。髪は濃い栗色で、その量はずいぶん豊富だった。足首まで隠れる長いたっぷりとしたスカートをはき、くたびれたツイードの上着を着ていた。首には縞模様の木綿のスカーフをぐるぐると巻いている。帽子はかぶっていない。靴はがっしりとした編み上げ靴だ。年齢はたぶん二十代初めだろう。まだ少女の面影が残っている。目が大きく、鼻が小さく、唇が痩せた月のようにいくらか片方に傾いていた。眉毛は黒くまっすぐで、どことなく疑り深そうに見えた。

「ザムザさんのお宅ですね？」と女は首を曲げ、下からザムザの顔を見上げるようにして言った。そして身体をもぞもぞと大きくねじった。激しい地震に襲われた大地が身もだえるみたいに。

ザムザは少し迷ってから、思い切って「そうです」と答えた。自分がグレゴール・ザムザであるからには、この家はおそらくザムザの家なのだろう。そう言って差し支えないはずだ。

しかし女はその答え方がもうひとつ気に入らないようだった。彼女は僅かに顔をしかめた。たぶんザムザの返答に微かな迷いを聞き取ったのだろう。

「ほんとにザムザさんのお宅なんですね、ここは？」と娘は語気鋭く言った。年季の入った門番が貧しいなりをしたよそ者を問い詰めるみたいに。

「ぼくはグレゴール・ザムザです」、ザムザはできるだけ落ち着いてそう答えた。それは間違いのない事実だ。

「なら、いいんだけど」と女は言った。それから足下に置いてあった黒い大きな布鞄を重そうに手に取った。長年にわたって使い込まれたらしく、ところどころが擦り切れていた。たぶん誰かから引き継いだものなのだろう。「それでは拝見しましょう」

そして女は返事を待つことなくさっさと家の中に入ってきた。ザムザはドアを閉めた。女はそこに立って、ガウンにスリッパというザムザの格好を疑わしそうな目で、上から下までじろりと眺めた。そして冷ややかな声で言った。

「どうやらお休みのところを起こしてしまったみたいね」

「いや、それはかまわないんです」とザムザは言った。それから相手の暗い目つきから、自分のまとっている衣服がこの状況にあまり相応しくないものであるらしいことを感じ取った。

「こんな格好で申しわけないんだけど、いろいろと事情があったもので」と彼は言った。

女はそれについては何も言わず、唇をまっすぐ堅く結んだ。「それで？」

「それで？」とザムザは言った。

「それで、問題の錠前はどこなの？」

「錠前？」

「壊れた錠前のことよ」、苛立ちが声に出るのを隠そうという努力を娘は最初から放棄していた。「錠前が壊れたから修理に来てほしいというお話だったけど」

「ああ」とザムザは言った。「壊れた錠前ね」

ザムザは必死で思考を働かせた。しかし意識をひとつに集中すると、頭の奥の方でまた黒い蚊柱が立ち上がる感触があった。

「ぼくは錠前のことは、とくになにも聞いてないんだけど」と彼は言った。「たぶん二階のドアのどれかのことだと思うんです」

女は顔を大きくしかめ、首を曲げてザムザを見上げた。「たぶん？」、その声は更に冷ややかさを増していた。一方の眉毛がぐいと上に持ち上げられていた。「どれか？」

自分の顔が赤くなるのがザムザにはわかった。自分が壊れた錠前について知識をまったく持ち合わせていないことがとても恥ずかしかった。彼は咳払いをしたが、言葉はうまく出てこなかった。

「ザムザさん。ご両親は今おられないの？　あたしとご両親とでじかにお話をした方がいいように思うんだけど」

「今は用事があって外に出かけているようです」とザムザは言った。

「外に出かけている？」と娘はあきれたように言った。「こんなさなかにいったい何の用事があるっていうの？」

「よくわからないけど、朝起きたら、うちの中には誰もいなかったんです」とザムザは言った。

「やれやれ」と娘は言った。そして長いため息をついた。「朝のこの時刻に修理にうかがうと、前もってちゃんと申し上げておいたんだけどね」

「申しわけありません」

女はしばらく唇を歪めていた。それから持ち上げていた方の眉をゆっくり下におろし、ザムザが左手に持っている黒塗りのステッキを眺めた。「脚が悪いの、グレゴールさん？」

「ええ、少し」とザムザは曖昧に言った。

女は屈み込んだ姿勢のまま、また身体をもぞもぞと大きくねじって動かした。その動作が何を意味するのか、何を目的としたものなのか、ザムザにはわからない。しかし彼はその複雑な身体の動かし方に、本能的な好意を感じないわけにはいかなかった。

娘はあきらめたように言った。「しょうがないわね。じゃあ、とにかくその二階のドアの鍵を見てみるわ。こんな大変な中を、街を横切って橋を渡って、わざわざここまで出かけてきたのよ。ほとんど命がけで。何もしないでそのまま『そうですか、お留守ですか。はい、それじゃ』って引き返すっていうわけにもいかないもの。そうでしょうが？」

こんな大変な中？　ザムザにはよく事情が呑み込めなかった。いったい何が大変なのだろう？　しかしそれについては何も質問しないことにした。これ以上自分の無知をさらけ出さない方がいいだろう。

娘は身体を二つに折ったまま、右手に重そうな黒い鞄を持ち、まるで虫が這うような格好で階段をずるずると上っていった。ザムザは手すりをつかんで、そのあとをゆっくりとついていった。彼女が歩く姿は、彼の中に何かしら懐かしい共感を呼び起こした。

娘は二階の廊下に立ち、四つのドアを見渡した。「鍵が壊れているのは、たぶんこのドアのうちのどれかなのね？」

またザムザの顔が赤くなった。「そうです。どれかです」と彼は言った。それからおずおずと付け加えた。「あの、ひょっとしたら、左のいちばん奥じゃないかという気がするんですが」。それはザムザが今朝目覚めた、家具のないむき出しの部屋のドアだった。

「気がする」と娘は消えたたき火を思わせる無表情な声で言った。「ひょっとしたら」。そして振り返ってザムザの顔を見上げた。

「なんとなく」とザムザは言った。

「グレゴール・ザムザさん、あんたとお話しするのはとても楽しいわ。語彙が豊富だし、表現が的確だし」と彼女は乾いた声で言った。それからまたひとつため息をつき、声の調子を変えた。「まあいいわ。とにかく、その左のいちばん奥のドアってのをまず調べてみましょう」

娘はそのドアの前に行って、ノブを回した。それからドアを奥に押した。ドアは内側に開いた。部屋の中の様子は彼がそこを出てきたときとまったく変わりなかった。家具はベッドしかない。それが部屋のちょうど真ん中に、海流の中の孤立した島のようにぽつんと置かれている。ベッドにはあまり清潔とはいえない裸のマットレスが置いてあるだけだ。そのマットレスの上で、彼はグレゴール・ザムザとして目を覚ましたのだ。それは夢ではない。床は寒々しくむき出しになっている。窓には板がしっかりと打ちつけられている。しかし娘はそんな様子を目にしても、とくに驚いた素振りは見せなかった。それくらいのことはこの街ではよくあるといった反応だった。

彼女は屈み込んで黒い鞄を開け、中から一枚のクリーム色のネルの布を取りだし、それを床の上に広げた。そしていくつかの工具を選んで、順序よくその布の上に並べていった。手慣れた拷問係が、気の毒な犠牲者の前で、不吉な道具を念入りに用意するみたいに。

彼女はまず中くらいの太さの針金を手に取り、それを鍵穴に差し込み、慣れた手つきであちこちの方向に動かした。そのあいだ彼女の目はぎゅっと細く、注意深くなっていた。耳もしっかり澄ませていた。それから今度はもう一段細い金具を手に取り、同じような動作を繰り返した。それから面白くなさそうに、唇を支那の刀のような冷徹なかたちに歪めた。大きな懐中電灯を手に取り、とびきり厳しい目つきで錠前の細部を点検した。

「ねえ、この錠前の鍵はあるかしら?」と娘はザムザに尋ねた。

「その鍵がどこにあるのか、ぼくにはわからない」と彼は正直に答えた。

「ああ、グレゴール・ザムザさん、あたしはときどき死にたくなってくるわ」と娘は天井に向かって言った。

しかし彼女はそれ以上ザムザには関心を払わず、ネルの布の上に並べた工具の中から今度はドライバーを手に取り、錠前そのものを取り外しにかかった。ねじを傷つけないように、ゆっくりと注意深く。そのあいだも何度か作業の手を休め、もぞもぞと身体をねじって大きく動かした。

そのねじりの動作を背後から観察しているうちに、ザムザの身体の中で不思議な反応が起こり始めた。身体がどこからともなく少しずつ温かくなり、鼻腔が開いていく感触があった。口の奥が渇いて、唾を飲み込むと耳元でごくんという大きな音がした。耳たぶがなぜか痒《かゆ》くなった。そしてそれまでただだらしなくぶら下がっていた生殖器が硬くひきしまり、太く長くなり、だんだん上に持ち上がっていった。おかげでガウンの前がふっくらと盛り上がった。でもそれがいったい何を意味するのか、ザムザには皆目わからない。

娘はドアから取り外した錠前一式を持って窓際に行き、木材の隙間からこぼれる陽光の中で、それを細かく調べた。暗い顔つきで、曲がった唇を堅く結び、細い金具で中をつついたり、強く振って音を確かめたりしていた。それから肩で大きく息をして、ザムザの方を振り返った。

「内部が完全に壊れてるね」と娘は言った。「たしかにザムザさん、あんたの言うとおりだった。こいつがいかれている」

「よかった」とザムザは言った。

「それほどよくもない」と娘は言った。「この錠前はここで今すぐにはなおせないよ。ちょっと特別な種類の製品なんだ。うちに持って帰って、父さんか兄さんたちに見てもらうしかない。彼らにならなら修理できるかもしれない。でもあたしの手には負えない。あたしはまだ見習いで、ごく普通の錠前しかなおせないからね」

「なるほど」とザムザは言った。この娘には父親と、何人かの兄がいる。そして彼らは一家全員で鍵師の仕事をしている。

「本当は父さんか、兄さんの誰かがここに来ることになっていたんだけど、ほら、ご存じのように、、、この騒ぎになってしまった。だからあたしが代わりに送られてきたんだよ。なにしろ街中が検問所だらけだからね」

それから彼女は全身を使ってため息をついた。

「しかしどうやったらこんな変てこな壊し方ができるんだろう？　誰がやったかは知らないけど、何かとくべつな器具を使って、錠前の内側を潰したとしか思えないんだけどね」

そして娘はまたもぞもぞと身体を大きくねじった。彼女が身体をねじると、両腕がまるで特殊な泳ぎ方をする人のようにぐるぐると立体的に回転した。そしてその動きはなぜかザムザの心を魅了し、強く揺さぶった。

「ひとつ質問してかまいませんか？」とザムザは思い切って娘に尋ねた。

「質問？」と娘は疑り深そうな目をして言った。「なんだか知らないけど、してみれば」

「そんな風に身体をときどきねじるのは、どうしてなんですか？」

娘は軽く口を開けてザムザの顔を見た。「ねじる？」。そして少しのあいだそれについて考えていた。「これのこと？」、娘はそのもぞもぞとしたねじりを実演して見せた。

「そう」とザムザは言った。

娘はしばらくのあいだ一対のつぶてのような目でザムザの顔をじっと見ていた。それから面白くもなさそうに言った。「ブラがうまく身体に合ってないんだよ。ただそれだけのこと」

「ブラ？」とザムザは言った。その言葉は彼の中にあるどの記憶とも結びつかなかった。

「ブラだよ。わかるだろう？」と娘は吐き捨てるように言った。「それとも、なに、せむしの女がブラをつけるのは変だって思っているわけ？　そういうのは厚かましいとか？」

「せむし？」とザムザは言った。その単語も彼の意識の茫漠とした空白領域に吸い込まれていった。彼女が何を言っているのか、ザムザにはまるで理解できない。しかしとにかく何かを口にしなくてはならない。

「いや、そんなことはぜんぜん思っていないけど」と彼は小さな声で弁解した。

「あのね、私だってね、ちゃんとおっぱいは二つあるんだし、ブラでしっかり押さえておく必要はあるんだよ。雌牛じゃあるまいし、歩くときにぶらぶらさせたくはないからね」

「もちろん」とザムザはよく理解できないまま相づちをうった。

「でもこんな体つきだから、うまくぴたっと身体に馴染まないんだ。普通の女のひととは体形がちょっと違うからね。だからときどきこうやってもぞもぞと身体をねじって、位置を調整する必要がある。女としてやっていくってのは、あんたが考えるよりずっと大変なんだよ。いろいろとね。そういうのを後ろからじろじろ見物して、何か楽しいわけ？　面白いわけ？」

「いや、面白いわけじゃないんです。ただ、何のためにそういうことをしているのかと、ふと不思議に思ったものだから」

　ブラというのは乳房を押さえる装具のことで、せむしというのは彼女の独自の体形のことなのだとザムザは推測した。この世界について学習すべきことは実に数多くある。

「あんた、人を馬鹿にしてるんじゃないよね？」と娘は言った。

「馬鹿になんてしていません」

娘は首を曲げて、ザムザの顔を見た。そして彼が決して自分を馬鹿にしているのではないことを理解した。悪意もなさそうだ。たぶんうまく知恵が働かないのだろう、と彼女は思った。でも育ちは良さそうだし、顔立ちもなかなかハンサムだ。年齢は三十歳前後。どう見ても痩せすぎだし、耳が大きすぎるし、顔色も良くないが、礼儀正しい。

それから彼女は、ザムザの着ているガウンの下腹部が、急な角度で上に盛り上がっていることに気がついた。

「何よ、それ？」と娘はとびきり冷ややかな声で言った。「いったい何よ、その盛り上がりは？」

ザムザはガウンの前の、こんもりと膨らんでいる部分を見下ろした。相手の口ぶりから、それはどうやら人前に出すのが適切ではない現象であるらしいとザムザは推測した。

「なるほどね。あんた、せむしの娘とファックするのがどんなものか、興味があるんでしょう？」と娘は吐き捨てるように言った。

「ファック？」と彼は言った。その単語にも聞き覚えがない。

「背中が前向きに曲がってるから、後ろから入れるのにちょうどいいと思ってるんでしょう？」と娘は言った。「そういう変態的なことを考えるやつがね、世間にはけっこういるんだよ。そしてそいつらはみんな、私ならすぐに簡単にやらせてくれるだろうと思っているんだ。でもね、おあいにくさま、そううまくはいかないよ」

「よくわからないけど」とザムザは言った。「もしあなたを不快な気持ちにさせたんだとしたら、申しわけないと思う。あやまります。許してください。べつに悪気はないんです。しばらく病気だったもので、いろんなことがまだよくわからないんです」

娘はまたため息をついた。「ああ、いいよ、わかったよ」と彼女は言った。「あんた、頭がちょっととろいんだね。でもおちんちんだけはしっかり元気なんだ。しょうがないね」

「すみません」とザムザは詫びた。

「いいんだよ、まあ」と娘はあきらめたように言った。「うちにはろくでもない兄貴が四人もいてね、そういうのは小さい頃からいやっていうくらい、さんざん見せつけられてきた。からかってわざと見せるんだ。たちの悪いやつらだよ。だから慣れているっていえば慣れている」

そして床にしゃがみ込んで並べた工具をひとつずつ片付け、壊れた錠前をクリーム色のネルの布でくるんで、工具と一緒に大事に黒い鞄の中にしまった。それからその鞄を手に立ち上がった。

「この錠前はうちに持って帰るよ。ご両親にそう言っておいて。うちでなおすか、あるいはまったくの新品に取り替えるしかない。でも新品を手に入れるのは、ここしばらくはむずかしいかもしれないね。ご両親が帰ってきたらそう言っておいて。わかった？ ちゃんと覚えられる？」

覚えられるとザムザは言った。

娘が先に立ってゆっくり階段を降り、そのあとからザムザがそろそろとついていった。階段を降りていく二人の姿はいかにも対照的だった。一人は四つん這いに近い格好で、もう一人は不自然に身体を後ろに反らせるような格好で、それでもほぼ同じくらいの速度で二人は階下に向かった。そのあいだもザムザはなんとか「盛り上がり」を解消しようと努めたが、それはなかなか元どおりのかたちに戻ってはくれなかった。とくに彼女が歩く様を背後から見ていると、彼の心臓は硬く乾いた音を立てた。そこから勢いよく送り出された熱い新鮮な血液が、彼の「盛り上がり」を執拗に維持していた。

「さっきも言ったけど、本当は父さんか兄さんの誰かがここに来るはずだったんだ」と娘は玄関口で言った。「でも街中が銃を持った兵隊だらけだし、あちこちをでかい戦車が固めている。とくに橋という橋に検問所ができて、たくさんの人々がどこかに引っ張られていく。だからうちの男たちは外に出るわけにはいかなかった。いったん目をつけられて引っ張られたら、いつ戻ってこられるかわからないからね。あぶなくってしょうがない。それで私が出張《でば》ってきたんだよ。一人でプラハの街を横切ってきた。私なら、たぶん誰もかまわないだろうってことでね。こういう私にもたまには使い道があるんだよ」

「戦車？」とザムザはぼんやり反復した。

「たくさんの戦車だよ。大砲と機関銃のついたやつ」、彼女はそう言ってザムザのガウンの盛り上がりを指さした。「あんたの大砲もなかなか立派そうだけど、それよりももっと大きくて硬くて凶暴なやつだよ。あんたの家族もみんな無事に戻ってくるといいけどね。みんながどこに行ったか、あんたにだって正直わかってないんだろう？」

ザムザは首を振った。どこに行ったかはわからない。

「またあなたに会えないかな？」とザムザは思い切って尋ねた。

娘はゆっくりと首を曲げ、ザムザの顔を疑わしそうに見上げた。「あんた、あたしにまた会いたいの？」

「ええ、あなたにもう一度会いたいと思う」

「そんな風におちんちんをおっ立てて？」

ザムザはその盛り上がりにもう一度目をやった。「うまく説明できないけど、これはぼくの気持ちとは関係のないことだと思う。これはたぶん心臓の問題なんです」

「ふうん」と娘は感心したように言った。「心臓の問題か。それはなかなか面白い意見だね。そういうのは初めて耳にしたよ」

「これはぼくにはどうにもならないことだから」

「だからファックとは関係ないって？」

「ファックのことは考えていません。本当に」

「おちんちんがそうやって硬く大きくなるのは、ファックについて考えることとは別に、ただ心臓のせいなんだ。つまりあんたはそう言いたいんだね？」

ザムザは肯いた。

「神様にそう誓える？」と娘は言った。

「神様」とザムザは言った。その単語も彼には聞き覚えがない。彼はそのまましばらく沈黙をまもっていた。

娘は力なく首を振った。そしてまたもぞもぞと身体を立体的にねじって、ブラのずれを調整した。「まあ、いいよ、神様のことは。神様はきっと何日か前にプラハから出て行かれたんだろう。大事な用事でもあったんだろう。だから神様のことは忘れよう」

「あなたにまた会えるだろうか？」とザムザは繰り返した。

娘は片方の眉を上げた。そして霞のかかった遠くの風景を見るような表情を顔に浮かべた。「あたしにまた会いたいっていうの？」

ザムザは黙って肯いた。

「会ってどうするの？」

「二人でゆっくり話をしたい」

「たとえばどんな話を？」と娘は尋ねた。

「いろんな話を、たくさん」

「話をするだけなの？」

「あなたに尋ねたいことがたくさんあるんです」とザムザは言った。

「何について？」

「この世界の成り立ちについて。あなたについて。ぼくについて」

娘はそれについてしばらく考えていた。「ただそれをあそこに突っ込みたいとか、そういうんじゃなくて？」

「そういうんじゃなくて」とザムザははっきりと言った。「ただ、ぼくとあなたとで、話さなくちゃいけないことがたくさんあるんじゃないかという気がするんです。戦車について、神様について、ブラについて、錠前について」

二人の間にいっとき深い沈黙が降りた。誰かが荷車のようなものを引いて家の前を通り過ぎていく音が聞こえた。どことなく息苦しい不吉な音だった。

「でも、どうだろうね」と娘はゆっくりと首を振りながら言った。しかし彼女の声は以前ほど冷ややかではなくなっていた。「あんたはあたしには育ちが良すぎる。ご両親だって、大事な息子が私みたいな娘とつきあうのを歓迎はしないだろう。おまけに今この街は外国の戦車と兵隊で溢れている。この先どうなるか、何が起ころうとしているのか、誰にもわからない」

この先どうなるか、そんなことはもちろんザムザにもわからない。未来のことはもちろん、今のことだって、過去のことだって、彼にはほとんど理解できていないのだ。服の着方だってわからない。

「とにかく何日かあとに、またこのおうちに寄ることになると思う」と娘は言った。「錠前を持ってね。修理できていればそれを持ってくるし、修理できなければ、それはそれで返しに来る。出張料金もいただかなくちゃならないしね。そのときにあんたがここにいれば、また会うことはできるだろう。世界の成り立ちについてゆっくり話ができるかどうかまではわからないけどね。でもいずれにせよ、ご両親の前ではその盛り上がりは隠しておいた方がいいよ。普通の人たちの世界では、そういうのを堂々と人目にさらすのはあまり褒められたことじゃないからね」

ザムザは肯いた。どうやったらうまくそれを人の目から隠せるのかよくわからないが、そのことはまたあとで考えればいい。

「しかし妙なもんだね」と娘は思慮深げに言った。「世界そのものがこうして壊れかけているっていうのに、壊れた錠前なんぞを気にする人がいて、それをまた律儀に修理しに来る人間がいる。考えてみればけったいなもんだよ。そう思うだろ？　でもさ、それでいいのかもしれない。意外にそれが正解なのかもしれないね。たとえ世界が今まさに壊れかけていても、そういうものごとの細かいあり方をそのままこつこつと律儀に維持していくことで、人間はなんとか正気を保っているのかもしれない」

娘はまた大きく首を曲げ、ザムザの顔を見つめた。片方の眉毛がぐいと持ち上げられた。それから彼女は口を開いた。「ところで、余計なお世話かもしれないけど、あの二階の部屋はこれまでいったい何に使っていたんだい？ 何ひとつ家具を置いてない部屋にこんなにも頑丈な錠前をつけて、それが壊れたことを、おたくのご両親はどうしてあれほど気にしていたんだろう？ そして何のために窓にあんなに頑丈な板を釘で打ちつけていたんだろう？ あそこに何かを閉じ込めていたとか、そういうことなのかな？」

ザムザは黙っていた。もし誰かが、何かがあの部屋に閉じ込められていたとしたら、それは自分以外の誰でもない。でもなぜ自分があの部屋に閉じ込められなくてはならなかったのだろう？

「まあ、あんたにそういうことを尋ねても始まらないのかもしれないけどね」と娘は言った。「あたしはそろそろ引き上げるよ。帰りが遅くなるとうちの人たちが心配するからね。無事に街を歩いて抜けられることを、あたしのために祈っておいて。兵隊たちがあわれなせむしの娘を見逃してくれることを。あいつらの中に、変態ファックの好きなやつがいないことを。ファックされるのはこの街だけで十分だからね」

祈っておくとザムザは言った。変態ファックがどういうことなのか、祈るというのがどういうことなのか、彼にはうまく理解できなかったけれど。

それから娘は背中を二つに折った格好で、黒い重そうな布鞄を手に提げ、玄関のドアから出て行った。

「またあなたに会えるだろうか？」とザムザは最後にもう一度尋ねた。

「誰かに会いたいとずっと思っていれば、きっといつかまた会えるものだよ」と娘は言った。今ではその声は僅かに優しい響きを帯びていた。

「鳥たちに気をつけて」とグレゴール・ザムザは彼女の曲がった背中に向かって声をかけた。

娘は振り返って肯いた。その片方にゆがんだ唇は少しだけ微笑んでいるようにも見えた。


鍵師の娘が前に深く身を屈めて、丸石敷きの通りを歩き去って行くのを、ザムザはカーテンの隙間から眺めていた。彼女の歩く動作は一見ぎこちなく見えたが、そのスピードはぬかりなく速かった。その仕草のひとつひとつがザムザの目にはチャーミングに映った。まるでミズスマシがするすると水面を這っているみたいに見える。その歩き方はどう見ても、二本脚で不安定に歩くより、遥かに自然で理にかなっている。

彼女の姿が見えなくなり、少し時間が経つと、彼の生殖器はまた柔らかく小さくなっていった。いっときの激しい盛り上がりはいつの間にか消えていた。それは今では脚の間に穏やかに無防備に、罪のない果物のようにぶら下がっていた。一対の睾丸も袋の中にゆっくりと身を休めていた。彼はガウンの紐を締め直し、食堂の椅子に腰を下ろし、冷めたコーヒーの残りを飲んだ。

ここにいた人々はどこかに行ってしまった。どんな人たちかは知らないが、たぶん彼の家族にあたる人々なのだろう。彼らは何らかの理由があって、唐突にここを立ち去った。そしてもう二度とここには戻ってこないかもしれない。世界が壊れかけている——それが何を意味するのか、グレゴール・ザムザにはわからない。見当もつかない。外国の兵隊、検問所、戦車……すべては謎に包まれている。

彼にわかるのは、自分の心がもう一度あのせむしの娘に会うことを求めているということだけだった。とても会いたい。二人で向かい合って、心ゆくまで話し合いたい。二人で少しずつ、この世界の謎を解き明かしていきたい。彼女がもぞもぞ立体的に身体をねじってブラを調整する仕草を、いろんな角度から眺めてみたい。そしてできることなら、彼女の身体のあちこちに手を触れてみたい。その肌の感触を、温もりを指先にじかに感じてみたい。そして世界中のいろんな階段を、二人で一緒に並んで上り下りしてみたい。

彼女のことを考え、その姿を思い出していると、胸の奥がほんのりと温かくなった。そして自分が魚やひまわりでなかったことがだんだん嬉しく思えてきた。二本脚で歩いたり、服を着たり、ナイフやフォークを使って食事をするのは、たしかにひどく厄介なことだ。この世界には、覚えなくてはならないことがあまりにもたくさんありすぎる。しかしもし自分が人間ではなく、魚やひまわりになっていたとしたら、こんな不思議な心の温もりを感じることはなかったのではないか。そういう気がした。

ザムザは長いあいだそこでじっと目を閉じていた。その温もりを彼は、まるでたき火にあたるように一人で静かに味わっていた。それから心を決めて立ち上がり、黒塗りのステッキを手に取り、階段に向かった。もう一度二階に行って、衣服の正しい着方をなんとか覚えよう。それがとりあえず彼のやらなくてはいけないことだった。

この世界は彼の学習を待っているのだ。

「恋するザムザ」

小説家がアンソロジーを編むと、収録すべき作品の数が足りなくても「ええい、面倒だ。自分で書いちまえ」という裏技があるので楽だ。こういう展開は前に編んだ『バースデイ・ストーリーズ』のときと同じ。

まず「恋するザムザ」というタイトルができて、そこからどんな話を書いていけばいいのか考えた。元ネタであるカフカの『変身』を読んでしまうとかえって書きにくくなりそうなので、遥か昔に読んだぼんやりとした記憶を辿って、『変身』後日譚（のようなもの）を書いた。シリアスなフランツ・カフカ愛読者に石を投げられそうだが、僕としてはずいぶん楽しく書かせてもらった。

カフカは『変身』を朗読するとき思わず吹き出していたということだが、そういう話を聞くと僕としてもほっとする。こんなものを書いて、フランツがプラハのユダヤ人墓地の地中で寝返りを打っていないことを望むばかりだ。

【恋愛甘苦度……甘味 ★★★／苦味 ★★】

訳者あとがき――いろんな種類の、いろんなレベルのラブ・ストーリー

僕は「ニューヨーカー」誌を定期購読しており、それほど忙しくない時期にはそこに掲載されているフィクションに、毎週ざっと目を通すようにしている。多くの場合、質の高い最新の短編小説と出会うことができるから。あるときたて続けに三編、強く興味を惹かれる（あるいは印象に残る）作品に巡り合った。具体的にあげると、本書に収められているマイリー・メロイの「愛し合う二人に代わって」とペーター・シュタムの「甘い夢を」、そして残念ながら版権の関係でここには収められなかったが、ジュノ・ディアスの「ミス・ロラ」である。そしてその三つの小説に共通するのは……そう、それらがかなりストレートなラブ・ストーリーであったことだ。なんという偶然だろう！　いや、あるいはそれは偶然なんかではないのかもしれない。ひょっとしてこの世知辛いポスト・ポスト・ポスト・モダニズムの文学世界に、突如ラブ・ストーリーの時代が花開いたのかもしれない。その真偽・是非はともかく、僕はたまたま他に二編ばかり、ラブ・ストーリーというカ

テゴリーに収められそうな短編小説を知っていた。たとえばトバイアス・ウルフの「二人の少年と、一人の少女」もそのひとつだ（あとひとつはこれも版権の関係で収められなかった）。それで「よし、このぶんでいけば、『バースデイ・ストーリーズ』（二〇〇二年刊）に続いて、ラブ・ストーリーのアンソロジーが簡単にひとつ作れそうじゃないか」と思い立った。そうすることで、うまくいけば、ポスト・ポスト・ポスト・モダニズムの水面に、ささやかなプレ・モダンの愛の小石を投ずることができるかもしれない。しかしもちろんものごとは——前回と同じように——そんなすんなりとは運ばない。

アンソロジー編者のつもりとしては、できるだけストレートで素直で、すらりと読めて、心がそれなりに温まる恋愛もので、しかも比較的最近に書かれた未訳の作品を集めようと思ったのだが、いざ身を入れて探し出すと、その手のものはそう簡単にはみつからない。いろいろな短編集を読み漁り、「ニューヨーカー」や他の雑誌も、バックナンバーまであちこち目を通してみたのだが、これはと思う適当なものにはなかなか巡り合えなかった。そこであらためて判明したのは、いわゆる「純文学」系の作家たちは、一直線でポジティブなラブ・ストーリーをほいほいと量産してくれるほど親切ではないということだった。まあ、僕もあまり人のことは言えないけれど。

それで考え方を少し変え、いくぶんひねりのきいたもの、少しダークなもの、そこそこ屈折したものも加え、広義のラブ・ストーリーということで、かぎ括弧つきの「恋愛小説」を集めてみることにした。でも結果的には、それでまあ良かったのではないかという気がする。だって我々が経験する実際の恋愛だってほとんどの場合、あちこち曲げられたり、部分的にダークになったり、そこそこ屈折したりしながら、それでもうまく育ったり、停滞したり、へこんだり、なんとか実を結んだり、駄目になったり、復活したりしていくものなのだ。もし素直で一直線な恋愛ばかりで世の中が成り立っていたら、それはそれで当事者も、まわりで見ている方も、けっこうしんどいものかもしれない。シェリル・クロウも歌っているように「毎日が曲がり道なの」だけれど、その方が遠い前方が見えすぎなくて、かえって楽なのかもしれない。

というわけで、世の中には初心者向けの素直で素朴な恋愛もあれば、上級者向けの屈折した恋愛もある。だとしたら初心者向けの恋愛小説があり、上級者向けの恋愛小説があって当然ではないか。

本書の中ではアリス・マンローの「ジャック・ランダ・ホテル」とリチャード・フォードの「モントリオールの恋人」が、小説的に見ても恋愛的に見ても、間違いなく上級者向けにあたるだろう。練れた著者の手になる、練れた大人の愛の物語。「子供にはなかなか、このへんはわからんだろう」という雰囲気がそこには色濃く漂っている。というか正直言って、大人の僕にだってよくわかりにくい部分がところどころあります（それは単に僕がいまだ「上級者」に含まれていないからかもしれないけれど）。

ここに収められた作品は僕が自分の手で選んだものだが、「ジャック・ランダ・ホテル」だけは柴田元幸さんのセレクションである。「柴田さん、何か面白い恋愛小説を知りませんか？」と電話をかけて尋ね（困ったときにはすぐにこの人に電話をかける）、「うーん、困ったなあ。僕は恋愛ものみたいなのにはとんと縁がない人間なんですが、そうだなあ、これなんかどうでしょう？」と推薦していただいた。読んでみたら、案の定とても面白い小説だった。女性の心理を深くえぐり取るように描きながら、文章にはいわゆる「女性っぽさ」みたいなものがほとんど感じられない。

というわけで、結果的にいろんな種類の、いろんなレベルのラブ・ストーリーが揃った。読者のお役に立つかどうかはわからないが、それぞれの作品の最後に「恋愛甘苦度」バロメーターをつけてみた。甘みは恋愛における明るくメロウな展望や希望、苦みはそれを地べたに引き戻す負の力や運命。チョコレートの場合と同じく、甘みと苦みの配合度を表示した。でもこれはあくまで僕の主観的な判断であって、数値的な裏付けとか論理的整合性みたいなものはない。僕の判定に対して「いや、それはないだろう」と思われたら、自由に個人的に修正していただきたい。あくまで目安です。

僕の書いた「恋するザムザ」は言うまでもなく、カフカの「変身」をベースにしたものだ。フロベールは「ボヴァリー夫人とは私だ」と言った（そうだ）が、それと比べるのもまことにおこがましいけれど、錠前師の娘に直感的に恋をするグレゴールの気持ちは、プラハから遠く離れたこの僕にも痛いほどよくわかる。「せむし」というのは、現代日本では一般的に使うことのできなくなっている言葉だが、それは彼女のチャーミングな特質のひとつの表象であるという文脈で、この擬古小説ではどうしても用いないわけにはいかなかった。

しかしここに収められた作品をひとつひとつ読んでいくと、人を恋するというのもなかなか大変なことなんだなと、あらためて痛感しないわけにはいかない。あなたの場合はいかがですか？　僕個人の場合も——いちいち細かく説明しているような紙数はないけど——それなりに大変でした。

でもたしかにいろいろと大変ではあるのだけれど、人を恋する気持ちというのは、けっこう長持ちするものである。それがかなり昔に起こったことであっても、つい昨日のことのようにありありと思い出せたりもする。そしてそのような心持ちの記憶は、時として冷え冷えとする我々の人生を、暗がりの中のたき火のようにほんのりと温めてくれたりもする。そういう意味でも、恋愛というのはできるうちにせっせとしておいた方が良いのかもしれない。大変かもしれないけれど、そういう苦労をするだけの価値は十分あるような気がする。

しかしいろいろ事情があって、今はなかなかそういう実践もできなくてという方は、どうか代わりに心静かにラブ・ストーリーを読んでください。今実際に恋をしていて、気持ちが昂ぶってしかたないんだという方も、少し心を落ち着けるために、あるいは様々な愛の形を知るために、ラブ・ストーリーを読んでください。物語にはいろんな実際的な効用がある。これらの物語の中に、あなたの心の形にうまくフィットするものがあることを、それがあなたの心を少しでも温めてくれることを、編者としては希望するばかりだ。

村上春樹

二〇一三年八月六日

『恋しくて Ten Selected Love Stories』
2013年9月　中央公論新社刊

中公文庫

恋《こい》しくて
——TEN SELECTED LOVE STORIES

2016年9月25日　初版発行

編訳者　村《むら》上《かみ》春《はる》樹《き》

発行者　大橋善光

発行所　中央公論新社
〒100-8152　東京都千代田区大手町1-7-1
電話　販売 03-5299-1730　編集 03-5299-1890
URL http://www.chuko.co.jp/

DTP　嵐下英治
印刷　三晃印刷
製本　小泉製本

Published by CHUOKORON-SHINSHA, INC.
Printed in Japan　ISBN978-4-12-206289-4 C1197

中公文庫既刊より

各書目の下段の数字はISBNコードです。978−4−12が省略してあります。

む-4-3
中国行きのスロウ・ボート
村上　春樹
1983年――友よ、ぼくらは時代の唄に出会う。中国人とのふとした出会いを通して青春の追憶と内なる魂の旅を描く表題作他六篇。著者初の短篇集。
202840-1

む-4-4
使いみちのない風景
村上春樹 文
稲越功一 写真
ふと甦る鮮烈な風景、その使いみちを僕らは知らない――作家と写真家が紡ぐ失われた風景の束の間の記憶。文庫版新収録の2エッセイ、カラー写真58点。
203210-1

む-4-9
Carver's Dozen
レイモンド・カーヴァー傑作選
カーヴァー
村上春樹 編訳
レイモンド・カーヴァーの全作品の中から、偏愛する短篇、エッセイ、詩12篇を新たに訳し直した〝村上版ベスト・セレクション〟。作品解説・年譜付。
202957-6

む-4-10
犬の人生
マーク・ストランド
村上春樹 訳
「僕は以前は犬だったんだよ」……とことんオフビートで限りなく繊細。村上春樹が見出した、アメリカ現代詩界を代表する詩人の異色の処女〈小説集〉。
203928-5

シ-1-2
ボートの三人男
J・K・ジェローム
丸谷才一 訳
テムズ河をボートで漕ぎだした三人の紳士と犬の愉快で滑稽、皮肉で珍妙な物語。イギリス独特の深い味わいの傑作ユーモア小説。〈解説〉井上ひさし
205301-4

ホ-3-2
ポー名作集
E・A・ポー
丸谷才一 訳
理性と夢幻、不安と狂気が綾なす美の世界――短篇の名手ポーの代表的傑作「モルグ街の殺人」「黄金虫」「黒猫」「アシャー館の崩壊」全八篇を格調高い丸谷訳でおさめる。
205347-2

く-20-1
猫
クラフト・エヴィング商會
井伏鱒二／谷崎潤一郎 他
猫と暮らし、猫を愛した作家たちが思い思いに綴った珠玉の短篇集が、半世紀ぶりに生まれかわる。ゆったり流れる時間のなかで、人と動物のふれあいが浮かび上がる、贅沢な一冊。
205228-4

く-20-2
犬
クラフト・エヴィング商會
川端康成／
幸田文 他
ときに人に寄り添い、あるときは深い印象を残して通り過ぎていった名犬、番犬、野良犬たち。彼らと出会い、心動かされた作家たちの幻の随筆集。
205244-4

い-3-2
夏の朝の成層圏
池澤夏樹
漂着した南の島での生活。自然と一体化する至福の感情——青年の脱文明、孤絶の生活への無意識の願望を描き上げた長篇デビュー作。〈解説〉鈴村和成
201712-2

い-3-3
スティル・ライフ
池澤夏樹
ある日ぼくの前に佐々井が現われ、ぼくの世界を見る視線は変った。しなやかな感性と端正な成熟が生みだす青春小説。芥川賞受賞作。〈解説〉須賀敦子
201859-4

い-3-4
真昼のプリニウス
池澤夏樹
世界の存在を見極めるために、火口に佇む女性火山学者。誠実に世界と向きあう人間の意識の変容を追って、小説の可能性を探る名作。〈解説〉日野啓三
202036-8

い-3-6
すばらしい新世界
池澤夏樹
ヒマラヤの奥地へ技術協力に赴いた主人公は、人々の暮らしに触れ、現地に深く惹かれてゆく。人と環境の関わりを描き、新しい世界への光を予感させる長篇。
204270-4

い-3-8
光の指で触れよ
池澤夏樹
土の匂いに導かれて、離ればなれの家族が行きつく場所は——。あの幸福な一家に何が起きたのか。『すばらしい新世界』から数年後の物語。〈解説〉角田光代
205426-4

い-3-10
春を恨んだりはしない
震災をめぐって考えたこと
池澤夏樹
鷲尾和彦 写真
薄れさせてはいけない。あの時に感じたことが本物である——被災地を歩き、多面的に震災を捉えた唯一無二のリポート。文庫新収録のエッセイを付す。
206216-0

タ-8-1
虫とけものと家族たち
ジェラルド・ダレル
池澤夏樹 訳
ギリシアのコルフ島に移住してきた変わり者のダレル一家がまきおこす珍事件の数々。溢れるユーモアと豊かな自然、虫や動物への愛情に彩られた楽園の物語。
205970-2

各書目の下段の数字はISBNコードです。978－4－12が省略してあります。

お-51-1
シュガータイム
小川洋子
わたしは奇妙な日記をつけ始めた――とめどない食欲に憑かれた女子学生のスタティックな日常、青春最後の日々を流れる透明な時間をデリケートに描く。
202086-3

お-51-2
寡黙な死骸 みだらな弔い
小川洋子
鞄職人は心臓を採寸し、内科医の白衣から秘密がこぼれ落ちる…時計塔のある街で紡がれる密やかで残酷な弔いの儀式。清冽な迷宮へと誘う連作短篇集。
204178-3

お-51-3
余白の愛
小川洋子
耳を病んだわたしの前に現れた速記者Y、その特別な指に惹かれたわたしが彼に求めたものは。記憶と現実の危うい狭間を行き来する、美しく幻想的な長編。
204379-4

お-51-4
完璧な病室
小川洋子
病に冒された弟と姉との最後の日々を描く表題作、海燕新人文学賞受賞のデビュー作「揚羽蝶が壊れる時」ほか、透きとおるほどに繊細な最初期の四短篇収録。
204443-2

お-51-5
ミーナの行進
小川洋子
美しくて、かよわくて、本を愛したミーナ。あなたとの思い出は、損なわれることがない――懐かしい時代に育まれた、ふたりの少女と、家族の物語。谷崎潤一郎賞受賞作。
205158-4

お-51-6
人質の朗読会
小川洋子
慎み深い拍手で始まる朗読会。耳を澄ませるのは人質たちと見張り役の犯人、そして……。しみじみと深く胸を打つ、祈りにも似た小説世界。〈解説〉佐藤隆太
205912-2

か-57-1
物語が、始まる
川上弘美
砂場で拾った〈雛型〉との不思議なラブ・ストーリーを描く表題作ほか、奇妙で、ユーモラスで、どこか哀しい四つの幻想譚。芥川賞作家の処女短篇集。
203495-2

か-57-2
神様
川上弘美
四季おりおりに現れる不思議な生き物たちとのふれあいと別れを描く、うららでせつない九つの物語。ドゥ・マゴ文学賞、女流文学賞受賞。
203905-6

か-57-3
あるようないような
川上弘美
うつろいゆく季節の匂いが呼びさます懐かしい情景。ゆるやかに紡がれるうつつと幻のあわいの世界。じんわりとおかしみ漂う味わい深い第一エッセイ集。
204105-9

か-57-4
光ってみえるもの、あれは
川上弘美
いつだって〈ふつう〉なのに、なんだか不自由……。生きることへの小さな違和感を抱えた、江戸翠、十六歳の夏。みずみずしい青春と家族の物語。
204759-4

か-57-5
夜の公園
川上弘美
わたしいま、しあわせなのかな。寄り添っているのに、届かないのはなぜ。たゆたい、変わりゆく男女の関係をそれぞれの視点で描き、恋愛の現実に深く分け入る長篇。
205137-9

か-57-6
これでよろしくて?
川上弘美
主婦の菜月は女たちの奇妙な会合に誘われて……夫婦、嫁姑、同僚。人との関わりに戸惑いを覚える貴女に好適。コミカルで奥深いガールズトーク小説。
205703-6

つ-6-13
東海道戦争
筒井康隆
東京と大阪の戦争が始まった!! 戦闘機が飛び、重装備の地上部隊に市民兵がつづく。斬新な発想で現代を鋭く諷刺する処女作品集。〈解説〉大坪直行
202206-5

つ-6-14
残像に口紅を
筒井康隆
「あ」が消えると、「愛」も「あなた」もなくなった。ひとつ、またひとつと言葉が失われてゆく世界で、執筆し、飲食し、交情する小説家。究極の実験的長篇。
202287-4

つ-6-17
パプリカ
筒井康隆
美貌のサイコセラピスト千葉敦子のもう一つの顔は、男たちの夢にダイヴする〈夢探偵〉パプリカ。人間心理の深奥に迫る禁断の長篇小説。〈解説〉川上弘美
202832-6

つ-6-20
ベトナム観光公社
筒井康隆
新婚旅行には土星に行く時代、装甲遊覧車でベトナムへ戦争大スペクタクル見物に出かけた。戦争を戯画化する表題作他初期傑作集。〈解説〉中野久夫
203010-7

各書目の下段の数字はISBNコードです。978-4-12が省略してあり

つ-6-21
虚人たち 筒井康隆
小説形式からその恐ろしいまでの〝自由〟に、現実の制約は蒼ざめ、読者さえも立ちすくむ、前人未到の長篇問題作。泉鏡花賞受賞。〈解説〉三浦雅士
203059-

つ-6-24
アルファルファ作戦 筒井康隆
老人問題への温かい心情を示した表題作はじめ、著者の諷刺魂が見事に発揮されたSF集――おとなの恐怖と笑いに満ちた傑作九篇。〈解説〉曽野綾子
206261-0

ほ-12-1
季節の記憶 保坂和志
ぶらりぶらりと歩きながら、語らいながら、うつらうつらと静かに時間が流れていく。鎌倉・稲村が崎を舞台に、父と息子の初秋から冬のある季節を描く。
203497-6

ほ-12-2
プレーンソング 保坂和志
猫と競馬とともに生きる、四人の若者の奇妙な共同生活。〝社会性〟はゼロに近いけれど、神の恩寵のような日々を送る若者たちを書いたデビュー作。
203644-4

ほ-12-3
草の上の朝食 保坂和志
猫と、おしゃべりと、恋をする至福に満ちた日々を独特の文章で描いた、『プレーンソング』続篇。夏の終わりから晩秋までの、至福に満ちた日々。
203742-7

ほ-12-4
残響 保坂和志
離婚し借家を引き払ったカップルとその家に入居した別の夫婦。交わらない二組の日常を斬新な手法で描く。野心作「コーリング」併録。〈解説〉石川忠司
203927-8

ほ-12-5
もうひとつの季節 保坂和志
鎌倉で過ごす僕とクイちゃんと猫の茶々丸、近所に住む便利屋の松井さん兄妹。四人と一匹が織り成す穏やかな季節を描く。〈解説〉ドナルド・キーン
204001-4

ほ-12-6
猫に時間の流れる 保坂和志
世界との独特な距離感に支えられた文体で、猫たちとの日常・非日常という地平を切り開いた〈新しい猫小説〉の原点。〈解説マンガ〉大島弓子
204179-0

ほ-12-11
生きる歓び
保坂和志
生命にとっては生きることはそのまま歓びであり善なのだ――瀕死の子猫の命の輝きを描く表題作ほか、「小実昌さんのこと」併録。〈解説〉伊藤比呂美
205151-5

ほ-16-1
回送電車
堀江敏幸
評論とエッセイ、小説。その「はざま」にある何かを求め、文学の諸領域を軽やかに横断する――著者の本領が発揮された、軽やかでゆるやかな散文集。
204989-5

ほ-16-2
一階でも二階でもない夜　回送電車Ⅱ
堀江敏幸
須賀敦子ら7人のポルトレ、10年ぶりのフランス長期滞在で感じたこと、なにげない日常のなかに見出した秘蹟の数々……54篇の散文に独自の世界が立ち上がる。〈解説〉竹西寛子
205243-7

ほ-16-3
ゼラニウム
堀江敏幸
彼女と私の間を、親しみと哀しみを湛えて、清らかな水が流れていく――。異国に暮らした男と個性的で印象深い女たちの物語。ほのかな官能とユーモアを湛えた珠玉の短篇集。
205365-6

ほ-16-5
アイロンと朝の詩人　回送電車Ⅲ
堀江敏幸
一本のスラックスが、やわらかい平均台になって彼女を呼んでいた――。ぐいぐいと、そしてゆっくりと、読み手を誘う四十九篇。好評「回送電車」シリーズ第三弾。
205708-1

ほ-16-6
正弦曲線
堀江敏幸
サイン、コサイン、タンジェント。この秘密の呪文で始動する、規則正しい波形のように――暮らしはめぐる。思いもめぐる。第61回読売文学賞受賞作。
205865-1

ほ-16-7
象が踏んでも　回送電車Ⅳ
堀江敏幸
一日一日を「緊張感のあるぼんやり」のなかで過ごしたい――異質な他者や、曖昧な時間が行きかう時空を泳ぐ、初の長篇詩と散文集。シリーズ第四弾。
206025-8

よ-39-1
それからはスープのことばかり考えて暮らした
吉田篤弘
路面電車が走る町に越して来た青年が出会う、愛すべき人々。いくつもの人生がとけあった「名前のないスープ」をめぐる、ささやかであたたかい物語。
205198-0

各書目の下段の数字はISBNコードです。978－4－12が省略してあり

よ-39-2
水晶萬年筆
吉田篤弘
アルファベットのSと〈水読み〉に導かれ、物語を探す物書き。繁茂する道草に迷い込んだ師匠と助手——人々がすれ違う十字路で物語がはじまる。きらめく六篇の物語。
205339

よ-39-3
小さな男＊静かな声
吉田篤弘
百貨店に勤めながら百科事典の執筆に勤しむ〈小さな男〉。ラジオのパーソナリティの〈静香〉。ささやかな日々のいとおしさが伝わる物語。〈解説〉重松　清
205564-3

よ-39-4
針がとぶ Goodbye Porkpie Hat
吉田篤弘
伯母が遺したLPの小さなキズ。針がとぶ一瞬の空白に、どこかで出会ったなつかしい人の記憶が降りてくる。響き合う七つのストーリー。〈解説〉小川洋子
205871-2

よ-25-1
TUGUMI
吉本ばなな
病弱で生意気な美少女つぐみと海辺の故郷で過した最後の日々。二度とかえらない少女たちの輝かしい季節を描く切なく透明な物語。〈解説〉安原　顯
201883-9

よ-25-2
ハチ公の最後の恋人
吉本ばなな
祖母の予言通りに、インドから来た青年ハチと出会った私は、彼の「最後の恋人」になった……。約束された至高の恋。求め合う魂の邂逅を描く愛の物語。
203207-1

よ-25-3
ハネムーン
吉本ばなな
世界が私たちに恋をした——。別に一緒に暮らさなくても、二人がいる所はどこでも家だ……互いにしか癒せない孤独を抱えて歩き始めた恋人たちの物語。
203676-5

よ-25-4
海のふた
よしもとばなな
ふるさと西伊豆の小さな町は海も山も人もさびれてしまっていた。私はささやかな想いと夢を胸に大好きなかき氷屋を始めたが……。名嘉睦稔のカラー版画収録。
204697-9

よ-25-5
サウスポイント
よしもとばなな
初恋の少年に送った手紙の一節が、時を超えて私の耳に届いた。〈世界の果て〉で出会ったのは……。ハワイ島を舞台に、奇跡のような恋と魂の輝きを描いた物語。
205462-2